# DER FRANKEN-BULLE

Harry Luck, 1972 in Remscheid geboren, arbeitete nach einem Studium der Politikwissenschaften in München als Korrespondent und Redakteur für verschiedene Medien und leitete das Landesbüro einer Nachrichtenagentur. Seit 2012 ist er für die Öffentlichkeitsarbeit im Erzbistum Bamberg verantwortlich. www.harry-luck.de

HARRY LUCK

# DER FRANKEN-BULLE

*Kriminalroman*

emons:

Lust auf mehr? Laden Sie sich die »LChoice«-App runter, scannen Sie den QR-Code und bestellen Sie weitere Bücher direkt in Ihrer Buchhandlung.

**Bibliografische Information der Deutschen Nationalbibliothek**
Die Deutsche Nationalbibliothek verzeichnet diese Publikation in der Deutschen Nationalbibliografie; detaillierte bibliografische Daten sind im Internet über http://dnb.d-nb.de abrufbar.

MIX
Papier aus verantwortungsvollen Quellen
FSC® C083411


Umschlagmotiv: mauritius images/Jan Schuler/Alamy
Umschlaggestaltung: Nina Schäfer, nach einem Konzept von Leonardo Magrelli und Nina Schäfer
Umsetzung: Tobias Doetsch
Gestaltung Innenteil: César Satz & Grafik GmbH, Köln
Lektorat: Carlos Westerkamp
Druck und Bindung: CPI – Clausen & Bosse, Leck
Printed in Germany 2020
ISBN 978-3-7408-0800-6
Originalausgabe



Dieser Roman wurde vermittelt durch die Literaturagentur Kai Gathemann, München.

*Wenn es mich nicht gäbe,*
*müsste man mich erfinden.*

Horst Müller,
Kriminalhauptkommissar

## Prolog

Nichts an diesem sonnigen Nachmittag deutet darauf hin, dass er heute einen Menschen sterben lassen wird. Er wird einen von langer Hand geplanten und bis ins kleinste Detail vorbereiteten Mord begehen. Und er wird sich dafür bezahlen lassen. Nicht so, dass er danach ein unbeschwertes Leben auf einer Südseeinsel führen kann. Aber wenn alles glattläuft, dann lohnt sich der Aufwand. Es wird der perfekte Mord sein, für den er sich nicht einmal die Hände schmutzig machen muss.

Natürlich weiß er, dass es den perfekten Mord in der Wirklichkeit nicht gibt. Doch hier taucht er in seine eigene Realität ein. Er hat es sich mit seinem Notebook auf der Terrasse gemütlich gemacht. Ein schräg gestellter Sonnenschirm verhindert, dass die Schrift auf dem Bildschirm unleserlich ist. Allerdings ist dort noch nicht viel zu lesen bis auf den Arbeitstitel. Die Angst vor dem leeren Blatt, das früher in der Schreibmaschine eingespannt war, ist heute der Panik des weißen Bildschirms gewichen.

Neben seinem Computer steht ein Cappuccino. Bücher schreiben ohne Kaffee ist für ihn nicht vorstellbar. Neben der Tasse liegen mehrere ausgedruckte Blätter, auf denen die Geschichte, die er verfassen möchte, schon komplett skizziert ist. Dieses Exposé ist die Antwort auf die Frage, die ihm Journalisten und Leser immer wieder stellen: »Wissen Sie schon, wer der Mörder ist, wenn Sie mit dem Schreiben anfangen?« Er antwortet dann stets, dass die komplette Story vom Mord über die falschen Spuren bis zur Auflösung fertig durchstrukturiert sein muss und dass er sich nicht vorstellen kann, dass es Krimiautoren gibt, die einfach drauflosschreiben, ohne zu wissen, wie ihre Geschichte endet.

Von der Terrasse aus kann er auf den Fluss blicken, wo gerade ein Schiff mit fröhlichen Tagestouristen vorbeifährt. Ein

Entenpärchen spaziert über die Rasenfläche und hofft, dass etwas vom Tisch herunterfallen könnte, ein Windstoß lässt den Sonnenschirm kurz bedrohlich schwanken. Die restliche Akkulaufzeit seines Laptops beträgt vier Stunden und achtunddreißig Minuten. Das sollte reichen für das erste Kapitel. Die Zeit bis zum vertraglich vereinbarten Termin der Manuskriptabgabe: neun Monate, drei Wochen und vier Tage. Machbar, aber auch eine Herausforderung. Schließlich ist noch kein einziges Wort geschrieben. Dies soll sich in wenigen Augenblicken ändern. Er nimmt noch einen Schluck aus der Cappuccino-Tasse, dann tippt er in die Tastatur die Buchstaben P-r-o-l-o-g.

# EINS

Seit einer geschlagenen Stunde saß dieser Mann nun schon in meinem Büro und machte sich eines schweren Vergehens schuldig: Er stahl meine Zeit. Seitdem ich vor ein paar Jahren mit dem fünfzigsten Geburtstag mit voller Fahrt in die Midlife-Crisis gerast war, war mir bewusster als je zuvor, dass Zeit ein endliches Gut ist. Und zu den wertvollsten Minuten des Tages gehörte die tariflich vereinbarte Mittagspause, die ich mit diesem Gespräch verbringen musste.

»Ich würde Ihnen gerne noch einen Filterkaffee anbieten, aber leider …« Ich deutete auf die gute alte Rowenta mit der leeren Kanne im Regal neben meinem Schreibtisch im Kommissariat 1 der Bamberger Kriminalpolizeiinspektion und zuckte hilflos mit den Schultern. Doch mein Besucher verstand den Wink mit der leeren Kanne nicht, sondern blätterte eifrig seinen karierten Spiralblock um und machte weitere Notizen.

»Ich bin Ihnen sehr dankbar, Herr Kommissar Müller, dass Sie meine Recherchen so wunderbar unterstützen und sich so viel Zeit nehmen für mich …«

In der Tat, dachte ich und verzichtete auf die Korrektur, dass ich Hauptkommissar war, was zwar nur eine Silbe mehr war, die jedoch in der Besoldungstabelle der bayerischen Polizei durchaus beachtliche Auswirkungen hatte.

»… ich habe auch nur noch einige wenige Fragen.« Er rutschte unruhig auf dem Vernehmungsstuhl hin und her, während ich gelangweilt mit dem Bleistift rechtwinklige Dreiecke auf dem Kalender der Polizeigewerkschaft zeichnete, der als Schreibtischunterlage diente. Normalerweise stellte ich in diesem Raum im dritten Stock der Polizeidienststelle die Fragen, und das nannte man dann Vernehmung, über die ein ordentliches Protokoll angefertigt wurde, das alle Beteiligten unterschrieben. Dass ich mich bereit erklärt hatte, einem

Krimiautor Fragen über meine Arbeit zu beantworten, war ein Gefallen, um den mich der Leiter der Inspektion, Polizeidirektor Dr. Goos, gebeten hatte. Da blieb mir wohl keine Wahl.

»Fragen Sie nur«, sagte ich so freundlich wie möglich. »Aber macht es Ihnen etwas aus, wenn ich dabei etwas zu mir nehme? Ich habe heute noch nichts gegessen.« Ohne eine Antwort abzuwarten, holte ich aus meiner obersten Schreibtischschublade eine beigefarbene Tupperdose, in der sich ein Pausenbrot befand, das je zur Hälfte mit Scheibenkäse und Putensalami belegt war.

»Danke, Herr Kommissar. Wie ist das jetzt genau hier in der Mordkommission mit der Zuständigkeit bei Tötungsdelikten? Wer kümmert sich –«

»Ich unterbreche Sie nur ungern«, hakte ich mit vollem Mund ein. »Aber ich habe doch schon erläutert, dass es hier in Bamberg keine Mordkommission gibt. Bei sogenannten Verbrechen gegen höchste persönliche Rechtsgüter, dazu gehören auch Mord und Totschlag, ermitteln wir vom K1. Aber die Ersten am Tatort sind die Kollegen vom KDD im Erdgeschoss.«

Ich verkniff mir die Frage, ob das denn so schwer zu verstehen sei.

»Kriminaldauerdienst, richtig?«

»Exakt. Bei schweren Verbrechen kann eine Sonderkommission eingerichtet werden, das geschieht üblicherweise beim Präsidium in Bayreuth. Ständige Mordkommissionen existieren in Bayern nur in München und Nürnberg.«

Ich sah, wie es in seinem Kopf rumorte. Offenbar brachte meine Antwort ihn in Verlegenheit.

»Das heißt also, dass es eine Bamberger Mordkommission in der Form, wie sie in meinen Büchern vorkommt, gar nicht wirklich gibt?«

Ich nickte und biss ein weiteres Mal in mein Käsebrot. »Das sagte ich. Richtig. Aber Sie schreiben doch keine Reportagen oder Dokumentationen. Von mir aus können Sie in Bamberg auch einen Polizeipräsidenten ansiedeln. In jedem Roman steht doch am Anfang, dass alles frei erfunden ist und jede Ähnlichkeit mit lebenden oder verstorbenen … und so weiter.«

»Richtig, ja. Lesen oder schauen Sie selbst denn auch in Ihrer Freizeit Krimis?«, fragte der Schriftsteller.

»Ich bin ein großer ›Derrick‹-Fan«, antwortete ich. »Ich habe alle zweihunderteinundachtzig Fälle des legendären TV-Inspektors auf DVD. Wissen Sie, ich habe als Kind ›Derrick‹ im Fernsehen gesehen und wollte schon damals Polizist werden. Natürlich hat das nichts mit realer Polizeiarbeit zu tun. Zum Bücherlesen komme ich allerdings eher wenig, muss ich gestehen. Haben Sie noch Fragen?«

»Ja, ich möchte noch etwas zu Ihrem Revolver wissen.«

»Pistole. Kein Revolver«, sagte ich. »Die Dienstwaffe der Polizei ist die SFP9 von Heckler & Koch. Sie hat vor zwei Jahren die lang bewährte P7 abgelöst und eine Magazinkapazität von fünfzehn Schuss vom Kaliber neun mal neunzehn Millimeter. Sie wiegt ungeladen siebenhundertzehn Gramm. Und bevor Sie fragen: Sie liegt nicht hier in der Schublade, sondern unten im Keller im verschlossenen Waffenschrank.«

»Was kostet so eine Waffe?«, wollte er wissen.

»Die werden Sie nicht einfach auf eBay bestellen können. Aber der Wert im Handel liegt bei etwa siebenhundert Euro. Und jetzt muss ich Sie wirklich bitten …« Ich schaute demonstrativ auf die Uhr.

»Selbstverständlich, Herr Kommissar, ich möchte Sie nicht länger belästigen. Nur noch eine klitzekleine Bitte. Sie würden mir einen riesengroßen Gefallen tun.«

Ich seufzte und war fast bereit, ihm keine Bitte abzuschlagen, wenn er dann endlich gehen würde. »Was denn?«

Er öffnete eine braune, fleckige Aktentasche, wie man sie von Sozialkundelehrern kennt, und holte einen Stoß bedruckter Blätter hervor.

»Das ist das noch nicht veröffentlichte Manuskript meines nächsten Romans. Bevor ich den Text an den Verlag schicke, wollte ich Sie fragen … Ich meine, es wäre mir eine große Hilfe, wenn Sie … Also nur, wenn es Ihre Zeit erlaubt …«

»Ich soll Ihren Roman Korrektur lesen?«, fragte ich ungläubig.

Er nickte verschämt. »Es eilt auch nicht. Also nicht sehr. Mir geht es darum, dass keine sachlichen Fehler bei der Beschreibung der Polizeiarbeit vorkommen. Ich würde Sie natürlich auch im Nachwort bei den Danksagungen erwähnen, wenn Sie nichts dagegen haben. Und ein signiertes Exemplar erhalten Sie selbstverständlich auch.«

»Geben Sie her«, unterbrach ich ihn, nahm den Papierstoß und ließ ihn unbesehen in meiner Schublade verschwinden.

In diesem Moment öffnete sich die Bürotür, und meine Kollegin, Kriminalmeisterin Paulina Kowalska, betrat den Raum, ein Brödladüdla mit vermutlich veganen und laktosefreien Backwaren in der Hand. Nach einem Schritt blieb sie überrascht stehen.

»Ach, Sie haben Besuch, Horst? Ich hab Ihnen ein Bamberger Hörnla mitgebracht. Aber ich will nicht stören.«

»Kommen Sie rein, Paulina«, antwortete ich. »Der Herr wollte gerade gehen.«

## ZWEI

*Einige Wochen später*

»Stehen bleiben, Polizei!«, rief der Kripobeamte laut, der im Laufschritt eine Frau mit einem auffälligen lilafarbenen Umhang auf der Oberen Brücke verfolgte. An ihrer Schulter baumelte eine schwarze Lederhandtasche. Die Frau lief ungelenk auf hochhackigen Schuhen an der Figur des heiligen Nepomuk vorbei Richtung Altes Rathaus, wobei sie sich ängstlich umschaute. Der Polizist, der eine schwarze Lederjacke, eine löchrige Jeans und Motorradstiefel trug und seine Haare zu einem Pferdeschwanz gebunden hatte, blieb breitbeinig vor dem Postkartengeschäft am Beginn der Brücke stehen, dann hob er die rechte Hand und rief: »Stehen bleiben, oder ich schieße!« Ein etwa vierzigjähriger Hutträger mit Businessanzug und Aktenkoffer wandte sich erschrocken um und ging dann schnell weiter Richtung Grüner Markt.

»Frau Born! Sie haben keine Chance! Geben Sie auf!« Die Stimme des Polizisten klang, als hätte er die Kehle ausgiebig mit Whisky geölt.

Jetzt streifte die Frau, sie war um die fünfzig, ihre Stöckelschuhe ab und kletterte blitzschnell auf das steinerne Brückengeländer. Dann öffnete sie ihre Handtasche und zog ebenfalls eine Waffe hervor, es schien sich um eine kleinkalibrige Pistole zu handeln.

»Verdammt!«, rief der Kripomann. »Machen Sie keinen Scheiß!«

Doch die Frau hob die Hand und zielte auf den Polizisten. Der zögerte keine Sekunde.

Und drückte ab.

Im selben Moment, wie der Schuss über die Brücke peitschte, schrie die Frau laut auf, torkelte und stürzte rücklings in die

Regnitz. Der Knall veranlasste drei weiße Möwen, die auf dem gusseisernen Gitter vor der dreihundert Jahre alten Kreuzigungsgruppe saßen, hektisch aufzuflattern und über das von vielen Postkarten bekannte historische Rathausgebäude in den blauen Frühlingshimmel hinwegzufliegen.

»Stopp, aus!«, war eine Stimme zu hören. Dann rannte der Mann mit Hut wieder durch das Bild, ließ seinen Aktenkoffer auf den steinernen Boden fallen, fuchtelte wild mit den Händen und rief: »Was ist passiert? Frau Schauer?«

Er lief zu der Stelle, an der die Frau ins Wasser gestürzt war, und schaute hinunter.

In diesem Moment stoppte die Aufzeichnung, das Bild auf dem kleinen Monitor flimmerte kurz und wurde dann schwarz.

»Können wir die letzte Szene noch mal sehen?«, fragte ich und deutete auf den Bildschirm.

»Ich kann es immer noch nicht glauben, Herr Kommissar«, sagte Wolfgang Dreyer, der vor dem Haus mit den schrägen Wänden am Anfang der Brücke erschöpft in seinem Klappstuhl saß, auf dessen schwarzer Rückenlehne in großen weißen Buchstaben das Wort »Regie« zu lesen war. Er hatte den Kopf auf seine Hände gestützt, die Augen geschlossen. »Ich drehe jetzt seit zwanzig Jahren Fernsehkrimis, aber dass so etwas passieren kann, hätte ich niemals für möglich gehalten.«

»Und Frau Schauer ist wirklich tot?«, fragte Jörg Stettner, der Kameramann, der auf dem Boden vor dem Monitor kniete und mit wenigen flinken Handbewegungen die gewünschte Bildsequenz zurückholte.

»Die Leiche, die an der Anlegestelle am Kranen aus der Regnitz gezogen wurde, ist zweifelsfrei tot«, sagte meine Kollegin Paulina. »Ob sie an der Schussverletzung starb oder durch Ertrinken, wird erst die Obduktion zeigen.«

Stettner betätigte eine Taste, und die Szene lief noch einmal ab. Hinter uns waren Kollegen der Spurensicherung damit beschäftigt, den Tatort aus allen Perspektiven zu fotografieren.

Um keine Spuren zu verwischen, trugen sie weiße Overalls, die in jedem schlechten Krimi vermeintlich originell als »Ganzkörperkondome« bezeichnet wurden, was in keiner Weise treffend war, denn die Schutzanzüge waren weder aus Latex, noch lagen sie besonders eng am Körper an.

Die Kollegen vom Kriminaldauerdienst hatten mir schon mitgeteilt, dass sich der Schütze ohne Widerstand hatte festnehmen lassen, und mir den Namen des Beschuldigten auf einen Notizzettel geschrieben. Das sah also nach einer raschen Ermittlung aus.

»Wer ist das?« Ich deutete mit dem Zeigefinger auf den Anzugträger mit Hut. »Ein zufälliger Augenzeuge?«

»Natürlich nicht«, sagte Regisseur Dreyer und schloss dabei die Augen. »Während der Dreharbeiten ist die Brücke für den Fußgängerverkehr gesperrt. Die scheinbar zufälligen Passanten, die man in der Szene sehen kann, sind Komparsen. Wobei Schlickowey, also der Mann, den Sie meinen, ein Nebendarsteller ist. Er kommt noch zweimal im Drehbuch vor.«

»Wie hätte die Szene laut Drehbuch denn ablaufen sollen?«

»Hier, sehen Sie selbst«, sagte Dreyer und reichte mir einen Packen luftig bedrucktes Papier, auf dessen erster Seite fett »Der Franken-Bulle« stand, in etwas kleinerer Schrift darunter »Folge 27 – Regie: Wolfgang Dreyer, nach einem Roman von Barbara Schauer«.

»Moment mal, Schauer?«, sagte ich. »Das ist doch der Name der geschädigten Person.«

»Richtig. Frau Schauer hat die Romanvorlage und das Drehbuch geschrieben. Sie ist eine bekannte Krimiautorin, und es war ihr großer Wunsch, einmal die Leiche in einem ihrer verfilmten Krimis zu sein.«

Einige Augenblicke lang schwiegen alle betreten. Auch ich schluckte jede zynische Bemerkung hinunter und fragte: »Wo ist dieser Schlickowey jetzt?«

»Er hat einen Schock erlitten. Der Notarzt hat ihn gleich mitgenommen ins Klinikum«, sagte eine junge Frau, die ihre kurzen blonden Haare so trug wie Herbert Grönemeyer in den achtziger Jahren.

»Und Sie sind?«, entgegnete ich.

»Annett Thiel. Aufnahmeleitung.«

Der Hobbypsychologe in mir stellte fest, dass Fräulein Thiel möglicherweise zu den an Komplexen leidenden Personen gehörte, die auf ihre Visitenkarten »Leitung« statt »Leiter« oder »Leiterin« schrieben, weil sie sich unbewusst einer Führungsposition nicht gewachsen sahen. Diese Bezeichnung erweckte zumindest bei mir den Eindruck einer Distanz zwischen Person und Aufgabe. Jedenfalls kannten wir jetzt die Namen der wichtigsten Zeugen hier am Tatort.

»Sie leiten also die Aufnahmen«, sagte ich.

Frau Thiel machte ein verächtliches Geräusch, ohne dabei die Lippen zu bewegen. Dann lachte sie kurz und stellte fest: »Ein Zitronenfalter faltet auch keine Zitronen.«

»Wie bitte?«, fragte ich. Doch dann verstand ich, was sie mir sagen wollte.

Der Regisseur Dreyer schaltete sich ein: »Wissen Sie, Herr Kommissar, es gibt noch einen Witz über diesen Job. Was haben ein Aufnahmeleiter und ein Präservativ gemeinsam?«

Ich schaute Paulina kurz an und zuckte dann mit den Schultern. »Keine Ahnung.«

»Es geht auch ohne. Aber sicherer ist's mit.« Er versuchte, wohl angesichts der Situation, sein Lachen zu unterdrücken. »Entschuldigen Sie. Vielleicht nicht sehr passend, aber immer wieder lustig.«

»Sagen Sie, Herr Dreyer«, kam ich zur Sache zurück, »beim Fernsehen wird doch alles dutzendfach gedreht, bevor eine Szene im Kasten ist, oder?«

Der Regisseur nickte stumm.

»Haben Sie dann diese Sequenz schon mehrmals gedreht?«

»Nein«, antwortete er. »Wir haben vorher ein paar Licht- und Tonproben gemacht.«

»Aber dabei wurde nicht geschossen?«

»Nein. Die Waffe hat Zenker in diesem Moment zum ersten Mal betätigt.«

»Zenker, Eric, Hauptdarsteller«, war auf dem Zettel der KDD-Kollegen notiert. Und: »vorläufige Festnahme«.

»Auf der Aufzeichnung ist nur zu sehen, wie das getroffene Opfer ins Wasser fällt, aber nicht die Reaktion des Schützen. Können Sie sich daran erinnern?«, fragte ich.

»Die Pistole ist ihm aus der Hand gefallen«, antwortete die Aufnahmeleitung. »Dann ist er einen Moment starr stehen geblieben, um schließlich zu Schlickowey zu rennen.«

»Er wollte hinterherspringen, um sie zu retten«, sagte Stettner. »Aber wir konnten ihn daran hindern. Der Körper von Frau Schauer war nach wenigen Augenblicken schon bis hinter die Untere Brücke abgetrieben.«

»Ich kann es immer noch nicht glauben«, seufzte Dreyer und schüttelte langsam den Kopf.

»Haben Sie eine Erklärung dafür, dass aus einer vermeintlichen Filmwaffe ein scharfer Schuss abgefeuert wurde?«, stellte ich die naheliegende Frage.

»Nein, das ist es ja«, antwortete Dreyer sofort. »Eric Zenker spielt seit zehn Jahren den Franken-Bullen. Und von Anfang an benutzte er dieselbe Waffe, die von einem Spezialisten unbrauchbar gemacht worden war.«

»Ach«, staunte ich.

»Das heißt, es war ursprünglich eine echte Pistole? Warum keine Attrappe?«, hakte Paulina nach.

»Das müssen Sie ihn schon selbst fragen. Ich glaube, er ist in solchen Dingen ein Perfektionist.«

»Das werden wir«, sagte ich.

Und Paulina fügte hinzu: »Die Kollegen vom KDD haben ihn als geständigen Schützen widerstandslos festgenommen. Er ist in der KPI und wartet auf seine Vernehmung.«

***

»Haben Sie schon mal ein Drehbuch gelesen, Paulina?« Ich saß auf dem Beifahrersitz und blätterte in dem Manuskript, während meine Kollegin unseren Dienstwagen zur Polizeiinspektion in der Schildstraße fuhr. Dass wir uns siezten und beim Vornamen nannten, war eine der Besonderheiten, die unser dienstliches Verhältnis auszeichnete: Trotz des Altersunterschieds von etwa zwanzig Jahren schätzten wir uns und gingen auf Augenhöhe miteinander um, wobei wir immer die gebotene Distanz wahrten und die Privatsphäre des anderen respektierten. Ein Feierabendbier mit Kollegen, wie man es oft in den Fernsehkrimis beobachten konnte, wäre mir niemals in den Sinn gekommen. Und wenn, dann hätte ich eh nur alkoholfreies Bier getrunken. Denn Alkohol pflegte ich nur in geringen Dosen in Form von Eierlikör zu konsumieren. Andernfalls hätte ich gesagt: Dienst ist Dienst, und Schnaps ist Schnaps.

»Nein, warum sollte ich ein Drehbuch lesen, Horst?«, antwortete Paulina und stoppte an der Ampel am Kunigundendamm vor der Marienbrücke, wo linker Hand ein »Frisörsalon« mit dem haarsträubenden Namen »Abschnitt 1« seine Niederlassung hatte. Als wäre es nicht schon schlimm genug, dass man heute straflos »Frisör« statt »Friseur« schreiben durfte.

Daneben entdeckte ich ein Plakat mit dem Konterfei und dem Namen der getöteten Autorin: »Buchpremiere«, stand in großen Lettern über ihrem Porträtfoto, das sie mit ernstem Blick und einer gezückten Pistole zeigte, deren Lauf auf Höhe ihrer Nasenspitze endete. Ich hatte mich schon oft gefragt, warum Krimiautoren sich auf Fotos so oft mit Knarre oder Ganovenhut abbilden ließen, so als ob man selbst Verbrecher sein müsste, um über Mord und Totschlag zu fabulieren.

»Schauen Sie mal, Frau Schauer hätte morgen eine Buchpremiere gehabt. Der neue Fall für Chris Ridder.«

»Die Veranstaltung fällt wohl aus«, bemerkte Paulina lakonisch. »Aber es gibt ja noch genug andere Lesungen. Die Stadt ist voll mit Plakaten.«

»Ja, es ist wieder Literaturfestival. Dutzende Autoren, drei Wochen lang, fast jeden Tag eine Lesung. War groß im FT angekündigt.«

»Aber nicht nur Krimis?«

»Politiker, Philosophen, Ratgeberautoren, Wissenschaftler, alles dabei. Und natürlich auch Belletristik. Es gibt sogar Krimilesungen, die in einem Stadtwerkebus stattfinden.«

Ich hatte im Drehbuch schnell die Stelle gefunden mit der Szene, die an der Oberen Brücke gedreht werden sollte.

»Das sieht ja ähnlich aus wie unsere Vernehmungsprotokolle«, stellte ich fest und überflog die Seiten. »Es scheint tatsächlich genau so passiert zu sein, wie es im Drehbuch stand: Dieser Kommissar Rottmann verfolgt eine Frau durch die Fußgängerzone bis zur Brücke, dort klettert sie auf die Mauer, zückt auch eine Waffe, woraufhin der Kommissar sie erschießt.«

»Krasse Sache«, bemerkte Paulina. »Dann hat diese Autorin sozusagen das Buch zu ihrem eigenen Tod geschrieben.« Die Ampel wurde grün, und wir fuhren weiter. »Allerdings ist diese Handlung schon ziemlich bescheuert. Ich meine, eine Verfolgungsjagd durch die Innenstadt und dann dieser Showdown an der Brücke, das klingt für mich eher nach Edgar Wallace oder den ›Straßen von San Francisco‹ und nicht nach Bamberger Altstadt. Der ›Franken-Bulle‹ ist doch eigentlich ein eher realistisches Format.«

»Abgesehen davon, dass es bei uns zum Glück keine Kommissare mit Rockerjacke und Fetzenjeans gibt«, sagte ich und blätterte weiter. Mit Blick auf Paulinas Knie, das auch durch eine von Designern akkurat platzierte aufgeritzte Stelle ihrer Hose blitzte, fügte ich hinzu: »Jedenfalls nicht bei männlichen Beamten.«

»Das sind keine Fetzen, das ist Used Style und hat was mit Mode zu tun. Aber darüber muss ich Ihnen ja nichts erzählen. Lassen Sie mich raten: Von Ihrem Dutzend grauen Anzügen ist keiner jünger als zehn Jahre.«

»Mit einem grauen Anzug ist man jedenfalls zeitlos und in jeder Situation gut angezogen. Und solange sich an meiner Kleidergröße fünfzig nichts ändert, habe ich keinen Grund, mir neue Anzüge zu kaufen.«

»Fehlt noch der Trenchcoat, dann wäre das Derrick-Outfit perfekt«, frotzelte Paulina.

»Nur, dass der TV-Oberinspektor immer noch eine Rolex am Handgelenk hatte. Die passte zu seiner Gehaltsstufe ebenso wenig wie der 7er BMW, mit dem er durch die Münchner Isarvorstadt kurvte. Aber wenn man in einem Krimi die Polizeiarbeit realitätsgetreu beschreiben würde, dann bestünde ein Neunzig-Minuten-Film achtzig Minuten lang aus Schreibarbeiten und dem Abtippen von Vernehmungsaufzeichnungen. Weitere fünf Minuten wären Dienstbesprechungen. Und so eine Schießerei, wie hier beschrieben, erlebt man in echt eher selten. Da kommt ja häufiger der Papst nach Bamberg.«

»Der Papst? Der war noch nie in Bamberg«, sagte Paulina, die von ihrer polnischen Mutter nach dem damaligen Heiligen Vater auf die Namen Johanna Paulina getauft worden war, selbst aber eher allergisch auf alles Katholische reagierte und vermutlich ihre Kirchenaustrittsbescheinigung irgendwo zu Hause eingerahmt an der Wand hängen hatte.

»Eben«, stimmte ich zu. »Allerdings ist das nicht so ganz richtig. Dass ein Bamberger mal Papst war und als einziger solcher jetzt im Dom begraben ist, gehört ja zum Allgemeinwissen jedes japanischen Tagestouristen. Aber Papst Benedikt war mal in Bamberg und hat die Stephanskirche geweiht.«

»April, April«, entgegnete Paulina. »Das weiß ich zufällig, dass Benedetto nie in Bamberg war, zumindest nicht als Papst. Und die Stephanskirche ist ja wohl evangelisch. Wollen Sie mich auf den Arm nehmen?«

»Keineswegs. Es war nämlich nicht unser Benedikt XVI., sondern Papst Benedikt VIII. Und es ist jetzt ziemlich genau tausend Jahre her, dass er in Bamberg …«

»… eine evangelische Kirche geweiht hat?«

»Vor tausend Jahren gab's noch fünfhundert Jahre lang keine Protestanten. Da waren alle noch gut katholisch. Aber egal. Und noch was: Als Benedikt noch Joseph Ratzinger hieß und Theologieprofessor war, hat er auf dem Katholikentag in Bamberg in der Alten Hofhaltung eine Rede gehalten.«

»Das war aber noch in der Zeit des Schwarz-Weiß-Fernsehens, oder, Mister Brockhaus?«

»Gut geschätzt. 1966. Das Farbfernsehen in Deutschland kam ein Jahr später.« Ich genoss einen kurzen Moment die Situation, in der mich Paulina bestimmt für mein Allgemeinwissen bewunderte. Dafür konnte sie besser Wikipedia und Google bedienen als ich. So ergänzten wir uns auch in diesem Punkt wunderbar.

»Dieser tödliche Schuss auf der Brücke war gar nicht echt«, sagte ich, während ich weiter im Drehbuch las.

»Wie bitte? Sondern?«

»Das war nur ein Traum.«

»Schön wär's, Horst. Ist alles in Ordnung mit Ihnen?«

»Ich meine: im Drehbuch. In der nächsten Szene wacht Kommissar Rottmann schweißgebadet auf. Er hat diese Verfolgungsjagd und den Schuss auf die Frau nur geträumt. Es wird immer zynischer. In dieser Krimifolge leidet der Kommissar unter psychischen Problemen und wird regelmäßig von Alpträumen verfolgt.«

»Ich bin jedenfalls sehr gespannt, wie Herr Zenker erklären will, dass er die Drehbuchautorin vor laufender Kamera mit einer scharfen Waffe erschossen hat«, sagte Paulina und fuhr auf den Polizeiparkplatz, der für die Dienstfahrzeuge des K1 reserviert war.

***

»Ist das ein Tippfehler?«, fragte ich, als ich den Namen Erich Zenker auf dem rosafarbenen Aktendeckel sah, der auf meinem Schreibtisch lag. Ich setzte mich, schräg gegenüber war der Arbeitsplatz von Paulina. Dazwischen hatte Zenker auf dem Vernehmungsstuhl Platz genommen. Selten hatten wir die Situation, dass der Täter bei einem Tötungsdelikt von einer Fernsehkamera aufgezeichnet wurde und sich danach widerstandslos festnehmen ließ. Dennoch schien mir dieser Fall alles andere als aufgeklärt.

»Eric oder Erich?«, hakte ich noch mal nach.

»Erich ist richtig, eigentlich. So steht's in meinem Pass. Als Schauspieler trete ich aber seit eh und je als Eric Zenker in Erscheinung, anfangs noch als Eric H. Zenker. Aber das H ist irgendwann abhandengekommen. Wissen Sie, ich bin in der DDR aufgewachsen. Da hatte der Name Erich einen etwas unguten sozialistischen Beigeschmack.«

Zenkers Lederjacke hing über dem Stuhl, die Ärmel seines karierten Baumwollhemdes hatte er hochgekrempelt, sodass seine stark behaarten Unterarme zu sehen waren. Am linken Handgelenk trug er ein braunes Lederarmband.

Paulina klärte ihn darüber auf, dass er als Beschuldigter vernommen wurde.

Ich blickte ihm in die Augen und ergänzte: »Ihnen wird ein Tötungsdelikt zum Nachteil von Frau Barbara Schauer vorgeworfen.«

»Zum Nachteil?« Zenker schaute erst mich, dann Paulina mit glasigen Augen an. »Tötungsdelikt? Das heißt, die Babsi ist wirklich … tot?«

Ich nickte wortlos.

»Herr Zenker, ich muss Sie das fragen«, sagte ich dann. »Sie wussten nicht, dass die Waffe, mit der Sie auf Frau Schauer zielten, mit scharfer Munition geladen war?«

»Nein, verdammt!«, schrie er auf und schlug mit der Faust auf die Tischplatte, sodass das Wasserglas vor ihm zu vibrieren begann. Sofort beruhigte er sich wieder. »Entschuldigen Sie. Aber glauben Sie, ich hätte abgedrückt, wenn ich das gewusst hätte? Warum sollte ich sie umbringen? Es gibt überhaupt keinen Grund dafür! Ich bin doch kein Mörder!« Zenker sprang von seinem Stuhl auf und blickte uns hilflos an.

»Setzen Sie sich wieder«, sagte ich. »Wie gut und seit wann kannten Sie Frau Schauer?«

Er atmete tief durch und ließ sich dann zurück auf seinen Stuhl sinken.

»Ich hatte sie vor einigen Jahren getroffen, als sie bereits eine Folge für den ›Franken-Bullen‹ geschrieben hatte. Richtig kennengelernt hatten wir uns aber erst, als der Dreh in Bamberg begann.«

»Ist es denn üblich, dass Drehbuchautoren auch als Schauspieler in einem Film mitwirken?«, wollte Paulina wissen.

»Das kommt nicht erst seit Alfred Hitchcock immer wieder vor. Es ist meistens eher ein Gag, dass der Autor als unbedeutende Person irgendwann mal durchs Bild läuft oder in einer Menschengruppe steht. Der Fitzek macht das auch gern. Dass ein Drehbuchautor in einem Film die Leiche spielt, habe ich allerdings noch nie erlebt.«

»Wer ist auf die Idee gekommen, wissen Sie das?«

»Keine Ahnung. Ich hörte mal, dass es auf eine Wette zurückging, die Babsi, also Frau Schauer, verloren hat. Genaues weiß ich aber nicht.«

»Sie nennen sie Babsi?«, stellte Paulina fest. »Wie gut kannten Sie Frau Schauer?«

»Es war ein gutes kollegiales Verhältnis. Geduzt haben wir uns alle am Set.«

»Und hatten Sie zu Frau Schauer auch außerhalb der Dreharbeiten Kontakt?«

Zenker zögerte kurz. »Nein. Ich lebe in Nürnberg. Die Babsi wohnte zurückgezogen in Unterfranken, soweit ich weiß.«

»Erzählen Sie mehr über den Franken-Bullen«, wechselte ich das Thema.

»Sie meinen, über die Serie? Oder die Rolle?«

»Beides. Wie lange spielen Sie schon diesen Fernsehkommissar?«

»Seit ungefähr zehn Jahren. Damals wollte das Bayerische Fernsehen einen Gegenpol zur Münchner und oberbayerischen Übermacht bei Fernsehkrimis setzen. Es gab sogar eine Intervention des aus Franken stammenden damaligen CSU-Generalsekretärs, der sich öffentlich beklagte, dass die Franken in den Fernsehkrimis immer nur als Deppen dargestellt würden.«

»Stimmt«, sagte ich. »Nicht nur ›Derrick‹ spielte in München. Auch ›Der Alte‹, ›Soko 5113‹ und ›Der Isarbulle‹.«

»Genau. Der ›Franken-Bulle‹ sollte die nordbayerische Antwort auf den erfolgreichen ›Isarbullen‹ sein. Das Ergebnis: Den ›Isarbullen‹ gibt's schon lange nicht mehr, und der ›Franken-Bulle‹ hat oft höhere Einschaltquoten als der ›Tatort‹.«

»Und wo ermittelt der Franken-Bulle?«, fragte ich.

»In der Serie existiert eine fiktive Mordkommission Franken mit Sitz in Nürnberg. Die Fälle spielen jeweils in einer anderen fränkischen Stadt. Die letzten Folgen wurden in Würzburg, Fürth, Coburg und Ansbach gedreht. Es gibt immer viel Lokalkolorit in den Drehbüchern, deshalb werden auch regionale Autoren verpflichtet. Das Fernsehen wollte auf der Erfolgswelle der Regiokrimis im Buchhandel mitreiten. Da hat die Babsi ja auch schon viele Erfolge gehabt.«

»Und Frau Schauer hat die Drehbücher für die Folgen in Bamberg geschrieben?«, fragte Paulina. »Dabei wohnte sie doch in Unterfranken, wie Sie eben sagten.«

»Ja, aber sie hat Bamberger Wurzeln. Bis vor ein paar Jahren hat sie in der Gartenstadt gelebt, dort ist sie auch aufgewachsen. Früher arbeitete sie als Journalistin für den FT und das ›Heinrichsblatt‹, aber auch für überregionale Medien. Vor Jahren hat sie mal für den ›Stern‹ eine Enthüllungsreportage über Manipulationen in der Spielautomatenszene geschrieben und dafür einen Journalistenpreis bekommen. Als sie mit ihren Krimis so erfolgreich wurde, dass sie davon leben konnte, hat sie sich aufs Land zurückgezogen und den Journalismus aufgegeben. Aber die Recherchen über die Glücksspielbranche hat sie auch mal in einem Roman verarbeitet, der ebenfalls verfilmt werden soll.«

»Sie wissen erstaunlich viel über sie, dafür, dass Sie sie nur oberflächlich kannten.«

»Sie glauben gar nicht, wie lange die Pausen am Set sein können. Da hat man viel Zeit zum Reden. Ich weiß über meine Kollegen zum Teil mehr als über meine eigene Frau.«

»Sie sind verheiratet?«, fragte ich.

»Ja. Ist das wichtig?«

»Was macht Ihre Frau beruflich?«

»Sie ist Friseurin in der Nürnberger Südstadt. Wir sind seit zwanzig Jahren verheiratet.«

Ich schaute auf die Personendaten in der Akte. Zenker war achtundvierzig, also durchaus im Alter, in dem Männer in der Midlife-Crisis rein statistisch häufig reif für einen amourösen Neustart sind. Und dem Lesungsplakat zufolge war Barbara Schauer eine für ihr Alter äußerst attraktive Erscheinung. Ich wollte dem Schauspieler den rein oberflächlichen Kontakt zum Todesopfer nicht so recht abnehmen, beließ es aber für den Moment dabei.

»Kommen wir noch mal zur Tatwaffe, Herr Zenker. Stimmt es, dass es sich um eine echte Waffe handelte, die schießuntauglich gemacht wurde?«

»Richtig, ja. Eine HK P7.«

»Das ist die frühere Dienstwaffe der bayerischen Polizei. Woher haben Sie die?«

»Als ich die Rolle des Franken-Bullen bekam, habe ich lange bei der Kripo recherchiert. Ich bin nach München gefahren und habe sehr ausführlich mit dem Leiter des Morddezernats gesprochen, mir alles zeigen und erklären lassen. Wie man Personen festnimmt, wie man Handschellen anlegt, wie die Beamten sich gegenseitig ansprechen und auch wie man eine Waffe hält. Dabei ist mir aufgefallen, dass die Plastikattrappen, die beim Film oft verwendet werden, viel leichter sind als eine echte Pistole. Der Münchner Kriminaloberrat hat mir dann eine ausgemusterte P7 organisiert, die von einem Waffenexperten unbrauchbar gemacht worden war. Alles hochoffiziell mit Genehmigung des Innenministeriums. Sie müssen wissen: Ich trage den Titel des Ehrenkommissars der bayerischen Polizei.«

Tatsächlich wurde dieser Titel seit 1957 immer wieder auch Schauspielern verliehen, die im Fernsehen als Sympathieträger für den Polizeidienst fungierten beziehungsweise »durch ihr Engagement die Belange der bayerischen Polizei in besonderem Maße unterstützt haben«, wie es offiziell hieß. Dazu gehörten unter anderen auch Gustl Bayrhammer, Rolf Schimpf, Miroslav Nemec, Udo Wachtveitl und natürlich auch Fritz Wepper und Horst Tappert, den man später jedoch wegen seiner SS-Vergangenheit still und heimlich aus der Liste gestrichen hatte.

»Und wo wurde diese Waffe aufbewahrt, wenn nicht gedreht wurde?«, fragte Paulina.

»In meiner Garderobe. Ich habe bei Außendrehs immer eine Art Caravan als Rückzugsort. Da sind meine Kostüme untergebracht. Und auch die Pistole, in einer verschlossenen Schublade.«

»Und wer wusste davon?«, fragte ich.

Zenker dachte kurz nach. »Keine Ahnung. Jeder? Ich habe kein Geheimnis daraus gemacht. Warum auch?«

»Und der Wohnwagen war verschlossen?«, fragte Paulina.

»Hm. Nachts schon. Sonst nicht.«

»Es wäre also relativ leicht möglich gewesen, die Waffe unbemerkt auszutauschen gegen eine scharfe?«, hakte ich nach.

Zenker zuckte mit den Schultern. »Vielleicht, ja. Aber warum sollte das jemand tun? Darüber habe ich mir nie Gedanken gemacht. Die Pistole war völlig ungefährlich.«

»Sie sieht täuschend echt aus«, merkte ich an. »Allein deshalb hätten Sie auf sie achtgeben müssen.«

»Aber ich konnte doch nicht ahnen, dass …«

»Die Pistole ist jedenfalls im Labor, wir werden gewiss DNA-Spuren feststellen. Derweil lassen wir Vergleichsproben von allen Mitarbeitern am Drehort nehmen.«

»Und was ist mit mir?« Zenker hob beide Hände. »Ich bin unschuldig. Wann kann ich heimgehen?«

»Das entscheiden nicht wir«, sagte ich und griff zum Telefon, um die interne Durchwahl unserer Vorgesetzten, Kriminalrätin Veronica Stadel, zu wählen.

## *Die Bärenfalle (1)*

*Während draußen die Schneeflocken immer dichter fielen, wurden drinnen die Rollen verteilt. Emmi Schmitt, Heiner Deuerling, Anton Drygalski und Elisabeth Löhlein hatten sich für das Wochenende ins Seehaus in Tröstau zurückgezogen für die ersten Proben der Theatergruppe Mehlmeisel. Anders, als der Name vermuten ließ, lag das Seehaus nicht am Wasser, sondern auf dem Berg. Zwischen Nußhardt und Platte im Schneebergmassiv am Westhang des Seehügels war es in neunhundertzweiundzwanzig Metern über dem Meeresspiegel eine der höchsten besiedelten Stellen im Fichtelgebirge und in ganz Franken.*

*Die Laienschauspieler unter der Leitung von Gründer und Regisseur Peter Bertl hatten sich nach den Dorfkomödien der vergangenen Jahre diesmal für einen Theaterkrimi entschieden. »Die Bärenfalle«, ein mörderisches Drama in drei Akten im Stil von Agatha Christie, stand auf dem Programm. Bertl blickte zufrieden in die Runde. Der Beginn eines Theaterprojektes war für ihn immer so etwas wie der Aufbruch zu einer großen Reise, deren Ziel feststand, der Weg dorthin aber über viele Umwege und durch unbekannte Länder führen konnte. Seit der Trennung von seiner Ehefrau steckte er all seine Leidenschaft und Zeit in das Theaterprojekt. Das Krimigenre war Neuland für ihn als Regisseur, doch für eine Laienspielgruppe, die ihre Auftritte in der Dorf-Turnhalle absolvierte, kam neben Komödie eigentlich nur noch Krimi in Frage, wenn man nicht vor leeren Stuhlreihen spielen wollte. Anspruchsvolles Theater interessierte hier niemanden. Auch das Probenwochenende auf der Hütte war eine Neuerung, die er mit dem Ziel eingeführt hatte, gleich zu Beginn ein Wir-Gefühl in der Gruppe herzustellen. Hinzu kam der Effekt, sich auf diese Weise kurz vor dem Fest dem vorweihnachtlichen Trubel für ein paar Tage entziehen zu können.*

*Die Mitglieder der Theatergruppe saßen in einem von einem Kachelofen beheizten Gastraum an einem rustikalen Holztisch auf Stühlen mit ausgesägten Herzen in der Rückenlehne. In der Mitte des Tisches stand ein handgefertigter Adventskranz, an dem die ersten beiden Kerzen brannten.*

*»Dass die Emmi die Helena spielt, dürfte klar sein«, stellte Bertl fest. Tatsächlich war die dreißigjährige blonde Schönheit die Einzige im Ensemble, die für die Hauptrolle der ebenso schönen Bauerstochter in Frage kam, auch wenn die in diesem Fall mit dem gewaltsamen Ableben auf der Bühne verbunden war. Zweifellos war Emmi Schmitt auch die talentierteste Schauspielerin in der Gruppe. Das hatte sie in ihrer ersten Rolle im Stück »Da Schippedupfer« im Jahr zuvor bereits eindrucksvoll unter Beweis gestellt.*

*»Das dachte ich mir«, sagte Emmi, die im richtigen Leben als Schalterbeamtin bei der Bundespost in Warmensteinach arbeitete. »Ich habe mir den Text schon mal angeschaut.«*

*Bertl fiel auf, dass Emmis Haare noch eine Spur blonder waren als bei ihrer letzten Begegnung. Außerdem hatte sie abgenommen, fast etwas zu viel für seinen Geschmack. Die Grenze zwischen schlank und mager war beinahe überschritten.*

*Das Theaterstück »Die Bärenfalle« kam anders als die Dorfkomödien der letzten Jahre ganz ohne fränkische Mundart aus und war vor zwei Jahren im Münchner Blutenburg-Theater uraufgeführt worden. Leider hatte es dort nicht den andauernden Erfolg der Vorlage »Die Mausefalle« erreicht, das im Londoner West End seit 1952, also seit sechsunddreißig Jahren, gespielt wurde und damit das am längsten ununterbrochen gezeigte Theaterstück der Welt war.*

*»Heiner«, fuhr Bertl fort, »ich denke, dass du der Richtige für die Rolle des Franz bist. Du kannst mit einem Schießeisen umgehen und hast keine Skrupel, damit auf deine Ex zu zielen?«*

*Bertl spielte damit auf die Tatsache an, dass Heiner eine Weile mit Emmi liiert war, nach seiner Darstellung sogar ver-*

*lobt, bis sie ihn für einen anderen verlassen hatte. Der Neffe des Gründers der Branco AG, Florian Brandenstein, war da wohl eine bessere Partie gewesen.*

*»Jetzt hör doch mit den alten Geschichten auf, Peter«, wehrte Emmi ab. »Das ist doch Schnee von gestern.«*

*»Während der Schnee von heute langsam bedrohlich wird«, sagte Anton Drygalski mit Blick zum Fenster. »Wenn das so weitergeht, dann sitzen wir hier bald fest. Die Schneeflocken sind groß wie Tennisbälle. Hoffentlich ist genug Holz für den Ofen da. Können wir mal weitermachen? Ich möchte nämlich gleich das Match sehen.«*

*»Das Match?«, fragte Emmi. »Bist du immer noch in Steffi verknallt?«*

*»Ach geh! Heute beginnt das Davis-Cup-Finale in Göteborg. Boris spielt gegen Edberg. Die Schweden haben in der Halle einen Sandplatz hingelegt, weil sie denken, dass wir darauf am ehesten zu schlagen sind.«*

*»Wir? Spielst du auch mit?«, schaltete sich Elisabeth Löhlein ein, deren Eltern im KZ Flossenbürg inhaftiert gewesen waren und die sich in der Friedensbewegung engagierte. Die Aufschrift »Petting statt Pershing« wirkte auf dem Pullover einer über Sechzigjährigen allerdings etwas deplatziert. »Bei allem Respekt für die deutschen Sportler: Es gibt keinen Grund für Deutsche, stolz auf ihre Nation zu sein.«*

*»Komm, Lissi, lass das jetzt«, sagte Bertl. Er schätzte Lissi sehr, sie war die Einzige, die dem Ensemble von Anfang an angehörte. Sie war immer für die Rolle der »verrückten Alten« geeignet, da konnte sie fast sich selbst spielen. »Nimmst du die Müllerin? Wenn der Anton den Wachtmeister macht, hätten wir alle Rollen verteilt. Passt das so?«*

*Alle nickten. Bertl war froh, dass die Vergabe ohne Streit und Diskussionen über die Bühne gegangen war.*

*»Dann sollten wir anstoßen. Auf die ›Bärenfalle‹!«*

*Alle hoben ihre Seidla mit Lang-Bräu-Weißbier und ließen die Gläser klirren.*

*»Auf die ›Bärenfalle‹«, stimmten alle ein.*

*»Wenn wir das geklärt hätten, darf ich jetzt den Fernseher anmachen?«, sagte Anton Drygalski etwas ungeduldig. Und zu Lissi gewandt fügte er hinzu: »Ich schwenke auch keine Deutschlandflagge, versprochen.«*

*Drygalski wartete keine Antwort ab, ging zu einem kleinen tragbaren Fernseher, der neben dem Kachelofen stand, und schaltete das Gerät ein. Zuerst war Schneetreiben zu sehen, ähnlich wie vor dem Fenster. Durch das geschickte Drehen der Zimmerantenne wurde das Schwarz-Weiß-Bild besser. Eingestellt war das Bayerische Fernsehen, wo eine blonde Sprecherin namens Eva Herman in der »Rundschau« die Meldungen vorlas, dass das Kölner Domkapitel den vierundfünfzigjährigen Berliner Kardinal Joachim Meisner zum neuen Kölner Erzbischof gewählt hatte und dass eine Woche nach dem Absturz einer US-Militärmaschine in Remscheid der Parlamentarische Staatssekretär im Verteidigungsministerium, Peter Kurt Würzbach, seinen Rücktritt eingereicht hatte. Dann eine Nachricht aus der Region, die alle aufhorchen ließ: »Wir kommen zu einem Fahndungsaufruf der Bayreuther Polizei: Nach einem brutalen Mord in Warmensteinach wird ein etwa vierzigjähriger Mann gesucht, den Zeugen folgendermaßen beschrieben haben.« Es wurde eine genaue Personenbeschreibung genannt und dazu aufgerufen, sich mit Hinweisen bei der nächsten Polizeidienststelle zu melden.*

*»Da arbeite ich«, sagte Emmi entgeistert. »Ich muss sofort telefonieren.« Sie stand auf und rannte in den Vorraum, wo ein Telefon an der Wand montiert war. Sie nahm den Hörer ab, drückte mehrmals auf die Gabel. Doch nichts geschah. »Die Leitung ist tot!«, rief sie.*

*»Kein Wunder, schaut mal raus«, sagte Drygalski und schaltete auf das ZDF, wo die Live-Übertragung des Davis-Cup-Finales mit einem Interview mit dem deutschen Teamchef Niki Pilić begonnen hatte.*

*Einige Minuten verstrichen, in denen niemand etwas sprach.*

*»Jetzt hat das Telefon geklingelt«, sagte Emmi. »Es scheint doch zu gehen.«*

*Bertl hatte das Telefon nicht gehört, vermutlich war es von der Lautstärke des Fernsehers übertönt worden. Emmi lief zum Apparat und nahm den Hörer. »Hier ist Emmi Schmitt von der Theatergruppe Mehlmeisel im Seehaus. Wer ist dort?« Sie hörte zu, sagte leise »Ja« und »Wirklich?«, während ihr Gesicht bleich wurde. Als sie den Hörer wieder einhängte, starrte sie erst einige Sekunden auf die Wählscheibe, auf der die Notrufnummern 110 und 112 notiert waren. Dann wandte sie sich an die anderen, die ihre Stühle vor den Fernseher geschoben hatten.*

*»Was ist los?«, fragte Lissi.*

*»Wir sind in Gefahr!«, sagte Emmi.*

*Draußen stieg die geschlossene Schneedecke Zentimeter um Zentimeter.*

## DREI

»Was machen Sie denn da?«, fragte ich Paulina, nachdem Zenker wieder in seine Zelle gebracht worden war und meine Kollegin mit einem Gerät hantierte, das neben der vollautomatischen Kaffeemaschine stand und ein wenig wie eine Kreuzung aus Kaugummiautomat und Seifenspender aussah.

»Ich filtere das Trinkwasser«, war ihre knappe Antwort.

»Hm. Und warum? Gibt es einen Störfall in der Kläranlage? Und brauchen wir dafür diesen riesigen Apparillo?«

»Dieser Apparillo ist eine Osmose-Anlage. Damit kann man auch Wasser für Ihren Filterkaffee reinigen.«

Jetzt erst bemerkte ich, dass die Osmose-Anlage genau dort aufgestellt war, wo bisher meine bewährte Filterkaffeemaschine gestanden hatte.

Ich schloss die Augen, atmete dreimal tief durch und sprach dann langsam und deutlich, ohne mir jede Emotion anmerken zu lassen: »Wo. Ist. Meine. Rowenta?«

Paulina kicherte, deutete hinter sich und sagte: »Im Kühlschrank.«

Der Kühlschrank war kein Kühlschrank, sondern ein Regal, in dem sich die Akten mit den ungelösten Kapitalverbrechen befanden, die routinemäßig immer wieder hervorgeholt wurden, um alle Spuren nochmals zu überprüfen. Manchmal wurden schwere Verbrechen bis zum Mord nach Jahren oder Jahrzehnten aufgeklärt, weil es plötzlich einen Treffer in einer DNA-Datenbank gab. In Nürnberg existierte neuerdings sogar eine eigene Mordkommission mit vier Beamten, die sich ausschließlich um sechsundvierzig ungelöste Gewaltverbrechen in der Nachkriegszeit kümmerten. Und weil ungelöste Fälle auch Cold Cases hießen, wurde das Holzregal bei uns Kühlschrank genannt.

»Nur damit ich Sie richtig verstehe«, sagte ich immer noch

mit äußerer Ruhe, meine innere Wallung verbergend. »Sie versetzen meine Filterkaffeemaschine ungefragt, um an ihrer Stelle einen«, ich holte kurz Luft, »Wasserfilter zu platzieren?«

»Erst mal nur vorübergehend. Weil da nur zwei Steckdosen sind. Aber ich besorge einen Mehrfachstecker, dann ist hier Platz für alles, was wir zum Glücklichsein brauchen.«

»Irrtum. Wir brauchen keinen Metamorphosefilter.«

»Osmose!«

»Egal. Wir haben in Deutschland das sauberste Leitungswasser der Welt!«

»Mag sein, Horst. Aber das saubere Trinkwasser fließt von Wasserwerken durch lange Rohrsysteme, die zum Teil noch Blei und Asbest enthalten, über Speicherbecken zum Wasserhahn. Und wissen Sie, welche Viren und Schadstoffe das Wasser auf diesem Weg aufnimmt?«

Ich zuckte mit den Schultern. »Unser Trinkwasser wird besser kontrolliert als jedes andere Lebensmittel. Ist sogar für Säuglinge geeignet. Laut Stiftung Warentest ist stilles Wasser aus dem Supermarkt sogar oft mehr mit Keimen belastet als Leitungswasser. Selbst Biowasser hat schlechte Noten bekommen und schneidet schlechter ab als das Wasser aus dem Hahn.«

»Und warum wird die Bevölkerung dann immer wieder aufgefordert, das Wasser abzukochen? Manchmal wochenlang? Übrigens gibt es auch im Bambados eine Osmose-Anlage. Und außerdem: Gefiltertes Wasser schmeckt einfach besser. Egal ob als Kaffee, Tee oder pur.«

Ich verdrehte die Augen. Seit Jahren schon hatten wir in unserem Büro zwei Kaffeemaschinen stehen. Einen sich selbst reinigenden Hightech-Vollautomaten mit One-Touch-Programm für Paulinas veganen Soja-Latte-macchiato sowie meine altgediente Filterkaffeemaschine, die mir dank Zeitschaltuhr jeden Morgen zum Dienstbeginn einen frisch gebrühten Kaffee ohne aufgeschäumten Schnickschnack garantierte. Und jetzt hatte sie tatsächlich ein drittes Gerät aufgestellt. Ich schüttelte ungläubig den Kopf.

»Es gab Tests, wonach unser Leitungswasser zum Teil mineralreicher ist als das aus der Flasche. Und glauben Sie, dass sich in diesen Filterkartuschen keine Keime ansammeln? Und Bleirohre werden seit fast fünfzig Jahren nicht mehr verbaut.« Nun konnte ich mich doch nicht mehr ganz beherrschen. »Ich will jetzt einen ungefilterten Filterkaffee. Und morgen früh steht die Rowenta wieder da, wo sie hingehört. Habe ich mich klar ausgedrückt?«

Ich setzte mich an meinen Schreibtisch und blätterte die Posteingangsablage durch, ohne Paulina anzuschauen. Ich hörte, dass auch sie sich an ihren Platz begab und schweigend auf ihrer Computertastatur klimperte. Einige Minuten verstrichen, bis ich ein Einsehen hatte.

»Ich war vielleicht etwas zu barsch, Paulina. Tut mir leid.«

»Schon gut, Horst«, sagte sie. Und ich merkte ihr die Erleichterung an, dass ich die kurze Eiszeit durchbrochen hatte. »Ich hatte es ja gut gemeint und vergessen, dass Sie beim Thema Kaffee keinen Spaß verstehen. Ich kann die Maschine auch sofort wieder an ihren alten Platz stellen, wenn Sie wollen.«

»Bassd scho«, erwiderte ich großmütig. »Ich bringe morgen eine Mehrfachsteckdose mit, dann kriegen wir dieses Problem gelöst. Wenn es Sie denn glücklich macht. Und hoffentlich filtern Sie nicht auch noch die letzten Mineralstoffe aus dem Wasser heraus mit Ihrem Gerät. Ich will ja gar nicht wissen, was so was kostet. Aber Schwamm drüber.«

»Und jetzt? Sprechen wir mit dem fehlenden Augenzeugen?«, fragte Paulina.

»Diesem Schluckowsky?« Ich blätterte in meinen handschriftlichen Aufzeichnungen.

»Schlickowey«, korrigierte Paulina. »Er ist im Klinikum am Bruderwald.«

»Auf nach Bug«, sagte ich.

***

Schlickowey hatte ein Einzelzimmer im zehnten Stock des neuen Bettenturms, von dem man nach der Berichterstattung in den Lokalmedien den Eindruck haben konnte, die aus Bamberg stammende Gesundheitsministerin habe ihn persönlich gebaut und aus ihrem eigenen Geldbeutel bezahlt. Offenbar war der Schauspieler privat versichert. Er saß in einem blauen Trainingsanzug auf einem Stuhl neben seinem Bett, auf einem Tisch lagen verschiedene bunte Illustrierte. Auf einem der Titelblätter sah ich ein Bild von Zenker und einer Frau um die fünfzig mit einer modernen Kurzhaarfrisur, daneben in gelben Buchstaben die Schlagzeile: »Die Frau an der Seite des Kommissars«. Mehr konnte ich nicht lesen, weil eine angebissene Tafel Trauben-Nuss-Schokolade auf der Zeitschrift lag.

»Herr Schlickowey, wir sind von der Kripo.« Ich stellte uns beide vor. »Sind Sie in der Lage, uns einige kurze Fragen zu beantworten?«

Schlickowey schaute uns mit müden, schmalen Augen an. Die Sonnenstrahlen, die durch das Fenster fielen, ließen seinen kahlen Schädel glänzen. Die Glatze war bei dem etwa Vierzigjährigen wohl keine Alterserscheinung. Ich überlegte, was mir an seinem Kopf merkwürdig vorkam.

»Ich habe ein Medikament erhalten«, antwortete der Schauspieler. »Es geht mir schon wieder besser. Hier wurde ich gleich von einem Seelsorger besucht, der sich um mich kümmern wollte. Aber ich hab ihn wieder weggeschickt.«

»Ich kann mir vorstellen, dass es ein großer Schock für Sie war«, zeigte Paulina sich einfühlsam.

»Ich habe noch nie einen Menschen sterben sehen. Ich meine, in echt. Nicht nur gespielt. Als die Barbara ins Wasser fiel, dachte ich für eine Sekunde, dies wäre ein Spaß mit der versteckten Kamera. Aber ich sah die Schusswunde an ihrem Arm, und mir war sofort klar, dass dies keine Special Effects waren.«

»Haben Sie eine Erklärung dafür, dass der Schauspieler Eric Zenker mit einer scharfen Pistole geschossen hat?«, fragte ich.

»Nein. Das ist mir völlig unerklärlich. Es muss ein großes Unglück sein. Ist es möglich, dass die Waffe durch einen Irrtum oder ein Versehen wieder funktionstüchtig wurde? Ich weiß es nicht.«

Ich zuckte mit den Schultern. »Schwer vorstellbar. Aber unsere Waffenexperten werden dazu sicher bald eine Meinung haben. Die Pistole ist schon auf dem Weg ins LKA nach München.«

»Was ist mit Zenker?«, wollte Schlickowey wissen. Und jetzt wurde mir klar, was mich irritierte. Ihm fehlten nicht nur das Haupthaar und jeder Bartwuchs. Er hatte auch keine Augenbrauen. Dass seine Haut zudem sehr straff und glatt war, verlieh seinem Aussehen etwas Schaufensterpuppenhaftes.

»Wir haben ihn vorläufig festgenommen«, sagte ich. »Derzeit wird geprüft, ob er in Untersuchungshaft kommt. Hatte Zenker einen Grund, Frau Schauer zu töten?«

»Nicht dass ich wüsste. Zenker ist ein sehr umgänglicher Kollege, ohne Starallüren. Er leidet ein bisschen darunter, dass er als Franken-Bulle seit Jahren keine anderen Rollen mehr angeboten bekommt. Aber das ist das Schicksal jedes erfolgreichen Seriendarstellers. Frau Schauer konnte dafür sicher nichts. Ihre Drehbücher waren immer sehr gut. Sie war eine Meisterin des Cozy Crime.«

»Was heißt das?«, fragte Paulina.

»Wie auch ihre Romane waren die Drehbücher keine harten Thriller mit wilden Verfolgungsjagden und Schießereien. Der Täter wird recht gemütlich überführt. Cozy heißt, dass es eher betulich zugeht. Der Leser oder Zuschauer wird weder durch Brutalität und Komplexität noch zu hohes Tempo überfordert.«

Diese Definition erinnerte mich an meine Lieblingsserie. Doch zu Derricks Zeiten war der Begriff cozy vermutlich noch nicht so geläufig. In manchen Folgen musste der Inspektor nur lange genug Verhöre durchführen, bis nach achtundfünfzig Minuten der Täter unter dem psychologischen Druck zusammenbrach und ein Geständnis ablegte. Solche Drehbücher, wie Herbert Reinecker sie in Massenproduktion ablieferte, würden heute bei den zuständigen Fernsehredakteuren höchstens ein Stirnrunzeln auslösen.

»Das heißt, Mord geschieht eher durch ein unauffällig wirkendes Gift als durch brutale Metzeleien, wissen Sie?«, fuhr Schlickowey fort. »Der Tod findet gewöhnlich in malerischer Landschaft statt. Und die Schüsse auf der Brücke spielten sich nur im Alptraum des Kommissars ab. Also im Drehbuch jedenfalls.«

»Verstehe. Und das lieben die Zuschauer?«

»Als öffentlich-rechtlicher Sender muss man den Mainstream bedienen. Da finden Sie am Samstagabend auch eher eine Schlagerparade als Jazz und Blues.«

Dass die Schlagerszene eine nicht so heile Welt war, wie dem Zuschauer vorgegaukelt wurde, hatten wir vor kurzer Zeit bei den Ermittlungen in ebendiesem Milieu sehr deutlich festgestellt. Dass auch in der Krimiszene vor echten Morden nicht zurückgeschreckt wurde, war hingegen eine neue Erkenntnis.

»Bitte melden Sie sich, Herr Schlickowey, wenn Ihnen noch etwas einfällt, das uns weiterhelfen könnte«, sagte ich und legte eine Visitenkarte auf den Nachttisch neben dem Bett.

»Darf ich die mitnehmen?«, fragte Paulina und deutete auf die bunte Illustrierte.

Schlickowey nickte. »Nur zu. Ist eh alles gelogen, was drinsteht.«

Dann verabschiedeten wir uns von dem Zeugen.

***

Als wir wieder in unser Büro zurückkehrten, fand ich auf meinem Schreibtisch eine Dienstmitteilung unserer Vorgesetzten. Darin stand, dass die Stadel nach Rücksprache mit der Staatsanwaltschaft die Anweisung gegeben hatte, Zenker mit der Auflage gehen zu lassen, sich zu unserer Verfügung zu halten.

Paulina stand am Fenster, blickte auf die Schildstraße Richtung Eichendorff-Gymnasium und sagte: »Sieht nach Regen aus!«

»Ist aber Kaffee«, antwortete ich, während ich mir eine Tasse eingoss. »Das fehlende Motiv war wohl der ausschlaggebende Grund dafür, dass Zenker wieder frei ist.« Dann fügte ich hinzu: »Und vielleicht auch, dass niemand das Risiko eingehen will, einen der beliebtesten bayerischen Schauspieler unschuldig hinter Gittern zu lassen. Diese Schlagzeilen will keiner haben.«

»Was machen wir mit der Presse?«, wollte Paulina wissen.

Ich schüttelte den Kopf. »Nichts. Nachrichtensperre. Bis auf Weiteres.«

»Äh, wie, Nachrichtensperre?« Paulina schaute mich mit großen, fragenden Augen an. »Da wird eine Frau am helllichten Tag auf der Brücke am Rathaus erschossen, und wir sollen so tun, als wäre nichts geschehen?«

»Na ja, was ist denn geschehen?«, bemerkte ich süffisant. »Bei den Dreharbeiten für einen Fernsehkrimi ist ein Schuss und eine Schauspielerin ins Wasser gefallen. Polizisten, Blaulicht, Notarzt ... Wie man es von solchen Filmaufnahmen kennt. Wer sollte sich Gedanken machen?«

»Sie meinen, dass niemand gemerkt hat, dass es eine echte Tote gegeben hat?«

Ich zuckte mit den Schultern. »Vielleicht wird jemand sagen, dass die Szene besonders realistisch aussah. Jedenfalls hat im Moment offenbar niemand Interesse daran, dass die Sache öffentlich wird. Weder der Sender noch die Produktionsfirma noch ...«

»... die Polizei?«, fiel mir Paulina ins Wort.

»Aus ermittlungstaktischen Gründen«, sagte ich und nickte. »Hat jedenfalls den Vorteil, dass wir uns nicht für eine Pressekonferenz vorbereiten und zunächst auch keine nichtssagenden Statements für Anfragen an die Pressestelle überlegen müssen.«

Paulina seufzte. »Ich werde dann mal ein bisschen was über Barbara Schauer in Erfahrung bringen«, sagte sie.

»Schaffen Sie das alleine? Ich müsste ein Stündchen weg und mache heute mal pünktlich Feierabend.«

»Was? Jetzt?«, erwiderte Paulina empört und zog fragend die Augenbrauen hoch. »Wir stecken mitten in einer Todesermittlung, und Sie müssen mal«, sie setzte mit Zeige- und Mittelfinger Gänsefüßchen in die Luft, »ein Stündchen weg?«

Mir war klar, dass es wohl nicht bei einem Stündchen bleiben würde. Aber dass ich meine Tochter Andrea an diesem Nachmittag zum Nürnberger Flughafen begleiten musste, stand schon länger fest. Vermutlich hatte ich nur versäumt, dies Paulina rechtzeitig zu erzählen. Oder sie hatte es schlicht vergessen.

»Tut mir leid«, sagte ich. »Sie wissen, dass ich fast hundert Überstunden auf meinem Konto habe. Und Sie kennen die Dienstanweisung von Dr. Goos, dass wir alle drauf achten sollen –«

»Aber doch nicht, wenn ein Mord aufgeklärt werden muss«, unterbrach mich Paulina. Dann schaute sie auf ihre modisch-smarte Armbanduhr, die ihr vermutlich jederzeit neben der aktuellen Schrittzahl und der Herzfrequenz auch ihren Blutzuckerspiegel und die bereits konsumierte Menge Gluten und Laktose anzeigte. »Was auch immer Sie Wichtiges vorhaben, Horst, verschwinden Sie. Ich hake in der Zeit beim LKA nach, was das Waffengutachten ergeben hat.«

Ich nickte ihr dankbar zu. Und als ich den Raum verließ, rief Paulina mir hinterher: »Und vergessen Sie nicht, ordnungsgemäß auszustempeln.«

***

»Guten Flug«, rief ich, als Andrea hinter der Sicherheitsabfertigung in der Abflughalle des Nürnberger Flughafens verschwunden war.

»Ciao, Papa«, antwortete sie und winkte zurück. Ich schaute auf die Uhr über der großen Tafel, auf der alle Abflugzeiten angezeigt wurden. In einer knappen Stunde startete ihr Flug nach Lanzarote, wo sie als Kandidatin für eine Quiz-Show im Fernsehen eingeladen war. Sie hatte nur angedeutet, worum es in der Sendung ging. Jedenfalls war allein die Teilnahme an der Sendung für sie lukrativer, als wenn sie die gesamten Semesterferien als Pizzabotin gejobbt hätte.

Da ich nur öffentlich-rechtliches Fernsehen schaute, waren mir die Showformate der Privatsender nicht bekannt, von Günther Jauchs inzwischen zum Kult gewordener Quiz-Sendung »Wer wird Millionär?« mal abgesehen. Von der Ekelsendung aus dem Dschungel, wo mir völlig unbekannte Schein-Prominente vor laufender Kamera dazu gezwungen wurden, lebendige Insekten zu verspeisen oder in einer Wanne mit Mehlwürmern zu baden, wusste ich aus der gelegentlichen Lektüre der Boulevardpresse, in der ein neuer »Dschungelkönig« mehr Zeilen bekam als ein Wimbledonsieger oder Nobelpreisträger. Zum Glück wurde diese Sendung nicht auf der kanarischen Vulkaninsel aufgezeichnet.

Allerdings fehlte Andrea, die an der Bamberger Uni Kommunikationswissenschaft studierte, auch jegliche Prominenz, um für eine solche Sendung auserkoren zu werden. Im Studium war sie jetzt im vierten Semester und stand kurz vor dem Bachelor-Abschluss, wie sie mir beim ›McDonald's‹ in der Check-in-Halle erzählt hatte, wo ich einen Filterkaffee und sie einen Cappuccino grande getrunken hatte. Welchen Beruf sie mit einem solchen brotlosen Studium mal ergreifen wollte, darauf hatte sie immer noch keine plausible Antwort außer »irgendwas mit Medien«. Aber wenn sie noch wie geplant den Master-Abschluss anstrebte, wie man das Diplom heute nannte, dann blieb sie mir noch ein paar Jahre in Bamberg erhalten. Jedenfalls sah ich sie derzeit regelmäßiger als ihre Mutter, die in Forchheim lebte und einen dubiosen Gebrauchtwagenhändler geheiratet hatte. Ich merkte in dem Moment, wie schwer mir der Abschied fiel, als Andrea durch einen gläsernen Gang in Richtung Sicherheitskontrolle verschwand.

»Danke fürs Bringen, bis bald, Papa«, erschien wenige Sekunden später ihre WhatsApp-Nachricht auf meinem Telefon. Ich antwortete: »Pass auf dich auf!«

Noch einen Augenblick blieb mein Blick in der Menschenmenge hängen, die sich langsam durch die Sicherheitsschleusen schob, über Lautsprecher wurde ein Mister Graham Berrington ausgerufen, der sich umgehend zum Abflugschalter an Gate A18 begeben sollte. Ich wandte mich um und schlenderte durch die Halle. Ich fand es sehr rührend, dass sich meine inzwischen erwachsene Tochter immer noch von ihrem Vater mit S- und U-Bahn zum Flughafen begleiten ließ.

Obwohl sie außerordentlich hübsch war – welcher Vater sagte von seiner Tochter etwas anderes? –, hatte sie nicht das große Glück mit Männern gehabt. Ihr erster Freund war ein Aktivist in der Hanf-Bewegung und ließ sie für die wissenschaftliche Mitarbeiterin eines Grünen-Politikers sitzen. Der zweite war ein zotteliger Straßenmusiker, von dem mir zum Thema Heiraten und Familienplanung vor allem der Satz in Erinnerung geblieben war, man müsse ja keine Kuh kaufen, wenn man mal ein Glas Milch trinken wolle. Dass Andrea nun bei einer Fernsehsendung mitmachte und sich auf diese Weise einen Kurzurlaub auf den Kanaren finanzieren ließ, war vielleicht auch ihre persönliche Maßnahme gegen die Einsamkeit in ihrer Studentenbude auf der Erba-Insel.

Ich ging weiter zur Flughafen-Buchhandlung neben dem »Brezel-Fritz«, in der ich der netten Verkäuferin freundlich zulächelte, die mich mit ihren schwarzen Locken und den dunklen Augen an Schwester Elke aus der »Schwarzwaldklinik« erinnerte. Ich schaute mir das Regal mit der belletristischen Spannungsliteratur genauer an. Unter den internationalen Bestsellern von Ian Rankin, Arne Dahl und John Grisham standen die deutschen Thriller von Sebastian Fitzek, Arno Strobel und Andreas Eschbach. Ich hatte den Eindruck, dass besonders die Bücher erfolgreich waren, auf denen der Name des Autors größer gedruckt war als der Titel. Das war bei den wenigsten der Regiokrimis der Fall, die ganz unten platziert waren, wobei mir vor allem die Nordseeregion mit den Ostfriesenkrimis von Klaus-Peter Wolf ziemlich überrepräsentiert erschien.

Ich schaute, ob ich auch Franken-Krimis von Barbara Schauer fand: vergeblich. Bei den Heimatkrimis sah ich nur mehrere Bücher eines Verfassers namens Joffrey Boese. Sie hatten so originelle Titel wie »Tod in Fürth«, »Mord in Schwabach«, »Der Killer von Erlangen« oder »Der Tote in der Pegnitz«. Alle Cover hatten einen schwarzen Hintergrund, ein etwas eigenwillig gezeichnetes Motiv, und in der Ecke oben links klebte ein roter Aufkleber mit weißen Buchstaben: »Spannend und abgrundtief BOESE«. Auf einem gelben Ortsschild mit schwarzer Schrift stand an der Stelle des Ortsnamens »Der Mittelfranken Krimi«. Ohne Bindestrich. Selbst dort, wo man die Kenntnis der korrekten deutschen Schreibweise berufsbedingt voraussetzen musste, wurden die einfachsten Regeln nicht mehr beachtet.

Ich nahm eins der Bücher in die Hand, drehte es um und las die Beschreibung auf der Rückseite: »Ich konnte dieses Buch nicht aus der Hand legen. Barbara Schauer, Bestseller-Autorin«.

Da schau her, dachte ich. Darunter stand eine weitere Empfehlung: »Nur Boese-Krimis sind gute Krimis. Der Spiegel«.

»Was für ein bescheuerter Name für einen Krimi-Autor«, sagte ich leise und stellte das Buch ins Regal zurück.

»Es ist ein Pseudonym«, sagte eine weibliche Stimme hinter mir. »Kann ich Ihnen helfen? Brauchen Sie eine Empfehlung?« Es war die freundliche Verkäuferin. »Wenn Sie noch ein paar Minuten warten, können Sie den Autor gleich persönlich kennenlernen.«

»Ach, wirklich?« Ich lachte. »Kommt Ian Rankin auch vorbei?«

»Nein, nein. Joffrey Boese ist wie gesagt ein Pseudonym, dahinter verbirgt sich der Marketingchef des Airport-Hotels, der jeden Tag nach Feierabend hier vorbeischaut und zählt, wie viele Bücher seit dem Vortag verkauft wurden. Ich glaube, dass ein Großteil seiner Gesamtauflage in dieser Buchhandlung über den Ladentisch geht.« Sie blickte auf ihre rote Armbanduhr. »Er müsste in ein paar Minuten hier sein.«

Die Verkäuferin nahm zwei Exemplare des Titels »Tod in Fürth« und ging wieder zur Kasse. Auf meinen fragenden Blick antwortete sie: »Seit gestern wurde nichts von Boese verkauft. Da bekommt er immer schlechte Laune, wenn die Stapel unverändert sind.« Sie ließ die Bücher unter der Ladentheke verschwinden. »Autoren sind ein eitles Volk.«

Ich lächelte verständnisvoll und sagte: »Ein Marketingmensch, der Krimis schreibt? Da kann man sich ja schon lebhaft vorstellen, was dabei rauskommt.« Ich dachte an die Veröffentlichungen unseres Polizeipressesprechers Roeder, der es wie kein Zweiter beherrschte, mit nichtssagenden Floskeln wie »Es wird in alle Richtungen ermittelt« viel zu reden, ohne etwas zu sagen. Den Verfasser eines spannenden Romans stellte ich mir anders vor.

Ich wandte mich den tiefer liegenden Zeitschriften zu. Es war erstaunlich, wie viele sich ausschließlich mit dem Thema Verbrechen befassten. Ihre Titel waren »True Crime«, »Real Crime«, »Wahre Verbrechen«, »Kriminal-Magazin« oder »Mörderische Frauen«. Ich trat wieder ans Bücherregal und nahm ein Exemplar von »Der Tote in der Pegnitz« in die Hand. Just in diesem Moment stand wie zufällig ein großer, schlanker Mann hinter mir und brummte mit sonorer Stimme: »Wenn Sie es kaufen wollen, signiere ich es Ihnen gerne.«

Ich drehte mich um und schaute hoch in das glatt rasierte Gesicht eines Zwei-Meter-Mannes Mitte vierzig. Jeans, Hemd und Sakko waren schwarz, die grau-blonden Haare trug er zu einem Pferdeschwanz gebunden.

»Ach, Sie sind der Autor dieses Buches?«, tat ich unwissend. »Das ist aber eine Überraschung. Freut mich, Sie kennenzulernen. Sind Sie zufällig hier am Flughafen?«

»Ich bin geschäftlich hier, ja«, antwortete er wahrheitsgemäß, ohne jedoch zu verraten, dass er wohl öfter geschäftlich hier war. »Und das Buch, das Sie in der Hand halten, kann ich Ihnen sehr empfehlen. Es ist mein Debütroman, der mir sehr am Herzen liegt. Sie sollten ihn zuerst lesen, vor den anderen. Die korrekte Reihenfolge ist –«

»Ja, vielen Dank«, antwortete ich und überlegte, wie ich hier wieder herauskommen würde, ohne mindestens eins der Boese-Meisterwerke käuflich zu erwerben. »Wo ich jetzt die einzigartige Gelegenheit habe, Sie persönlich zu fragen: Joffrey Boese ist ein Künstlername, oder? Und ist es nicht ein etwas merkwürdiges Pseudonym?«

»Ja, ich schreibe unter diesem Pseudonym«, antwortete er.

»Und darf ich fragen, wie Sie wirklich heißen?«

»Selbstverständlich. Ich heiße Gottfried.«

»Und weiter?«

»Gottfried Böse. Mit ö geschrieben.«

»Ach so, ich dachte …«

»Ich hatte den Namen vor meinem ersten Buch für den internationalen Markt gewählt. Da funktioniert Joffrey besser als Gottfried. Dachte ich jedenfalls.«

»Ähm, Sie haben ›Der Tote in der Pegnitz‹ für den internationalen Markt geschrieben? War das der richtige Titel?«

Boese lachte gönnerhaft. »Nein, natürlich nicht. Die Originalausgabe hieß ›Kalte Rache am Fluss‹. Das war noch vor dem Boom der Regiokrimis. Heute gibt es ja kaum noch einen Platz auf der Landkarte ohne eigenen Lokalkrimi.«

»Auf diesen Zug sind Sie dann aufgesprungen? Als Marketingexperte?«

Ich sah, dass Schwester Elke an der Kasse ein Kichern unterdrückte. Boese schaute kurz irritiert, dann antwortete er: »Jeder Autor sollte heute auch sein eigener Marketingexperte sein.«

»Apropos Marketing.« Ich deutete auf die Rückseite des Buches mit den empfehlenden Zitaten. »Kennen Sie Barbara Schauer näher?«

»Ja, natürlich. Sie ist ein großer Fan meiner Bücher. Ich muss allerdings zugeben, dass ich noch keins ihrer Bücher gelesen habe. Ich glaube, sie wird gnadenlos überschätzt.«

»Man kann ja auch nicht alles lesen«, stimmte ich ihm nickend zu. »Persönlich haben Sie Frau Schauer nie getroffen?«

»Ich habe sie mal auf der Criminale gesehen, als die in Nürnberg und Fürth stattgefunden hat. Mal ein paar Worte am Rande der Glauser-Verleihung gewechselt, als dort ein großer Lokalkrimiverleger für sein Lebenswerk ausgezeichnet wurde, mehr nicht.«

»Glauser? Was ist das denn?«

»Der Glauser ist so was wie der Oscar der Kriminalliteratur. Ein Autorenpreis, der jedes Jahr vom Syndikat, der Vereinigung deutschsprachiger Kriminalautoren, verliehen wird. Barbara Schauer hat ihn einmal gewonnen. Warum interessieren Sie sich eigentlich so für sie?«

»Ach, nur so. Weil sie doch auch Fernsehdrehbücher schreibt.«

»Auch das Drehbuchgeschäft wird überschätzt«, sagte er abfällig. »Jeder will eins schreiben, aber die TV-Redakteure verteilen ihre Aufträge doch immer wieder an dieselben. Das ist eine Clique, wo man als kleiner Buchautor kaum reinkommt.«

»Toll, dass Sie auch ein Zitat vom ›Spiegel‹ hinten drauf haben. Respekt«, wechselte ich das Thema.

»Na ja, die wichtigen Kulturredakteure in den großen Feuilletons schauen sich nicht nur die Titel auf den Bestsellerlisten an. Wie sieht's denn aus? Wollen Sie das Buch kaufen? Als Geschenk? Ich schreibe Ihnen auch gerne eine Widmung rein. Weihnachten steht vor der Tür.« Er lachte laut, und ich war sicher, dass er diesen Scherz bei jeder Gelegenheit das ganze Jahr über machte.

»Ich bin sehr interessiert«, sagte ich. »Aber Sie müssen wissen, ich lese nur noch E-Books. Ich lade es mir heute noch runter.«

Drei Lügen in drei Sätzen in drei Sekunden. Ich erschrak vor mir selbst, denn so was erlebte ich normalerweise nur, wenn ich einen Schwerverbrecher auf dem Vernehmungsstuhl vor mir hatte.

»Tja, E-Books kann man nicht signieren und sich auch nicht ins Regal stellen«, sagte Boese. »Aber als Autor verdient man mehr an einem elektronischen Buch als an einer Printausgabe. Alles Gute Ihnen.«

Ich bemerkte, wie der Autor aus dem Augenwinkel möglichst unauffällig die Anzahl der Exemplare seiner Titel zählte, dann verließ er mit einem freundlichen Gruß, den die Verkäuferin lächelnd erwiderte, den Laden.

»Ich habe da eine besondere Vereinbarung mit ihm«, sagte sie verschwörerisch zu mir, als Boese außer Seh- und Hörweite war. Ich schien vertrauenerweckend auf sie zu wirken. Anders konnte ich mir nicht erklären, dass sie ihre Verschwörung mit mir teilte. »Wir kriegen seine Bücher zu Vorzugskonditionen von ihm, und dafür bieten wir sie besonders prominent an. Möchten Sie einen Kaffee?«

Es waren keine weiteren Kunden im Laden, und sie hatte offenbar Zeit zum Plaudern. Ich schaute auf die Uhr. Ich hatte noch genug Zeit, um meinen Regionalexpress zurück nach Bamberg zu erreichen.

»Sehr gerne«, sagte ich in der Hoffnung, dass sich im Hinterraum des Buchgeschäfts, wohin sie nun verschwand, eine normale Kaffeemaschine befand und keiner dieser Vollautomaten mit lasergesteuerter Brühgruppe und atombetriebener Milchschaumdüse.

»Warum kann Herr Boese als Autor mit einer Buchhandlung über die Verkaufskonditionen verhandeln?«, fragte ich, als Elke, wie ich sie in Gedanken immer noch nannte, mit zwei Kaffeebechern in den Verkaufsraum trat.

»Sie müssen wissen: Joffrey ist Selbstverleger.« Sie stellte einen Porzellanbecher mit der Aufschrift »Lies!« vor mich auf den Verkaufstresen. »Milch? Zucker?« Ich verneinte, sie fuhr fort: »Er arbeitet ohne Verlag, vertreibt seine Titel selbst, und den meisten Umsatz macht er mit E-Books im Internet. Ich glaube wie gesagt, dass er einen Großteil seiner Printausgaben hier bei uns im Geschäft verkauft. Die Bücher lässt er selbst drucken und bringt sie in die Nürnberger Buchläden. Damit verdient er an einem Zehn-Euro-Taschenbuch sieben Euro statt siebzig Cent. Also das Zehnfache. Er muss also nur ein Zehntel der Bücher verkaufen, um das Gleiche zu verdienen wie mit einem Verlag im Rücken. Seine Frau ist Grafikerin und Zeichnerin, sie macht für ihn die Cover.« Etwas leiser ergänzte sie, so als könnte jemand mithören: »Er spart sich natürlich auch so was wie ein Lektorat. Das merkt man den Büchern leider an.«

»Dann verstehe ich jedenfalls seine intensiven Marketingbemühungen bei Ihnen, wenn das Geschäft hier sozusagen der Hauptabsatzmarkt ist. Erstaunlich, dass er so negativ übers Drehbuchschreiben spricht. Ich dachte, alle wollen ins Fernsehen.«

Elke lachte. »Das ist wohl ein bisschen gekränkte Eitelkeit. Natürlich hat er sich auch schon oft bemüht, Drehbücher für den Franken-›Tatort‹ oder den ›Franken-Bullen‹ anzubieten. Wie übrigens wohl fast jeder Autor von Franken-Krimis. Aber er wurde immer wieder abgelehnt.«

»Nur Barbara Schauer hat Erfolg?«

»Scheinbar ja.«

»Anscheinend«, korrigierte ich, ohne dass die Verkäuferin es wahrnahm. Traurig, dass auch in der Buchbranche der Unterschied zwischen beiden Wörtern nicht mehr bekannt war.

»Barbara Schauer ist eine Ausnahmeerscheinung in der fränkischen Krimiszene. Sie ist die Einzige, die ich als Schriftstellerin bezeichnen würde. Die anderen sind eher Autoren.«

»Ach, was ist der Unterschied?«

»Man könnte sagen: Der Schriftsteller schreibt, was er schreiben will. Und der Autor schreibt das, was der Markt verlangt und wofür er bezahlt wird.« Nach einer Pause fügte sie hinzu: »Und dann gibt es noch die erfolgreichen Schriftsteller. Die schreiben, was sie wollen, und verdienen trotzdem gutes Geld damit. Die Schauer gehört dazu.«

»Trotzdem verkaufen Sie ihre Bücher nicht?« Ich schaute mich noch mal um, erblickte aber keinen Titel der getöteten Autorin oder Schriftstellerin, wie auch immer.

Elke kicherte etwas kindisch. »Das gehört zur Vereinbarung mit Joffrey.« Dann deutete sie auf ein Regal neben den tabulosen Gesundheitsratgebern, wo es um Charme und Darm und alle denkbaren Körperöffnungen ging. Ich musste zweimal hinschauen, bis ich – halb verdeckt von einer Zimmerpalme – einige weitere Krimis aus der Region entdeckte.

»Verstehe«, sagte ich. »Marketing heißt auch, sich die Konkurrenz vom Leib zu halten? Und wie kommt er ohne Verlag an eine Besprechung des ›Spiegel‹, die er auf dem Buchrücken zitiert?«

»Es ist die Rückseite«, verbesserte sie mich. »Der Buchrücken ist das, was man sieht, wenn das Buch im Regal steht. Und was das ›Spiegel‹-Zitat angeht: Sie verraten mich nicht weiter, oder?«

»Ich versichere absolute Vertraulichkeit.«

»Gut. Von mir haben Sie es nicht, aber die Zitate der großen Medien denkt er sich aus. In der Gewissheit, dass sie niemand überprüfen wird. Selbst ein ›Spiegel‹-Redakteur wird nie wissen, welche Zitate mal irgendwo im Magazin standen.«

»Sagen Sie mal, Sie sind hier nicht nur Verkäuferin? Sie kennen sich aus in der Branche!«

»Ein wenig, ja.« Sie lächelte. »Ich arbeite halbtags hier in der Buchhandlung. Die andere Hälfte bin ich –«

»Lassen Sie mich raten. Krimiautorin?«

»Nicht ganz. Aber fast. Ich schreibe Liebesromane.« Sie griff blind unter die Ladentheke und reichte mir ein Exemplar mit dem Titel »Sylter Sünde«. Als Autorenname stand dort »Mandy Heart«. Bevor ich fragen konnte, erläuterte sie: »Inselromane laufen ganz gut. Möchten Sie vielleicht mal einen lesen?«

Ich fragte mich, ob eigentlich jeder Bücher schrieb, nach dem Motto: Schreiben kann ja jeder.

»Nein danke«, sagte ich dann. »Ich lese keine Liebesromane. Ich bin geschieden.«

Möglicherweise war dies kein überzeugendes Argument. Aber ich nutzte die Sekunde ihrer Sprachlosigkeit und verabschiedete mich freundlich.

Im Fahrstuhl, der mich zum U-Bahnsteig brachte, signalisierte mein Handy eine Nachricht von Andrea. »Boarding completed. Ich schalte jetzt aus. LGA«.

***

Als ich nach der Rückfahrt mit U-Bahn und Regionalexpress wieder Bamberg erreicht hatte, war die dortige Bahnhofsbuchhandlung bereits geschlossen. Aber für heute hatte ich mich eh genug mit dem Thema beschäftigt, sodass ich in der Luitpoldstraße beim Chinesen meines Vertrauens eine Bratwurst mit Senf und Pommes bestellte. Das Schnellrestaurant »Goldener Drache« lag nicht weit entfernt vom »Nature6«, dem ersten und einzigen veganen Erotik-Shop der Stadt, der jedoch nach kurzer Zeit wieder schließen musste. Der Franke an sich ist bekanntlich kein Fleisch-Verächter, das gilt wohl für alle Lebensbereiche. Der »Drache« war direkt neben dem Friseursalon »Berti«, von dem ich nicht wusste, ob er etwas zu tun hatte mit »Feinkost & Supermarkt Berti« nur wenige Häuser weiter stadteinwärts.

Früher hätte ich es noch unangemessen oder gar politisch inkorrekt gefunden, im asiatischen Imbiss nicht auch Peking-Ente oder Bami Goreng zu bestellen. Doch heute war ich überzeugt, dass der Imbissbudenbetreiber mir lieber einen Sonderwunsch erfüllte, als dass er mich als Kunden an einen einheimischen Konkurrenten verlor. Und abgesehen davon hieß der freundliche junge Mann hinter dem Tresen des asiatischen Gourmettempels Achmed und war für das Frittieren und Braten kulturell nicht mehr oder weniger qualifiziert als für das Präparieren eines Running Sushis. Achmed trug ein Käppi und eine markante schwarze Brille sowie einen gepflegten Vollbart, wodurch er eine gewisse Ähnlichkeit mit einem bekannten deutschen Popsänger hatte, der einem ständig im Fernsehen begegnete.

Achmed war ein alter Bekannter, ich hatte ihn vor einigen Jahren als dringend Tatverdächtigen nach einem Raubüberfall auf einen Juwelier an der Kettenbrücke kennengelernt. Die Staatsanwaltschaft hatte schon eine Anklage vorbereitet, nachdem mehrere Zeugen ihn angeblich eindeutig identifiziert hatten. Anstatt auf Druck auch meiner Vorgesetzten den Fall rasch abzuschließen, hatte ich jedoch nachweisen können, dass er ein völlig unschuldiger Kunde war und die Zeugen ihn nur wegen seiner ausländischen Herkunft als mutmaßlichen Bewohner der Flüchtlingsunterkunft und somit möglichen Täter genannt hatten. Dass Achmeds Familie bereits in dritter Generation in Deutschland wohnte und besser Fränkisch als Türkisch sprach, hatte sich bei den Vernehmungen herausgestellt. Der später überführte und verurteilte Täter war trotzdem Ausländer: ein blonder Däne, der zufällig die gleiche Jack-Wolfskin-Jacke getragen hatte wie Achmed und der vor Gericht ein umfassendes Geständnis ablegte. Und Dänen lügen bekanntlich nicht. Allerdings glaubte ich, dass jeder dritte Bamberger Besitzer einer solchen Jack-Wolfskin-Jacke war.

»Was zum Trinken dazu, Bulle?«, fragte Achmed, nachdem ich mich auf einen der roten Plastikstühle ans Fenster mit Blick auf die viel befahrene Straße gesetzt hatte. Er war der Einzige, der mich Bulle nennen durfte, ohne sich dafür eine Anzeige wegen Beamtenbeleidigung einzuhandeln. Wenn er »Bulle« sagte, dann war das fast so etwas wie eine Respektsbekundung, so wie die bayerische Aussage »A Hund is er scho« höchste Anerkennung ausdrückte. Von Achmeds Angebot, ihn im Gegenzug jederzeit »Kanake« nennen zu dürfen, hatte ich allerdings noch nie Gebrauch gemacht. Wohl aber davon, ihn jederzeit fragen zu dürfen zu den Dingen, die in der Stadt passierten und nicht in der Zeitung standen. Und davon gab es einige.

»Ein Pils, alkoholfrei«, antwortete ich. Auf dem Tisch lagen kleine Veranstaltungsflyer für Comedy-, Schlager- oder Kindermusical-Veranstaltungen in der Konzerthalle oder der Brose-Arena sowie Papierservietten, auf denen in chinesisch aussehenden Buchstaben »Lang zu!« gedruckt war, darunter der Name des Inhabers des »Drachen«: Narubadin Thammasatchanan. Dies klang weder chinesisch noch türkisch noch nach einer anderen Sprache, die ich mit den hier angebotenen Köstlichkeiten in Verbindung bringen konnte.

Die Bratwurst lag nach wenigen Minuten vor mir auf einem weißen Plastikteller auf dem Tisch, daneben eine Portion goldgelber Pommes frites.

»Sag mal, Achmed«, begann ich, während ich mit Messer und Gabel von der Wurst ein Stück abschnitt und in den Senfklecks eintauchte. »Nur mal so hypothetisch gefragt …«

»Hypo… was?«, entgegnete er.

»Ich meine, rein theoretisch gefragt …«

»Du meinst: Du fragst nicht für dich, sondern für einen Freund?« Er drückte ein Auge zu. »Verstehe. Also schieß los.«

»Schießen trifft's schon ganz gut, Achmed. Also mal angenommen, ich bräuchte eine Waffe …«

»Trägst du denn keine unter der Schulter, Bulle?« Dann haute er sich mit der flachen Hand vor die Stirn. »Ich vergaß, du fragst ja für einen Freund.« Kopfschüttelnd fügte er hinzu: »Was hast du denn für Freunde?«

Ich räusperte mich. »Also, angenommen, ich wäre kein … äh … Bulle und bräuchte eine Waffe, und zwar ein baugleiches Modell wie eine Polizeiwaffe. Was müsste ich tun?«

Achmed kratzte sich am Kinn. »Ich habe natürlich keine Ahnung, Chef, wie man an eine scharfe Waffe kommen könnte, außer mit einem Waffenschein zum ›Waffen-Hinz‹ am Maxplatz zu gehen.«

»Schon klar.«

»Aber wenn ich keine Waffenbesitzkarte hätte, dann würde ich es entweder im Darknet versuchen, oder ich würde zum

Nürnberger Hauptbahnhof fahren und mich ein bisschen auf dem Bahnhofsvorplatz herumtreiben. Ich denke, da würde ich in kurzer Zeit entsprechende Connections knüpfen können.«

»Hm«, sagte ich und biss genussvoll in die Wurst. Das mit dem Darknet hatte Paulina mir schon mehrfach zu erklären versucht. Aber ich scheiterte ja oft schon daran, wenn ich im Internet eine Bestellung mit Kreditkarte bezahlen sollte. »Also mit anderen Worten: So eine illegale Knarre bekommt man schon mit ausreichend krimineller Energie?«

»Kann man so sagen, Chef. Noch einen Ouzo aufs Haus?«

Einen griechischen Ouzo hätte ich aus der Hand eines Türken im China-Imbiss nicht erwartet. Ich lehnte dankend ab.

## VIER

Am nächsten Morgen fanden wir uns an der Moosstraße 91 ein, wo die Dreharbeiten für den »Franken-Bullen« fortgesetzt werden sollten. Der Parkplatz vor dem Büro- und Gewerbegebäude an der Ecke zum Berliner Ring war abgesperrt und stand voll mit Wohnmobilen und Kleintransportern. Es war nicht das erste Mal, dass ich feststellte, dass im Fernsehgeschäft ein Todesfall keineswegs die Ablaufpläne der Produktionsfirmen in Frage zu stellen schien. Nach dem Mord am Moderator einer Schlagershow bei den Proben in der Brose-Arena hatten die Redakteure kurzerhand das Konzept umgeschrieben und einfach ohne den Moderator weitergemacht. Hier beim Dreh war zwar nur eine Nebendarstellerin erschossen worden, aber abgedrückt hatte der Hauptdarsteller.

»Wieso dürfen die einfach weiterdrehen?«, fragte Paulina, die auf mich wartete, während sie an der Tür des Dienstwagens lehnte. Ich war mit dem Pedelec direkt von zu Hause hergefahren.

»Wir haben keine Handhabe«, antwortete ich. »Zenker ist wieder auf freiem Fuß und hat kein Berufsverbot. Und ein Abbruch der Dreharbeiten würde wohl nicht nur immense Kosten verursachen, sondern auch ein gewisses Aufsehen erregen. Da kommt ja Dreyer.«

Der Regisseur näherte sich mit seiner braunen Cordhose, einem karierten Flanellhemd und einem locker um den Hals gebundenen Schal.

»Herr Kommissar, Frau Kommissarin, schön, Sie zu sehen«, rief er uns entgegen und schaute etwas zu lange auf meine Füße.

»Das bezweifle ich«, entgegnete ich. »Sie machen business as usual? The show must go on?«

Ich wusste, was jetzt kommen würde. Jede Minute koste

soundso viel Euro. Verträge und Termine müssten eingehalten werden. Und so weiter.

»Wir sind vom Tod von Frau Schauer natürlich alle sehr erschüttert«, sagte Dreyer und blickte einige Sekunden betroffen auf den Boden. »Aber wir können nicht einfach in Trauer verharren. Ich bin sicher, dass es auch Barbaras Wille wäre, dass der Film nach ihrem Drehbuch umgesetzt und weiter produziert wird.«

»Schon gut, wir können Sie nicht daran hindern«, sagte ich. »Was wird eigentlich aus dem Honorar, das Frau Schauer für das Drehbuch bekommen hätte? Und wie hoch ist das überhaupt?«

»Das kann ich Ihnen nicht sagen.« Dreyer zuckte mit den Schultern. »Die Verträge schließt die Redaktion des Senders direkt mit den Autoren. Das heißt, die meisten Autoren lassen sich bei vertraglichen Angelegenheiten von einem Agenten vertreten. Soviel ich weiß, war Barbara bei Westermann unter Vertrag.«

»Westermann?«

»Literaturagentur Volker Westermann aus München. Der ist auf regionale Krimiautoren spezialisiert.«

Paulina tippte den Namen in die Notizbuchfunktion ihres Smartphones ein.

»Was drehen Sie hier heute?«, wollte ich wissen.

»Es ist nur eine kurze Szene in der Bowlingbahn. Kommissar Rottmann vernimmt eine Gruppe von Zeugen. Was ich Sie noch fragen wollte …« Dreyer senkte die Stimme. »Dass Zenker wieder frei ist, bedeutet doch, dass er unschuldig ist und frei bleibt, oder? Ich meine, wir müssen ja weiterplanen.«

»Es gibt bei uns die Unschuldsvermutung, die so lange gültig ist, bis die Schuld des Täters vor Gericht rechtskräftig bewiesen ist«, dozierte ich. »Von daher gilt Zenker als unschuldig, ja. Hilft Ihnen das weiter für …«, ich räusperte mich, »Ihre Planung?«

»Ähm, ja, das hilft mir vorerst weiter, Herr Kommissar. Und noch eine letzte Frage.«

»Ja?«

»Ich meine … es ist mir etwas unangenehm«, druckste er herum. »Aber es wäre ja wie gesagt im Sinne von Frau Schauer, dass der Krimi mit den bestmöglichen Szenen ausgestrahlt wird, und daher –«

»Das ist nicht Ihr Ernst, oder?«, fiel ihm Paulina ins Wort, weil ihr offenbar klar war, worauf Dreyer hinauswollte.

»Wie bitte?« Der Regisseur blickte sie erschrocken an.

»Verstehe ich Sie richtig«, fragte Paulina, »dass Sie, um sich die Kosten für einen Nachdreh zu sparen, die gefilmte Szene auf der Brücke verwenden wollen? Geschmackloser geht's ja wohl kaum!«

»Nein, nein, Sie verstehen mich ganz falsch«, wehrte Dreyer ab. »Keineswegs geht es darum, Produktionskosten zu sparen. Das wäre ja wirklich pietätlos.« Er räusperte sich wieder. »Aber ja, die Szene auf der Brücke … ich meine … man sieht auch nicht, wie Frau Schauer getroffen wird. Aber wäre es nicht auch eine schöne Geste, um der Autorin zu gedenken, wenn wir die Szene so zeigen würden?«

»Wir haben die Aufnahmen zunächst mal als Beweismaterial beschlagnahmt«, stellte ich fest. »Was Sie nach Abschluss der Ermittlungen damit machen, können Sie ja mit der Ethikkommission Ihrer Sendeanstalt diskutieren, falls es so etwas gibt.«

»Ähm, ja«, gab sich der Regisseur kleinlaut. »Ich hoffe, Sie verstehen mein Anliegen, es geht mir ja nur um –«

»Schon klar«, unterbrach ich. »Und ich weiß sehr genau, worum es Ihnen nur geht. Aber egal. Wir würden gerne noch einige Vernehmungen führen. Sicher können Sie bei den Dreharbeiten mal eine kurze Pause machen.«

»Selbstverständlich. Kommen Sie mit!«

»Sagen Sie, Horst«, Paulina unterdrückte ein Kichern, »trägt man das in Ihrem Alter jetzt so?«

Sie deutete auf meine Füße. Und jetzt erst bemerkte ich, dass ich meine Hosenbeine noch in meine Socken gesteckt hatte, weil ich zu Hause die Fahrradklammern nicht gefunden hatte.

»Und ich finde auch, Sie können den Fahrradhelm jetzt abnehmen, wenn wir reingehen.«

Der Fauxpas war mir peinlich, und ich brachte die Hosenbeine rasch und wortlos in die korrekte Position, den Helm nahm ich in die Hand.

Neben der Eingangstür war das Schild eines Gesundheitszentrums montiert, davor stand ein Aschenbecher, in dem sich zwischen achtzig und hundert Zigarettenkippen befanden.

»Das passt ja gut zusammen«, murmelte ich.

»Die rauchende Kundschaft gehört sicher eher zum Bowlingcenter im Erdgeschoss als zum Gesundheitszentrum in der ersten Etage. Kegeln Sie eigentlich auch noch, Horst?«

»Bei den Holzkillern bin ich schon länger nur noch passives Mitglied«, sagte ich. »Aber richtiges Kegeln hat für mich nichts mit diesem neumodischen Bowling zu tun. Wissen Sie, mit Kegeln und Bowling verhält es sich wie mit dem Nikolaus und dem Weihnachtsmann.«

»Wie bitte?«

»Die Tradition des heiligen Bischofs Nikolaus kam nach Amerika und wurde dort zu Santa Claus mit rotem Bademantel und Zipfelmütze als Werbekasper für Coca-Cola. Diese Witzfigur kehrte dann als sogenannter Weihnachtsmann wieder nach Europa zurück.«

»Äh, ja. Und was hat das mit Kegeln zu tun?«

»Europäische Auswanderer brachten das klassische Kegeln, wie es schon von Goethe und Schiller betrieben wurde, nach Nordamerika. Aus neun Kegeln wurden zehn, die nicht im Quadrat, sondern im Dreieck aufgestellt wurden. Die Kugel nannte man Ball, und schwups, kam das klassische Kegeln als originelle Trendsportart Bowling aus Amerika wieder zu uns.«

»Verstehe. Und weil Sie ein Traditionalist sind, bleiben Sie beim Nikolaus und beim Kegeln.«

Tatsächlich hatte die Bowlingbahn, die wir jetzt durch eine postgelbe Eingangstür betraten, wenig gemein mit den Kegelbahnen in den Kellern von Wirtshäusern, wie ich sie kannte.

Im Eingangsbereich standen ein Billardtisch und drei Flipper. Rechts war ein hell eingerichtetes Café, auf einer Tafel stand mit bunter Kreide geschrieben: »Wenn Bowling einfach wäre, würde es Fussball heissen.« Das scharfe S fehlte wohl im Kreide-Setzkasten des Verfassers. Darunter war zu lesen: »Don't worry, bowl happy.«

Vor einer der zahlreichen Bowlingbahnen waren mehrere Scheinwerfer und zwei Kameras aufgebaut. Rote und schwarze Stromkabel waren mit Klebeband auf dem Linoleumfußboden verlegt, an einigen klebte ein Warnschild: »Vorsicht, Starkstrom! Lebensgefahr!« Ein Dutzend Menschen wuselte umher. Es dauerte einen Moment, bis ich die Aufnahmeleiterin entdeckte, die mit einem Skript in der linken und einem Tablet in der rechten Hand hektisch auf zwei junge Schauspieler einredete.

»Hallo, Frau Thiel«, sprach ich sie an. »Falls Sie gerade keine Zitronen falten müssen, hätten wir noch ein paar Fragen an Sie.«

Sie seufzte und strich sich eine blonde Strähne aus der Stirn. »Ja, natürlich. Die echte Polizei ist ja auch noch unterwegs. Kommen Sie.« Sie legte ihr Tablet auf einen Klappstuhl und deutete auf den Café-Bereich. »Ich könnte jetzt einen Espresso vertragen. Wir drehen hier schon seit fünf Uhr in der Früh. Und jetzt bitte keinen blöden Spruch über den frühen Vogel. Der kann mich nämlich mal. Danke.«

Sie orderte an der Theke einen doppelten Espresso. Da kein Filterkaffee serviert wurde, verzichtete ich auf ein Heißgetränk. Wir setzten uns, Thiel atmete einmal tief durch, dann sagte sie: »Entschuldigen Sie, dass ich etwas gereizt war. Es tun hier zwar alle so, als wäre das gestern nur ein kleiner Betriebsunfall gewesen. Aber natürlich steckt es uns allen in den Knochen, was passiert ist. Stimmt es, dass Eric Zenker wieder frei ist?«

Ich nickte. »Es gibt bislang keinen ausreichenden Verdacht, der eine Untersuchungshaft rechtfertigen würde. Wir müssen bisher eher davon ausgehen, dass jemand die Attrappe gegen eine scharfe Waffe ausgetauscht hat.«

»Das ist ein sehr perfides Vorgehen, oder, Herr Kommissar?«

»Das kann man wohl sagen, ja. Ist Zenker nicht hier?«

»Er hätte heute eh drehfrei gehabt«, antwortete sie. »Die Szene hier in der Bowlingbahn betrifft einen Subplot.«

»Einen was?«

»Einen zweiten Handlungsstrang, der in der Erzählhierarchie unterhalb der Hauptebene läuft.«

Die Aufnahmeleiterin öffnete ein längliches Zuckerpäckchen und ließ den Zucker in ihren Espresso gleiten, dann rührte sie um, während sie das Papier zu einer kleinen Kugel knüllte.

»Sie sind bei den Dreharbeiten immer dabei. Dann müssten Sie doch mitbekommen, wenn es zwischen zwei Beteiligten Schwierigkeiten gibt, Konflikte, Spannungen …«

»Sie suchen ein Motiv?«

Ich nickte und machte eine hilflose Handbewegung, die aussagte: Was soll ich sonst tun?

»Natürlich gibt es immer wieder mal Streit, keine Frage. Das gehört ja dazu. Und wenn dann auch noch die Autorin mit am Set ist …«

»Frau Schauer?«, hakte Paulina nach.

»Ja. Ich muss ganz offen sagen: Es ist für uns immer sehr anstrengend, wenn der Autor oder die Autorin bei den Dreharbeiten mitreden will. Das ist jetzt gar nicht gegen die Babsi gerichtet. Ich verstehe das ja gut. Aber jeder Autor muss wissen, dass er in dem Moment, in dem er sein Manuskript für eine Verfilmung abgibt, loslassen muss.«

»Was heißt das?«, fragte ich.

»Dass Bücherschreiben und Filmemachen zwei völlig verschiedene Paar Schuhe sind. Eine auf zwei- oder dreihundert Seiten erzählte Geschichte kann man nicht in neunzig Minuten darstellen, ohne grundlegend in die Dramaturgie einzugreifen. Wissen Sie, die Auflösung des erfolgreichsten Kriminalromans der Welt, ›And Then There Were None‹ von Agatha Christie, musste für die Bühnen- und Filmfassung komplett umgeschrieben werden. Das hat die Autorin in diesem Fall selbst erkannt und meisterhaft gelöst. Im Buch wurde der Fall mit einem mehrere Seiten langen Geständnis des Täters in einer Flaschenpost aufgeklärt. Das geht im Film nicht, da gelten einfach andere Gesetze. Die meisten Autoren wissen das auch und vermeiden es um jeden Preis, sich am Drehort sehen zu lassen. Sie würden sich nur aufregen. Manche lehnen es sogar ausdrücklich ab, als Autor im Vorspann genannt zu werden, weil das fertige Produkt mit ihrem Buch kaum noch etwas zu tun hat. Aber das lassen sie sich gut bezahlen und denken: Take the money and run!«

»Und Frau Schauer sah das anders?«

Thiel seufzte. »Sie hatte sich das sogar in ihren Vertrag reinschreiben lassen.«

»Dass sie bei den Dreharbeiten zuschauen durfte?«

»Nicht nur das.« Thiel nahm ihren Espresso und trank die Tasse mit einem Schluck leer. »Ihr Agent, dieser Westermann, hat sogar die Klausel in den Vertrag aufnehmen lassen, dass sie ein Mitspracherecht bei der Ausgestaltung ihrer Figuren hat. Sie hat den Franken-Bullen erfunden, und man darf ihn vor der Kamera nur so verkörpern, wie er in ihrem Kopf ist. Sie hätte laut Vertrag die Dreharbeiten jederzeit platzen lassen können. Und darüber gab's vorgestern Abend auch einen Riesenkrach mit Zenker.«

»Ach, wirklich?« Ich schaute kurz zu Paulina. »Zenker hatte am Vortag ihres Todes Streit mit Frau Schauer? Worum ging es da genau?«

»Ich habe es nur am Rande mitbekommen, aber die Auseinandersetzung war nicht zu überhören. Sie hatte wohl etwas dagegen, dass der Kommissar als Figur zwar immer älter wurde, sich zugleich aber als Typ jünger verhielt.«

»Das verstehe ich nicht«, sagte Paulina. »Dass Kommissare älter werden, gibt's auch im richtigen Leben.«

Ich reagierte nicht auf diese spitze Bemerkung.

»Die Redaktion im Sender wollte verhindern, dass Kommissar Rottmann auf dem Bildschirm älter wirkt als das öffentlich-rechtliche Publikum. Wir wissen ja, dass unsere Zuschauer älter sind als die von ProSieben und RTL. Aber das wollen sie nicht auch noch aufs Butterbrot geschmiert bekommen. Die Idee war, den alternden Kommissar Rottmann als einen immer noch dynamischen, agilen Sympathieträger darzustellen.«

»Einen der berühmten fitten Alten, so wie die Darsteller aus der Granufink-Werbung?«, fragte Paulina und ergänzte leise, während sie mir unauffällig mit dem Ellenbogen in die Seite stieß: »So einen kenne ich auch.«

»Sehr witzig«, zischte ich zurück. Zu Thiel sagte ich: »Und Frau Schauer gefiel das nicht?«

»Nein. Ihr Franken-Bulle war offenbar nicht für charakterliche Entwicklungen vorgesehen. Zenker hingegen kam es durchaus entgegen. Dessen Midlife-Crisis würde es nur verstärken, wenn er auch auf dem Bildschirm noch wie ein Ermittler im Vorruhestand erscheinen würde. Er hat immer gesagt, er will auf keinen Fall, dass die Leute die Serie irgendwann ›Der Kranken-Bulle‹ nennen.«

»Dabei ist Zenker noch keine fünfzig Jahre alt«, bemerkte ich. »Er sieht wesentlich älter aus.«

»Bei seinem Lebenswandel? Kein Wunder«, sagte Thiel. »Man merkt es ihm nicht an, aber er beginnt bereits am Vormittag mit dem Trinken. Ohne einen gewissen Alkoholpegel kann er nicht vor die Kamera treten.«

»Worum ging es in dem Streit zwischen Frau Schauer und Herrn Zenker denn konkret?«, wollte ich wissen.

»Es waren die Klamotten. Zenker sollte in einer Szene, in der er privat nach Feierabend mit einem Kollegen im ›Schlenkerla‹ ein Rauchbier trinkt, in einem Kapuzenpullover in einer hippen Farbe zu sehen sein, so wie Dieter Bohlen sie immer trägt. Für die Babsi war es aber völlig klar, dass Rottmann privat immer ein Sakko tragen würde und niemals einen Hoodie. Und auch nicht die Lederjacke, die im Drehbuch immer häufiger für ihn vorgesehen war.« Sie nahm den Keks, der auf ihrer Untertasse lag, in den Mund und fügte scheinbar beiläufig hinzu: »Ich glaube aber, ehrlich gesagt, dass dieser Streit eigentlich einen anderen Hintergrund hatte. Da ging es eher weniger um Berufliches. Sie verstehen, was ich meine?«

»Nicht ganz. Was wollen Sie andeuten?«

Sie kaute auf dem Keks, um Zeit zu gewinnen, in der sie wohl überlegte, was sie sagen sollte. »Nun, dass zwischen Eric und der Babsi was lief, das ist jetzt kein großes Geheimnis. Das hat jeder mitbekommen, der auch nur einen halben Tag am Set dabei war.«

»Ach ja? Sie meinen, Herr Zenker und Frau Schauer hatten eine Affäre?«, hakte ich nach. Ich fühlte mich in meinen ersten Vermutungen bestätigt. »Aber öffentlich bekannt war das nicht, oder?«

»Nein, obwohl die Sache schon seit der letzten Folge des ›Franken-Bullen‹ lief, also über ein halbes Jahr. Wir haben alle auf die Schlagzeile gewartet: ›TV-Kommissar liebt Krimi-Autorin‹. Aber bislang hat wohl noch keiner aus dem Team der ›Bild‹ einen Tipp gegeben. Abgesehen davon: Sie wollte die Sache wohl eh beenden.«

»Warum?«, fragte Paulina.

»Weil er sich nicht von seiner Frau trennen wollte. Aber das fragen Sie ihn besser selbst. Ich habe nichts gesagt.«

»Hat Frau Schauer ihn denn irgendwie unter Druck gesetzt?« In meinem Kopf entstand die Mutter aller Mordmotive: Eifersucht. »Ich meine: Hat sie gedroht, das Verhältnis publik zu machen, wenn er sich nicht entscheidet?«

»Ich sag nichts mehr.« Thiel hatte offenbar beschlossen, nichts weiter aus der Gerüchteküche aufzukochen. »Wie gesagt: Fragen Sie ihn selbst!« Sie schaute auf eine schwarze Armbanduhr, die wie ein kleines Smartphone aussah, und stellte fest: »Wir müssen weitermachen. Wenn Sie keine Fragen mehr haben …«

»Doch, eine noch!« Ich fixierte die blonde Frau mit meinem Blick. »Würden Sie Eric Zenker einen so kaltblütigen Mord zutrauen?«

Thiel hielt meinem Blick mehrere Sekunden lang schweigend stand. Dann stand sie langsam auf und sagte nur: »Sie entschuldigen mich jetzt bitte!«

»Was war das denn jetzt?«, fragte ich, nachdem die Aufnahmeleiterin sich wieder ihrer Arbeit zugewandt hatte. Paulina zuckte sprachlos mit den Schultern.

»Frau Schauer schien in jeder Hinsicht eine ungewöhnliche Person gewesen zu sein«, stellte ich fest, während wir das Bowlingcenter verließen und zum Dienstwagen gingen.

»Wie meinen Sie das, Horst?«

»Irgendwie passt das, was wir über sie erzählt bekommen, nicht richtig zusammen. Ich kann mir kein richtiges Bild von ihr machen. Wie können wir mehr über Barbara Schauer erfahren?«

»Wikipedia?«, schlug Paulina vor.

»Geht's ausnahmsweise auch offline?«

»Hm. Staatsbibliothek? Stadtbücherei?«

»Fahren wir in die Innenstadt zum ›Hübscher‹.« Die Buchhandlung »Osiander«, wie sie seit einiger Zeit hieß, würde für mich immer der »Hübscher« bleiben. »Die organisieren doch die Lesungen des Literaturfestivals und hatten deshalb sicher Kontakt mit der Autorin.«

»Stimmt«, sagte Paulina. »Und mit Büchern sollten sie sich auch auskennen.«

***

Wenige Minuten später verließen wir die Karstadt-Tiefgarage über den Aufgang zum Maxplatz, wo die jungen Leute der »Vegbereitung« gerade ihren tomatenroten Verkaufsstand aufbauten, an dem sie vegane Burger und hausgemachte Bio-Pommes mit laktosefreier Mayonnaise verkauften.

»Haben Sie heute schon glutenfrei gefrühstückt, Paulina?«

»Ich esse nichts bis Mittag«, erläuterte sie und fügte hinzu, als handele es sich um ein magisches Wort: »Intervallfasten.«

»Sie machen Diät? Wofür das denn? Sie haben eine zauberhafte Figur!«

»Pah!«, erwiderte sie schnippisch. »Me too!«

»Wie bitte?«

»Wenn ich das der Frauenbeauftragten melde, geht das als sexuelle Belästigung am Arbeitsplatz durch.«

»Weil ich gesagt habe, dass Sie keine Diät machen müssen? Das war ein Kompliment.« Und um sie zu provozieren, fügte ich hinzu: »Liebes Fräulein!«

»Sie haben meine – ich zitiere – ›zauberhafte Figur‹ angesprochen. Wenn das mal nicht sexistisch war. Würden Sie mit einem männlichen Kollegen auch so reden?«

Sie sprach mit so ernster Miene, dass ich nicht erkennen konnte, ob sie das wirklich ernst meinte oder ob sie mich auf den Arm nehmen wollte. Letzteres hielt ich für wahrscheinlicher.

»Das Metamorphose-Wasser scheint Ihnen nicht zu bekommen, Paulina. Sie sind doch sonst nicht so empfindlich.«

»Da es keine Zeugen für Ihre verbale Entgleisung gibt, werde ich auf eine Anzeige verzichten. Wir sind hier doch nicht beim ›Charmeur‹.« Sie zwinkerte mir zu. Ich war erleichtert.

»Wer ist der Charmeur?«

»Ich vergaß: Sie schauen nur ZDF. Zentrum der Finsternis. Und kein Privatfernsehen. Das ist so eine neue frauenfeindliche Sendung auf ProSieben. Eine Mischung aus ›GNTM‹ und ›Bachelor‹.«

»GNTM?«

Paulina seufzte. »›Germany's Next Topmodel‹ mit Heidi Klum. Eine Fleischbeschau, wo junge Mädchen auf ihr Aussehen reduziert werden, und wenn sie nicht gut genug mit dem Arsch gewackelt haben, heißt es am Ende: ›Ich habe leider kein Foto für dich.‹ Das Gleiche beim ›Bachelor‹: Da balzen ein Dutzend Tussis um einen Schnösel mit viel Muskeln und Haargel und wenig Hirn, und nach jeder Runde bekommen sie von ihm eine Rose. Oder auch nicht, dann müssen sie abreisen.

Am Ende bleibt ein vermeintliches Traumpaar übrig. Die Beziehung hat dann aber meist die Halbwertzeit eines Hanutas.«

Jetzt seufzte ich. »Ich weiß schon, warum ich lieber ›Traumschiff‹ und die Wiederholungen der ›Schwarzwaldklinik‹ auf ZDFneo anschaue.«

»Ihr Geschmack ist so retro wie diese Leuchtreklame da oben.« Paulina zeigte auf die roten Buchstaben über dem Eingang der Osianderschen Buchhandlung, die darauf hinwiesen, dass dieses Geschäft bereits seit 1596 Bücher verkaufte.

»Das muss kurz nach der Erfindung des Buchdrucks gewesen sein«, sagte sie.

»Nicht ganz«, korrigierte ich. »Gutenberg erfand den Buchdruck etwa hundertfünfzig Jahre vorher.«

Wir schritten durch die Glastür. In einer Wühlkiste lagen mehrere Exemplare des »Lexikons der uncoolen Dinge – von Eierlikör bis Gartenzwerg«.

»Wann haben Sie Geburtstag, Horst? Ich würde dieses Buch gleich für Sie einpacken lassen.«

Ich lächelte.

»Eine passende Karte haben sie hier auch schon. Sehen Sie?« Paulina nahm aus einem Ständer eine Gratulationskarte, auf der ein prickelndes Champagnerglas und eine rote Sechzig gemalt waren.

»Nein danke, so weit ist es noch lange nicht«, erwiderte ich. »Und auch dafür ist es noch zu früh.« Ich deutete auf die Trauerpostkarten daneben. Dass ich jederzeit in meiner Schreibtischschublade eine solche Kondolenzkarte aufbewahrte, um sie im Fall der Fälle sofort griffbereit zu haben, verriet ich ihr nicht. Immer wenn ich eine verschickte und den Vorrat auffüllte, fragte ich mich, wer wohl der Nächste sein würde.

»Hier sind die Franken-Krimis«, sagte Paulina und schaute auf ein Regal gegenüber, das sich zwischen den Franken-Reiseführern und den Bestsellern befand. Dort standen nebeneinander die Bücher von Barbara Schauer, Hartmut Knauer, Joffrey Boese und allen anderen mehr oder weniger bekannten Schreibtischtätern aus der Region. Darüber war ein Monitor montiert, der den Eingangsbereich zeigte, um allen potenziellen Ladendieben frühzeitig deutlich zu machen, dass sie unter Beobachtung standen.

Ich nahm das Buch »Mord im Franken-Thüringen-Express« von Knauer in die Hand. »Ein Fall für den fränkischen Poirot«, stand auf der Rückseite über einem Foto des Autors, auf dem er mit finsterer Miene ein blutiges Messer neben sein Gesicht hielt.

»Kann ich Ihnen helfen? Suchen Sie einen guten Franken-Krimi?«

Wir drehten uns um. Hinter uns stand eine freundliche, große und schlanke Dame mit roten Haaren und einer schwarzen Plastikbrille. Dem Schild an ihrer weißen Bluse zufolge hieß sie Angela Koller-Kesselmeier. Sowohl Vor- als auch Doppelnachname befähigten sie zu höchsten Staatsämtern, hier war sie aber wohl nur die Filialleiterin.

»Diesen kann ich Ihnen empfehlen.« Frau Koller-Kesselmeier nahm ein Buch in die Hand, dessen Umschlagmotiv das Alte Rathaus zierte, das sich im blauen Regnitzwasser spiegelte. »Oder auch den.« Sie zeigte uns ein Buch, auf dem die Bamberger Domtürme zu sehen waren.

»Touristische Postkartenmotive scheinen bei diesem Genre obligatorisch zu sein«, vermutete ich.

Die Filialleiterin nickte zustimmend. »Gerade Touristen, die solche Bücher als Souvenirs mitnehmen, sprechen darauf an. Noch besser funktioniert eigentlich nur eine scheckige Kuh.« Sie lachte.

»Eine Kuh?«, fragten Paulina und ich zugleich.

»Ja, das hat ein Verlagsvertreter mal erzählt: Wenn auf einem Heimatkrimi eine scheckige Kuh abgebildet ist, verkauft er davon tausend Stück mehr. Egal, worum es in dem Buch geht. Schauen Sie hier!« Sie zeigte auf mehrere Allgäu-, Nieder- und Oberbayernkrimis unterschiedlicher Verlage und Autoren, auf denen eine Kuh zu sehen war.

»Wir interessieren uns für Barbara Schauer«, sagte ich.

»Gute Wahl«, entgegnete die Buchhändlerin. »Sehr beliebt ist neben den Romanvorlagen für den ›Franken-Bullen‹ die Reihe um den Nürnberger Privatdetektiv Chris Ridder, da ist gerade ein neuer Fall erschienen. Wir hätten heute Abend die Buchpremiere in Hallstadt gehabt. Aber leider fällt sie aus.«

»Was ist der Grund für die Absage?«, fragte ich scheinbar unbekümmert.

»Das weiß ich nicht genau. Frau Schauers Agent schickte heute früh eine E-Mail, dass die Lesung aus gesundheitlichen Gründen entfallen müsse. Wir sind jetzt dabei, einen Ersatzautor zu suchen. Wahrscheinlich wird Knauer einspringen. Er wird aus ›16 Uhr 50 ab Strullendorf‹ lesen.«

Es war an der Zeit, unsere Identität preiszugeben. Ich zeigte meinen Dienstausweis, vergewisserte mich, dass kein anderer Kunde mithören konnte, und sagte: »Frau Schauer ist tot. Wir sind von der Kriminalpolizei.«

Die Frau mit den Initialen AKK schaute erst ungläubig, dann setzte sie ein etwas verkrampftes Lächeln auf und blickte sich um: »Ist das jetzt ein Scherz? Versteckte Kamera? Ziemlich makaber, ehrlich gesagt …«

»Es ist kein Scherz«, sagte Paulina. »Frau Schauer ist gestern bei den Dreharbeiten für den neuen ›Franken-Bullen‹ ums Leben gekommen.«

»Was heißt: ums Leben gekommen? Ein Unfall?«

»Wir ermitteln noch und können im Moment nicht mehr sagen«, antwortete ich. »Der Almondo-Verlag wird wohl im Laufe des Tages eine Erklärung zu ihrem Tod abgeben. Und auch die Polizei wird die Öffentlichkeit informieren. Sie kannten Frau Schauer persönlich?«

Sie atmete tief durch. »Ich kann nicht glauben, was Sie sagen, Herr Kommissar. Lassen Sie uns doch nach oben gehen, ich muss mich jetzt setzen.«

Sie führte uns eine Treppe hinauf in die erste Etage der Buchhandlung, wo ein gemütliches Café eingerichtet war. An den Wänden hingen persönliche Buchempfehlungen der Angestellten. Ein »Fettnäpfchenführer Bayern« wurde ebenso angepriesen wie die Neuauflage des Reiseführers »Marco Polo Franken« und ein Buch über Babybräuche aus aller Welt.

»Möchten Sie etwas trinken? Kaffee? Cappuccino?«

»Wenn Sie auch einen mit Sojamilch haben«, sagte Paulina.

Und ich fügte hinzu: »Für mich gerne ein Glas Wasser.«

AKK gab die Bestellung an eine junge Bedienung hinter einem Tresen weiter.

»Wir haben bisher keine Angehörigen von Frau Schauer ausfindig machen können«, sagte Paulina. »Wissen Sie, wie sie gelebt hat?«

»Sie lebte allein in Iphofen, soweit ich weiß. In ihrer Autorenbiografie steht, dass sie mit ihrer Katze auf einem Weingut wohnt, das sie von ihren Eltern geerbt hat. Von Kindern oder Ehemann ist keine Rede.«

»Kümmert sich jemand um die Katze?«, fragte Paulina besorgt.

Ich verdrehte die Augen. »Ist bestimmt ein Freigänger, der auf dem Weinberg genug Mäuse finden wird. Die Kollegen vor Ort haben jedenfalls nichts Auffälliges bezüglich leidender Haustiere gemeldet.«

»Wenn es weder lebende Eltern noch Kinder gibt, stellt sich die Frage nach den Erben«, sagte Paulina.

»Richtig«, bemerkte ich. »Sagen Sie, Frau Koller ...«, ich blickte auf ihr Namensschild, »Frau Koller-Kesselmeier, weiß man, wie viele Bücher Frau Schauer verkauft und wie viel Vermögen sie damit angehäuft hat?«

Frau Koller-Kesselmeier schüttelte den Kopf. »Keine Ahnung. Die Ridder-Reihe verkauft sich ganz gut, aber das heißt für einen solchen Krimi vielleicht zwanzig- oder dreißigtausend Exemplare.«

»Was verdient denn ein Autor an einem Buch?«, wollte ich wissen.

»Die wenigsten Autoren können vom Schreiben leben, ich

würde mal sagen, fünf Prozent. Sie haben meist noch einen Brotjob zum Geldverdienen. Wenn ein Taschenbuch zehn Euro kostet, bleiben davon etwa vier Euro beim Buchhandel. Der Autor bekommt gewöhnlich acht Prozent vom Nettoladenverkaufspreis. Das heißt vom Verkaufspreis minus Umsatzsteuer. Hinzu kommen noch Erlöse aus Nebenrechten. Ihre Hörbücher, die sie selbst eingesprochen hat, sind ganz erfolgreich.«

»Also deutlich weniger als ein Euro pro Buch«, stellte ich fest, ohne lange im Kopf rechnen zu müssen. »Da muss man eine ganz ordentliche Auflage haben, um damit auf das Monatsgehalt eines Angestellten zu kommen.«

»Stimmt. Und selbst wenn man mal einen Bestseller landet und davon ein Jahr leben könnte, kann niemand garantieren, dass das nächste Buch auch wieder ein Erfolg wird. Darum verkaufe ich lieber Bücher, als dass ich welche schreibe. Es hat mal jemand ausgerechnet, dass ein Schriftsteller, wenn er nicht gerade in den Bestsellerlisten steht, auf einen durchschnittlichen Stundenlohn von sechs Euro brutto kommt. Das ist weniger als der gesetzliche Mindestlohn, der für Putzfrauen und Regalfachkräfte im Aldi gilt. Und für viele Autoren ist das sicher noch sehr großzügig gerechnet.«

»Trotzdem nagte Frau Schauer nicht am Hungertuch«, sagte ich.

»Sie wird das meiste Geld mit den Fernsehdrehbüchern und dem Verkauf der Filmrechte verdient haben«, vermutete die Buchhändlerin. »Sie hatte wohl einen ganz pfiffigen Agenten. Wenn Sie so danach fragen, wer von ihrem Tod profitiert … Ich meine: Ist sie denn«, sie betonte das Wort besonders, »*umgebracht* worden?«

»Wir ermitteln in alle Richtungen«, antwortete ich ausweichend. »Wir können derzeit weder einen Unglücksfall noch ein Verbrechen ausschließen.«

In diesem Moment piepste das tragbare Telefon, das Frau Koller-Kesselmeier am Gürtel ihrer Designerjeans befestigt hatte. Sie meldete sich nur mit dem ersten Teil ihres Doppelnamens, kurz darauf hellte sich ihre Miene auf.

»Das ist ja Glück im Unglück, vielen Dank, Herr Knauer. Sie helfen uns damit wirklich sehr. Sind Sie mit dem üblichen Honorar einverstanden? Ja? Dann bis heute Abend.«

Sie beendete das Gespräch und sah uns erfreut an. »Knauer springt ein. Dann müssen wir die Lesung nicht absagen. Wir sind ausverkauft im ›Kulturboden‹.«

»Sie sagten eben, der Autor bekomme für seine Lesung das übliche Honorar?« Ich wunderte mich. »Kriegt er noch Geld dafür, dass er für seine Bücher Werbung machen kann?«

»Die alte Diskussion«, seufzte die Buchhändlerin. »Viele verstehen nicht, dass Autoren auch Künstler sind, die von irgendetwas leben müssen. Dass die Buchhonorare dafür kaum ausreichen, haben Sie ja eben schon gehört. Die meisten Autoren verdienen mit Lesungen mehr als mit dem Verkauf ihrer Bücher. Und zu einem Schreiner sagt ja auch keiner, dass er einen Schrank umsonst bauen soll, weil der ja Werbung für ihn sei.«

»Ach, so ist das«, sagte ich. »Klingt einleuchtend. Ich war noch nie auf einer Lesung.«

»Wenn Sie mal eine erleben möchten: Ich hätte noch zwei Ehrenkarten übrig. Der Landrat und seine Frau mussten kurzfristig absagen. Heute um neunzehn Uhr dreißig.« Sie schaute uns fragend an.

Ich überlegte kurz, sah Paulina an und sagte dann: »Warum eigentlich nicht?«

»Ich habe heute Abend Yoga in der VHS«, wehrte Paulina sofort ab, »tut mir leid.«

»Okay, dann komme ich alleine.«

»Wie schön, Herr Kommissar. Es ist ein Platz in der ersten Reihe für Sie reserviert.«

»Das freut mich sehr«, sagte ich. »Dann bis heute Abend.«

## *Die Bärenfalle (2)*

*»Was ist los, Emmi?«, fragte Bertl, als Emmi kreidebleich vor dem Wandtelefon stand.*

*»Das … das war die Polizei. Es geht um den Mord in Warmensteinach«, stammelte sie.*

*»Mensch, beruhige dich doch erst mal.« Lissi ging auf die dreißig Jahre jüngere Frau zu und nahm sie in den Arm. »Setz dich, und dann erzähl. Warum hat die Polizei hier oben auf der Hütte angerufen?«*

*Der Wind pfiff durchs Gebälk, das Licht flackerte. Emmi ließ sich auf einen Stuhl sinken, ihre Hand zitterte. »Es war ein Kripobeamter, der erzählt hat, dass sie bei dem Ermordeten in Warmensteinach einen Zettel mit der Adresse dieser Hütte gefunden haben. Und sie glauben, dass der Mörder den Zettel verloren hat.«*

*Einige Sekunden herrschte Stille. Niemand schien sofort zu begreifen, was diese Information bedeuten sollte.*

*»Heißt das, dass der Mörder auf dem Weg hierher ist?«, ergriff Lissi als Erste wieder das Wort.*

*Emmi zuckte mit den Schultern. »Das weiß ich nicht. Vielleicht war er auch schon hier. Aber sie wollen uns warnen. Sie können niemanden herschicken, die Zufahrtswege sind schon komplett verschneit.«*

*»Ein Hubschrauber?«, fragte Heiner Deuerling.*

*»Wegen eines Zettels, der alles und nichts bedeuten kann?« Bertl zeigte Deuerling einen Vogel. »Außerdem: Wo sollte hier oben ein Hubschrauber landen können? Selbst ohne dieses Schneetreiben …«*

*»Aber sie würden uns nicht warnen, wenn keine Gefahr bestünde«, meinte Emmi nachdenklich.*

*»Jetzt bleibt mal alle ganz ruhig«, schaltete sich Anton Drygalski beschwichtigend ein. »Wenn die Polizei nicht in der Lage*

*ist, hierherzukommen, um uns zu schützen, dann kann auch ein Mörder nicht herkommen. Ist doch logisch, oder? Wir sind hier absolut sicher.«*

*Drygalski hatte neben dem Theaterspielen nur noch eine Leidenschaft, der er mit ähnlich großer Begeisterung frönte, und das war Tennis, sowohl als aktiver Vereinsspieler beim TC Grün-Weiß Bayreuth als auch als Fan der deutschen Spielerinnen und Spieler. Und dabei legte er Wert darauf, dass er sich nicht erst seit dem deutschen Tennisboom, der beim ersten Wimbledonsieg von Boris Becker vor drei Jahren eingesetzt hatte, für den weißen Sport begeisterte. Er hatte bereits 1970 die erste deutsche Finalteilnahme im Davis Cup gegen die USA verfolgt, als Wilhelm Bungert und Christian Kuhnke gegen Arthur Ashe und Cliff Richey in Cleveland mit null zu fünf chancenlos blieben. Dass an diesem Adventswochenende Theaterprobe und Tennisübertragung gleichzeitig stattfanden, sah er als besondere Herausforderung an.*

*Neben dem regelmäßigen Tennistraining machte er dreimal wöchentlich einen zehn Kilometer langen Dauerlauf, um sich für seinen Hauptberuf als Kaufhausdetektiv fit zu halten, wobei die Verfolgungsjagden, die er gelegentlich im Bayreuther Hertie bewältigen musste, oft nur von der Parfüm-Abteilung bis zu den Glastüren am Haupteingang reichten. Dass er beruflich ein Verbrechensbekämpfer war, qualifizierte ihn in der Theatergruppe meist für die Rollen von Detektiven oder Polizisten, so wie auch in diesem Stück.*

*»Ich schätze, die Bullen wollten mit dem Anruf einfach nur testen, ob jemand hier oben ist«, mutmaßte Lissi.*

*»Ich möchte nicht, dass hier Staatsbürger in Uniform als Bullen geschmäht werden«, protestierte Drygalski.*

*»Haut die Bullen platt wie Stullen!«, sagte Lissi leise und lachte.*

*»Unsere größte Sorge sollte nicht ein frei herumlaufender Verbrecher sein, sondern die Menge Brennholz, die uns hier oben noch bleibt«, gab sich Deuerling pragmatisch. Die anderen*

*nickten. »Das sieht gut aus. Der Holzvorrat sollte uns dieses Wochenende gut überstehen lassen. Und schließlich will wohl keiner von uns Weihnachten hier auf der Hütte verbringen, so lieb wir uns alle auch haben. Lasst uns Ruhe bewahren und weitermachen.«*

*»Es gibt über der Treppe eine Waffe«, sagte Emmi. »Ein Gewehr, das an der Wand hängt.«*

*»Du meinst den Bärentöter da draußen?« Bertl lachte laut auf, ging hinaus und kehrte mit der Waffe wieder zurück. »Mit dem dürfte seit hundert Jahren nicht mehr geschossen worden sein.« Zum Beweis zielte er auf ein Hirschgeweih, das über der Tür angebracht war, und drückte ab. Klack-klack machte es nur. »Damit kann man nicht mal einen Wolpertinger erlegen. Aber wir können die Flinte natürlich hernehmen und dem Mörder Angst einjagen, wenn er doch hier vor der Tür steht.« Er lachte, doch niemand sonst schien diese Bemerkung lustig zu finden.*

*»Dann nimm ihn halt und stell ihn in die Ecke«, sagte Drygalski. »Aber ich denke, der Peter hat recht. Wir sollten mit den Proben beginnen und uns nicht verrückt machen lassen. Wir können hier oben jetzt eh nichts anderes tun, und wir haben nicht ewig Zeit, wenn wir das Stück bis zur Premiere draufhaben wollen.«*

*Es entstand ein allgemeines zustimmendes Gemurmel, das Peter Bertl zu der Ansage veranlasste: »Ich schlage vor, dass wir ein wenig pausieren, uns noch mal den Text ansehen, und in zwei Stunden treffen wir uns wieder hier für eine erste Probe. Dann kommen wir auf andere Gedanken.«*

*Inzwischen hatte Boris Becker gegen Stefan Edberg den ersten Satz souverän mit sechs zu drei gewonnen.*

## FÜNF

Auf der Rückfahrt ins Büro ging mir der Gedanke nicht aus dem Kopf, dass wir mit der Schriftstellerin Barbara Schauer schon mal etwas zu tun gehabt hatten.

»Sagen Sie mal, Paulina. Woher kennen wir eigentlich Frau Schauer?«, fragte ich, als wir in der Langen Straße an einer Ampel standen, wo früher die mittlerweile leider geschlossene »Piano Bar« gewesen war.

»Ähm, wie bitte?« Sie verstand meine Frage wohl nicht. »Wie meinen Sie das?«

»Mir ist so, als hätten wir sie schon mal in einem anderen Fall vernommen.«

»Hm«, machte Paulina. »Keine Ahnung. Aber … jetzt, wo Sie es sagen … könnte sein, ja …«

»Ich weiß es wieder!« Es fiel mir ein, als ich rechter Hand die Imbissbude von Qian Peng sah, dem singenden Chinesen, der es vom Stadtrat bis zum Integrationsbeauftragen der Staatsregierung gebracht hatte und bei der nächsten Oberbürgermeisterwahl die Nachfolge von Alfred Marienberg antreten wollte. »Qian Peng, Alfred Marienberg und Barbara Schauer. Das waren drei der Personen, denen damals die geköpften Gartenzwerge zugesandt wurden. Erinnern Sie sich?«

»Na klar, Tatsache!«, rief Paulina und schlug mit der flachen Hand auf das Lenkrad. »Ja. Der Dompfarrer Monsignore Momberg war auch dabei und außer ihm noch ein paar andere. Jetzt fällt es mir auch wieder ein. Wir hatten Barbara Schauer in einem Nürnberger Hotel in der Nähe des Hauptbahnhofs befragt.«

»Im ›Le Méridien‹«, ergänzte ich. »Da fand so ein Krimidinner statt. Sie hatte damals einen Roman veröffentlicht, der im Schrebergartenmilieu spielte: ›Tod im Kompost‹. Das muss mindestens …«, ich überlegte kurz, »fünf Jahre her sein. Oder noch länger. Da sollten die Vernehmungsprotokolle doch noch bei uns abgelegt sein.«

»Das werden wir gleich sehen«, sagte Paulina. »Glauben Sie, der Chinese hat eine Chance bei der OB-Wahl?«

»Er ist kein Chinese, sondern hat einen deutschen Pass und spricht besser Deutsch als so mancher Franke«, korrigierte ich. »Sonst könnte er ja nicht kandidieren. Da Marienberg zum dritten Mal antritt, sieht Peng seine Chance darin, dass viele Bamberger einen Politikwechsel wünschen und ein neues Gesicht im Rathaus wollen.«

Auch mit Marienberg hatten wir schon mehrfach bei den Ermittlungen zu tun gehabt.

»An manchen Sommertagen scheinen sich in der Altstadt eh mehr Asiaten als Franken aufzuhalten, warum sollten wir dann nicht als erste Stadt Deutschlands einen chinesischen Bürgermeister bekommen?«, sagte ich und verbesserte mich sogleich: »Einen chinesischstämmigen, meinte ich natürlich.«

»Eben. Und hat nicht der Erdbeerschorsch auch schon mal gesagt, dass sogar ein Türke Bundespräsident werden könnte? Warum also kein Chinese Bürgermeister?«

»Moslem, hat der Erzbischof gesagt. Und dabei nur auf das Grundgesetz hingewiesen. Da halte ich es allerdings für wahrscheinlicher, dass Peng unser Stadtoberhaupt wird.«

»Gut möglich«, meinte Paulina.

Wir fuhren hinter einem weißen Getränkelaster, auf dem der Slogan »Weil euer Durschd is uns ned wurschd« geschrieben war.

»Wie kann man nur mit so einem falschen Satz durch die Gegend fahren und auch noch Werbung machen«, schimpfte ich.

»Warum? Weil man wurst und Durst mit t am Ende schreibt? Über die fränkische Mundart muss ich Sie doch nicht aufklären, Horst.«

»Nein, ich meine die falsche Verwendung der Konjunktionen denn und weil.«

»Warum? Sie haben doch die gleiche Bedeutung.«

»Sie haben zwar eine gemeinsame Bedeutungsebene, jedoch in der deutschen Grammatik eine völlig unterschiedliche Funktion: ›Denn‹ leitet immer einen Hauptsatz ein und ›weil‹ einen Nebensatz. Es muss also heißen: Denn euer Durst ist uns nicht wurst. Oder: Weil euer Durst uns nicht wurst ist. Punkt.«

»Schade, dass es kein Dezernat für korrekte Rechtschreibung gibt. Da könnten Sie der Chef sein, Horst.«

»Danke für das Kompliment. Allerdings geht es hier nicht um Rechtschreibung, sondern um Grammatik. Und sehr nett, dass Sie nicht wieder Rechtschreib-Nazi zu mir sagen.«

Wenig später stellten wir unseren silbermetallicfarbenen Dienst-Golf auf dem Parkplatz der Polizeiinspektion in der Schildstraße ab und stiegen durch das Treppenhaus in den dritten Stock, wo unser Kommissariat untergebracht war.

»Der Obduktionsbericht«, rief Paulina, als sie schon ihren Rechner hochgefahren hatte, während ich mein Sakko noch auf den Kleiderbügel hinter der Tür hängte, neben der über einem Spiegel die mahnenden Worte »Du bist Polizei« geschrieben waren. »Es ist die Kurzzusammenfassung aus der Rechtsmedizin in Erlangen.«

»Ach, ist die Stelle von Professor Reißer endlich neu besetzt worden?«

Reißer war jahrzehntelang Leiter des Rechtsmedizinischen Instituts der Uni Erlangen gewesen. Er war für alle Leichen zuständig, die wir ihm aus unserem Verantwortungsbereich hatten liefern lassen, einschließlich eines geköpften Gartenzwergs, den er auf seinem Untersuchungstisch fachmännisch seziert hatte, womit er zur Auflösung des Falls beitrug. Seinen morbiden Humor hatte ich immer sehr gemocht.

»Wieso? Ist der nicht schon vor zwei Jahren in Pension gegangen?«, meinte Paulina.

»Ja. Und als man einen Nachfolger gefunden hatte, kündigte der bereits wieder, bevor er seinen Dienst angetreten hatte.

Ein Pharmakonzern hatte offenbar das finanziell attraktivere Angebot gemacht. Was steht drin?«

Paulina bewegte ihre Maus, ich setzte mich an meinen Schreibtisch, der im rechten Winkel zu ihrem Arbeitsplatz stand.

»Hier stehen nur ein paar Stichwörter. Oder heißt es Stichworte?«

»Paulina, bitte!«

»Schocktod infolge multipler akuter Reizungen des peripheren Nervensystems.«

»Wie bitte?« Schocktod? Wie soll man das denn verstehen? Das Opfer ist doch nachweislich erschossen worden.«

»Hier steht, dass weitere Erläuterungen jederzeit persönlich oder per Skype-Schaltung möglich sind. Der ausführliche Bericht komme spätestens –«

»Skype?« Ich schüttelte den Kopf. »Damit jeder Hacker unsere Besprechungen anzapfen und mithören kann? Nicht mit mir. Aber es wäre doch eine gute Gelegenheit, den Nachfolger von Professor Reißer mal persönlich kennenzulernen, oder?«

»Stimmt, warum nicht?«

»Dann besuchen wir doch mal Professor … wie heißt er noch gleich?«

»Da steht ›Peter Meier‹«, antwortete Paulina und fügte hinzu: »Aber jetzt schaue ich mal schnell in der elektronischen Aktenablage nach den Vernehmungsprotokollen von Barbara Schauer.« Sie tippte auf der Tastatur und befüllte offenbar die Suchmaske unseres elektronischen Polizeiverwaltungssystems. Nach einigen Sekunden stellte sie fest: »Es war 2015. Ich hab's. Es ging in der Vernehmung um die Frage, wer ein Motiv gehabt haben könnte, ihr einen geköpften Gartenzwerg zuzusenden.«

Ich forderte sie mit einem Kopfnicken auf, vorzulesen.

Paulina überflog die Aussagen und murmelte leise vor sich hin. Dann fasste sie zusammen, was sie gelesen hatte: »Interessant für uns sind die Angaben, die sie über einen Streit mit dem Krimiautor Hartmut Knauer gemacht hat. Es gab damals eine rechtliche Auseinandersetzung zwischen ihrem Almondo-Verlag und dem Verlag von Knauer über die Frage, wer sich öffentlich als der erfolgreichste fränkische Krimiautor bezeichnen darf.«

»Oh, was für ein Luxusproblem«, sagte ich.

»Sie berichtete uns, dass Almondo eine einstweilige Verfügung erreicht hatte, wonach Knauers Sören-Verlag dies nicht mehr behaupten durfte, solange er seine Verkaufszahlen nicht notariell beglaubigen konnte. Seitdem behauptete er nur noch, der erfolgreichste Autor von Franken-Krimis zu sein. Inzwischen dürfte sich diese Frage allerdings geklärt haben. Wenn man nicht nur die Erlöse aus Franken-Krimis zählt, sondern auch die aus Filmlizenzen und Drehbüchern, dürfte Frau Schauer längst erfolgreicher sein als Knauer.«

»Stimmt wohl, allerdings ist sie jetzt tot«, sagte ich. »Damit ist dann vielleicht Knauer wieder der erfolgreichste lebende fränkische Krimiautor.«

»Glauben Sie, das könnte ein Mordmotiv sein?«, sagte Paulina zweifelnd.

»Man weiß nicht, was in den Köpfen von Schriftstellern alles so vor sich geht«, antwortete ich. »Fest steht nur, dass sie sich sehr viel damit befassen, die unterschiedlichsten Probleme mit Hilfe von Kapitaldelikten aus der Welt zu schaffen.«

»Schon, aber heißt es nicht immer auch, dass Verfasser von Kriminalgeschichten damit auf literarischem Weg die Instinkte kanalisieren, die andere Menschen zu Verbrechern werden lassen?«

»Mag sein«, sagte ich. »Fahren wir nach Erlangen.«

***

Als wir im Auto das Ortsschild der Universitätsstadt Erlangen passierten, mahnte Paulina mich: »Bitte nicht wieder den Witz mit den Theologiestudenten.«

»Keine Sorge. Ich erzähle doch keinen Witz zweimal.«

»Schön wär's«, erwiderte sie. »Dass es in der Bibel heißt, man solle das Reich Gottes zu Erlangen suchen, habe ich schon mehr als einmal gehört. Haben Sie was Neues auf Lager?«

Ich überlegte kurz. Dann fragte ich: »Was ist ein Pensch?«

»Ein was?«

»Pensch.« Ich buchstabierte das Wort. Es war ein Gag aus der Sendung »Schmidteinander« mit Harald Schmidt und Herbert Feuerstein, die in den neunziger Jahren zu einer Uhrzeit lief, als Paulina garantiert längst im Kinderbettchen schlummerte.

»Keine Ahnung, was ein Pensch …« In diesem Moment leuchteten die Bremslichter des Wagens vor uns auf, Paulina trat abrupt in die Eisen, sodass wir beide nach vorn geschleudert und vom Gurt abgefangen wurden. Dann sahen wir die Warnblinklichter vor uns.

»Das Stauende lag in einer Kurve«, zitierte ich die oft verwendete Floskel aus dem Verkehrsfunk. »Der Frankenschnellweg macht mal wieder seinem Namen alle Ehre. Nicht nur wegen der Tempo-achtzig-Schilder. Aber gut, dass Sie so eine kurze Reaktionszeit haben, Paulina. Das hätte leicht einer dieser hässlichen Auffahrunfälle werden können.« Es ging im Schritttempo weiter vorwärts. »Ob Professor Reißer seinem Nachfolger den Oskar verliehen hat?«

»Sie meinen das Skelett, das in seinem Büro am Besprechungstisch saß?«

»Genau, mit einer Zigarette zwischen den Fingerknochen. Ich kann mir ja vorstellen, dass er den mit nach Hause genommen und in einen Sessel in seinem Wohnzimmer platziert hat.«

Ich lachte, im Radio lief der Oldie »El Lute« von Boney M. Ich sang leise den deutschen Text, den Michael Holm, Jonny Hill und Roland Kaiser gesungen hatten: »›Er war neunzehn und arm und verurteilt zum Tod. Dabei wussten alle, der Schuldige war nicht El Lute …‹«

Paulina blickte verwirrt zu mir herüber: »Was ist das denn für eine Schnulze?«

»Das Lied ist vierzig Jahre alt und handelt von einem spanischen Dieb und Ausbrecher, der zum Volkshelden wurde.«

»Ein gesungenes Märchen?«

»Nein, El Lute ist eine historische Person, er heißt eigentlich Eleuterio Sánchez Rodríguez und lebt heute noch als Autor und Rechtsanwalt in Spanien.«

»Hm, und wie konnte ein Ausbrecher zum Nationalhelden werden?«, wunderte Paulina sich.

»Es ist eine unglaubliche Geschichte, wie er aus dem Gefängnis geflohen ist. Er arbeitete hinter Gittern in der Weberei und hat über Jahre hinweg Tag für Tag ein kleines Stück Faden mitgenommen. Nach ein paar Jahren konnte er daraus ein Seil fertigen und fliehen. Und weil im Franco-Regime die Polizei so verhasst war, haben sich die Menschen mit ihm solidarisiert. Nach dem Tod Francos wurde er dann endgültig begnadigt. Ich kann diese Glorifizierung eines Straftäters aber in keiner Weise nachvollziehen. Man stelle sich vor –«

»Was hatte er denn auf dem Kerbholz?«, wollte Paulina wissen.

»Über hundert Diebstähle, und bei der Festnahme wurde ein Wachmann erschossen, und ein Mädchen kam ums Leben. Also wirklich kein harmloser Taschendieb.«

Ich sang zum englischen Refrain im Radio den deutschen Text: »›Er hat nie das Licht der Sonne gesehen, sie nannten ihn El Lute …‹«

Nach einer Viertelstunde hatte sich der Stau aufgelöst, und bald darauf erreichten wir die Rechtsmedizin in einem weißbraunen Gebäude in der Erlanger Universitätsstraße. Durch ein Treppenhaus stiegen wir in die zweite Etage, dann kamen wir an einer Toilette vorbei, an der neben den obligatorischen Zeichen für Damen und Herren noch ein drittes Schild mit dem Wort »Divers« angebracht war.

»Ach, eine Gender-Toilette gibt's hier auch«, stellte Paulina amüsiert fest. »Wohl für alle, die sich nicht ganz sicher sind, ob sie im Sitzen oder im Stehen pinkeln wollen.«

»Also ich bin mir schon sicher«, betonte ich. »Es wird Sie vielleicht überraschen, aber ich bin ein bekennender Sitzpinkler.«

»Ich dachte, Männer pinkeln im Stehen, weil sie es können?«

»Ich weiß auch nicht, warum manche Männer glauben, sie wären nur echte Kerle, wenn sie im Stehen pinkeln. Vielleicht haben sie Angst, im Sitzen würde ihr großes Gemächt im Klosettwasser baumeln. Es gibt übrigens auch keinerlei medizinische oder anatomische Gründe, die dagegensprechen, dass –«

»Horst, aufhören!«

»Schon gut. Wir sind ja auch da.«

Die Bürotür im zweiten Stock stand offen. Ich klopfte an den Türrahmen und hörte eine weibliche Stimme bestimmt, aber freundlich »Herein« rufen. Eine Frau Mitte dreißig mit schmalem Gesicht, einer unnatürlich rot gefärbten Kurzhaarfrisur und einem weißen Kittel, der bis zu den schmalen Hüften reichte, stand von ihrem Schreibtisch auf und trat auf uns zu. Jetzt erkannte ich, dass sie nicht nur ein Augenbrauenpiercing hatte, sondern auch auf dem Handrücken bis zu den Fingerspitzen sowie am Hals tätowiert war. Ich fühlte mich gleich an diesen populären ganzkörpertätowierten Kriminalbiologen erinnert, der als »Maden-Doc« Bestseller über verwesende Leichen schrieb, in Talkshows Dauergast war und es zum Landesvorsitzenden einer Spaß-Partei gebracht hatte. Er hatte sogar den angeblichen Schädel und die Zähne von Hitler untersucht. Vor einigen Monaten war er mit seiner Show in der Bamberger Konzerthalle aufgetreten. Ich war noch in einer Zeit aufgewachsen, als man an Tätowierungen Matrosen oder Häftlinge erkannte.

»Grüß Gott«, sagte ich, stellte uns vor und gab ihr meine Hand. »Sie sind die Assistentin von Professor Meier?«

»Professor Meier?« Sie lachte. »Sie müssen mit mir vorliebnehmen, wenn es Ihnen nichts ausmacht.«

»Kein Problem, aber Professor Meier hat uns die ersten Ergebnisse der Obduktion von Barbara Schauer geschickt und mitgeteilt, er stehe jederzeit für persönliche Erläuterungen zur Verfügung.«

»Ich stehe Ihnen gerne zur Verfügung. Gestatten, mein Name ist Professorin Dr. Josefa Petermeier. Da lag wohl ein kleines Missverständnis vor.«

»Oh«, sagte ich und räusperte mich. »Das ist mir jetzt peinlich, Frau Professor … Professorin.«

»Macht ja nichts, bitte setzen Sie sich.«

»Oskar hat einen Platz im anatomischen Hörsaal gefunden«, sagte die Professorin, als sie meinen suchenden Blick bemerkte. Es fehlte nicht nur das Skelett. Die Möbel waren umgeräumt und ausgetauscht worden. »Schön, dass wir uns mal kennenlernen. Wir werden ja künftig möglicherweise häufiger miteinander zu tun haben.«

»Todsicher«, antwortete ich. Obwohl ich das Wortspiel ungeheuer witzig fand, reagierte zu meiner Enttäuschung niemand.

»Sie gehören hoffentlich nicht zu denen, die sich wundern, dass auch Frauen eine leitende Funktion an der Hochschule haben dürfen.«

»Keineswegs, Frau Professorin. Ich kann mir denken, dass Ihre Branche nicht über Nachwuchs klagt seit dem Boom von Serien über Gerichtsmediziner.«

»Das ist richtig. Tatsächlich sind zumindest im Fernsehen seit ›Crossing Jordan‹ und ›Samantha Ryan‹ vor allem toughe Frauen in der Pathologie tätig. Aber wissen Sie was: Wenn sie zum ersten Mal auf dem Seziertisch eine aufgeschnittene Leiche sehen, kotzen Männer genauso häufig wie Frauen.«

»Apropos. Was können Sie uns denn über die Todesursache sagen?«

Petermeier setzte sich an ihren Schreibtisch und bewegte ihre Computermaus. Reißer hatte in dieser Situation immer in einem Stapel von Papierunterlagen gewühlt und dabei einen Eindruck von gleichermaßen Kompetenz und Chaos erweckt.

»Nun«, sagte die Rechtsmedizinerin, »die Sache ist nicht

ganz uninteressant. Das Opfer wurde von einer Kugel getroffen, und zwar im rechten Oberarm. Glatter Durchschuss ohne Verletzung von lebenswichtigen Organen.«

Ich überlegte, ob der Begriff Schockwelle etwas mit dem Aufprall auf die Wasseroberfläche der Regnitz zu tun haben könnte. »Ist sie dann doch ertrunken?«

Die Medizinerin schüttelte den Kopf. Ich versuchte, nicht auf ihr Augenbrauenpiercing zu achten. »Der Zustand der Lunge deutet darauf hin, dass sie bereits tot war, als sie ins Wasser fiel. Um das Rätsel aufzulösen: Durch die starke Druckwirkung des Geschosses wurden weit entfernt vom Schusskanal liegende Organe alteriert.« Sie bemerkte, dass wir wenig verstanden. »Oder, um es verständlicher auszudrücken: Die intensive Wirkung der Kugel löste im Körper eine Stoßwelle aus, die aufgrund eines Schockreflexes zum sofortigen Tod führte.«

»So was gibt es?«, fragte Paulina ungläubig. »Sofortiger Tod durch einen Schuss in den Arm?«

»Absolut«, sagte Petermeier. »Man nennt das in der Literatur den paarigen Schockreflex. Das bedeutet, dass die Translationsenergie eines Geschosses prozentual wesentlich schneller abnimmt als die Rotationsenergie. Aber ich glaube, diese physikalischen Details spielen für Ihre weiteren Ermittlungen keine große Rolle.«

Das glaubte ich auch. »Vielen Dank, Frau Professor Petermeier. Das heißt, wenn Sie von Durchschuss sprechen, dass Sie in der Leiche keine Kugel gefunden haben?«

»Nein, die liegt wohl auf dem Grund der Regnitz. Aber soweit ich die Fakten kenne, gibt es an der Tatwaffe auch keinen Zweifel, oder?«

»So sieht es aus. Sie haben uns sehr geholfen.« Ich schaute Paulina an. »Wir machen uns dann mal wieder auf den Weg.«

Ich hatte einen Ohrwurm im Kopf und sang leise auf dem Weg zum Auto: »›Er hat nie das Licht der Sonne gesehen, sie nannten ihn El Lute …‹«

»Sie schulden mir noch eine Pointe, Horst. Was ist denn nun ein Pensch?«, fragte Paulina, als sie den Wagen aufsperrte.

»Ein Pensch«, antwortete ich, »ist exakt die Mitte von Lampenschirm.«

Paulina verdrehte genervt die Augen.

***

Als wir wieder im Büro saßen, legten wir eine kleine Mittagspause ein. Ich breitete eine Plastikunterlage auf meinem Schreibtisch aus und nahm ein Käsebrot aus meiner Tupperdose. Zwar reinigte ich jeden Freitag nach Dienstschluss meinen Arbeitsplatz akkurat, Paulina würde sagen: penibel, mit einem Tischstaubsauger, aber bis dahin sollten sich die Krümel und andere Verschmutzungen möglichst in Grenzen halten. Paulina bereitete sich mit einer milchähnlichen Flüssigkeit, die garantiert frei von allen tierischen Substanzen und Allergenen war, ein planetenfreundliches Früchtemüsli zu. Dann packte ich eine Mehrfachsteckdose aus und schloss damit wortlos neben unseren beiden Kaffeemaschinen auch noch Paulinas Wasseraufbereitungsanlage an.

»Ach, Horst, das ist wirklich sehr liebenswürdig von Ihnen«, kommentierte Paulina meine kleine elektromechanische Einlage. »Danke!«

»Nicht der Rede wert. Ich sage Ja zu deutschem Wasser.« Ihrem ratlosen Blick entnahm ich, dass sie auch mit diesem geflügelten Wort aus der Harald-Schmidt-Show nichts mehr anfangen konnte.

Während ich in das Käsebrot biss, las ich die Pressemitteilung des Almondo-Verlags, die unser Pressesprecher Dirk Roeder uns auf den Tisch hatte legen lassen. Darin wurde der plötzliche Tod der Autorin als tragisches Unglück dargestellt, dessen genauer Hergang noch unklar sei. »›Die Polizei ermittelt in alle Richtungen‹«, las ich den letzten Satz laut vor. »Die Formulierung könnte von uns sein.«

»Vermutlich ist der Text mit unserer Medienstelle abgesprochen«, meinte Paulina. »Ich schau mal, ob schon was im Netz steht.« Sie tippte auf ihrer Tastatur und sagte dann: »Da fällt mir auch mal ein Witz ein. Soll ich?«

»Ich bin sehr gespannt.«

»Wo kann man am besten eine Leiche verstecken?«

Ich zuckte mit den Schultern.

»Auf der zweiten Seite von Google.«

Ich wartete, ob noch etwas folgte. Dies war aber nicht der Fall. »Und?«, fragte ich.

»Nichts, und. Kein Mensch schaut auf die zweite Seite der Google-Treffer. Deshalb würde man da nie eine Leiche finden.«

Jetzt verdrehte ich die Augen. »Hm. Wohl eher ein Gag für Spezialisten. Aber es war einen Versuch wert. Die Alternative wäre, eine Leiche mit einem DHL-Paket zu verschicken. Da wäre die Wahrscheinlichkeit auch groß, dass der Empfänger zwar eine Benachrichtigungskarte im Briefkasten hat, das Paket aber unauffindbar bleibt.«

»Stimmt. Es gibt schon eine dpa-Meldung, die auf sueddeutsche.de, auf BR24.de und bei infranken.de steht. Der Inhalt ist überall weitgehend der Text der Pressemitteilung, und alle zeigen das gleiche Verlagsfoto von Barbara Schauer.«

»Hoffentlich nicht das Autorenfoto mit der Pistole neben dem Kopf.«

In diesem Moment läutete mein Telefon. Im Display war eine Münchner Nummer zu sehen, die auf einen Anrufer aus dem Landeskriminalamt hindeutete.

Ich wischte meine Hände an einer Serviette ab, ließ das Telefon drei Mal klingeln, bis ich den Mund leer hatte, dann hob ich ab.

»Müller, K1.«

»Hier ist KM Wörner, LKA, Abteilung zwo, Sachgebiet zwo-null-sieben. Es geht um –«

»Sie haben die Tatwaffe aus Bamberg untersucht?« Ich erweckte mit diesen Worten Paulinas Aufmerksamkeit. »Ich stelle Sie auf laut, dann kann meine Kollegin KM Kowalska mithören.«

»Grüß Gott, Frau Kollegin«, erklang jetzt Wörners Stimme aus dem Lautsprecher. »Da haben Sie uns ein interessantes Untersuchungsobjekt geschickt. Könnte sein, dass Sie die Ermittlungen in Bamberg bald los sind.«

»Was? Wie bitte? Was soll das heißen?«

Paulina zuckte mit den Schultern und zeigte damit, dass sie auch nicht verstand, was der Münchner Kollege meinen konnte.

»Erinnern Sie sich an den Polizistenmord vor zwölf Jahren in Planegg?«

Ich wusste, dass in Planegg bei München der Derrick-Schauspieler Horst Tappert begraben war, aber an einen Polizistenmord konnte ich mich nicht erinnern.

»Nein«, antwortete ich gespannt.

»Zwei Streifenpolizisten wurden durch einen falschen Notruf in einen Hinterhalt an einer S-Bahn-Unterführung gelockt, hinterrücks niedergeschlagen und dann mit einer der beiden entwendeten Dienstwaffen erschossen. Der Fall wurde nie aufgeklärt, aber die Pistolen vom Typ HK P7 sind in den Jahren darauf bei mehreren Raubüberfällen eingesetzt worden. Und zwar in …«, ein Papierrascheln war zu hören, »Rosenheim, Salzburg, Pfarrkirchen, Traunreut und – das ist besonders perfide – in Ainring.«

»In Ainring an der österreichischen Grenze ist doch das Fortbildungsinstitut der bayerischen Polizei«, sagte ich.

»Eben. Dort haben die Täter 2014 einen Geldtransporter überfallen und einen Wachmann zum Krüppel geschossen. Insgesamt gehen auf das Konto der Bande drei Leichen und fünf Verletzte. Die toten Kollegen mitgezählt.«

»Und Sie wollen sagen, dass unsere Tatwaffe etwas damit zu tun hat?«

»So ist es. Die ballistischen Untersuchungen sind eindeutig. Es gibt immer noch eine Soko S-Bahn, deren Kollegen seit

Jahren im Dunkeln tappen und diese heiße Spur aus Franken sicher liebend gerne aufgreifen werden.«

»Und Sie meinen, die werden dann die Ermittlungen in unserem Fall übernehmen wollen?«, hakte ich nach.

Wörner schnaubte in den Hörer. »Ich weiß es nicht. Aber gut möglich. Die drei Kollegen, die noch an dem Fall dran sind, brauchen dringend irgendeinen Ermittlungserfolg. Sie werden verstehen, dass ich die Soko informieren muss. Allerdings …«

»Allerdings?«

»Nun, es ist Freitagnachmittag«, sagte Wörner. »Wir sind hier ja auch nur eine Behörde mit den tariflichen Bedingungen des öffentlichen Dienstes der Länder.«

»Ein Bruder im Geiste«, flüsterte Paulina.

»Ich werde meinen Bericht sicher heute nicht mehr schreiben, da ich«, Wörner schaute vermutlich auf seine Uhr, »in vierzehn Minuten Feierabend habe. Und weil ich hier auf einer Teilzeitstelle sitze und erst Dienstag wieder ins Büro komme, haben Sie also noch ein bisschen Zeit, die Sache in Bamberg zu erledigen, liebe Kollegen. Schönes Wochenende, habe die Ehre!«

Ich legte den Hörer ebenfalls auf. Paulina und ich blickten uns einige Sekunden ratlos an.

»Ein bisschen Zeitdruck hat noch niemandem geschadet«, meinte Paulina dann.

»Wieso?«, entgegnete ich. »Von mir aus kann das LKA ruhig unseren Fall übernehmen und aufklären. Das ist doch auch eines dieser albernen Krimi-Klischees, dass die bösen, arroganten und inkompetenten Schnösel von LKA und BKA den sympathischen und schlauen Ermittlern vor Ort ins Handwerk pfuschen und die Lorbeeren ernten wollen. Ist doch alles Quatsch. Ich habe in all meinen Dienstjahren immer sehr gut mit dem LKA zusammengearbeitet.«

»Aber im Moment stellt sich die Frage ja noch gar nicht. Der Knackpunkt ist doch: Was haben diese Raubüberfälle in Oberbayern mit dem tödlichen Schuss beim ›Franken-Bullen‹ zu tun? Das klingt erst mal ziemlich verrückt.«

»Stimmt«, sagte ich. »Dass unser TV-Kommissar etwas mit dem realen organisierten Verbrechen zu tun hat, ist wohl eher unwahrscheinlich.«

Es klopfte zweimal energisch an unserer Bürotür, und bevor jemand »Herein« sagen konnte, stand Dr. Hubert Goos im Raum. Man sah dem Polizeidirektor und Leiter der Inspektion an, wie unwohl er sich immer noch in der neuen blauen Uniform fühlte. Er gehörte zu den Menschen, die man sich jahrzehntelang in keiner anderen als der traditionellen grünen Beamtenkluft vorstellen konnte. Ihn in Blau zu sehen war so, als träfe man den Papst in Pink. Ich konnte Goos hier gut verstehen und war froh, dass wir bei der Kripo keine Uniformen trugen.

»Grüß Gott, störe ich?«, fragte der Chef. Bevor jemand antworten konnte, fuhr er fort und winkte mit einem Blatt Papier. »Schön, dass ich hier Freitagnachmittag noch jemanden antreffe. Möchten Sie unsere Initiative für belebtes Wasser unterstützen?«

»Wie bitte?«, fragte ich.

»Na klar«, sagte Paulina.

»Wir haben einen Vorschlag der Mitarbeitervertretung aufgegriffen und –«

»Müsste es nicht eigentlich Mitarbeitendenvertretung heißen?«, unterbrach ich. »Oder zumindest Mitarbeiterinnen- und Mitarbeitervertretung? M, w, d?«

»Was?« Goos schaute kurz irritiert.

»Schon gut.«

»Wenn sich genug Unterstützer …«, er stockte, »und Unterstützerinnen finden, dann würden wir für unsere KPI aus dem Innovationsfonds des Innenministeriums die Bezuschussung einer Anlage für levitiertes Wasser beantragen. Man nennt es auch belebtes, informiertes oder nach dem Entdecker Johann Grander auch Granderwasser.«

»Informiertes Wasser wäre nicht schlecht und könnte uns manchmal helfen, wenn wir schon keine informierten Zeugen haben.« Ich lachte. »Aber Sie wollen uns nicht auf den Arm nehmen, oder?«

»Ich habe davon gehört«, sagte Paulina. »Granderwasser wird in seiner Struktur dadurch verändert, dass es an einem Zylinder mit Informationswasser vorbeifließt und dadurch besondere Eigenschaften erhält.«

»Richtig«, sagte Goos. »Dadurch wird die Selbstreinigungs- und Widerstandskraft des Wassers gestärkt und ein stabiles Immunsystem im Wasser geschaffen. Das belebte Wasser schmeckt auch besser und überträgt seine positiven Energien auf Menschen, Tiere und Pflanzen.« Er räusperte sich. »Ich weiß, das klingt zuerst etwas seltsam. Aber wenn man sich damit näher befasst ...«

»... klingt es immer noch seltsam. Müssen wir unsere Schreibtische demnächst auch nach Feng-Shui ausrichten? Ich hatte Sie immer für einen rationalen Beamten gehalten, der nicht an Hokuspokus glaubt, Herr Polizeidirektor.« Zu Paulina sagte ich: »Hat das was mit diesen Osmosefiltern zu tun, von denen Sie sprachen?«

»Eher nicht. Find ich toll, dass Sie das unterstützen, Herr Dr. Goos, hätte ich nicht von Ihnen gedacht. Ich unterschreibe.«

»Ich nicht«, entgegnete ich standhaft. »Ich glaube, der Bund der Steuerzahler würde uns völlig zu Recht in sein Schwarzbuch aufnehmen, wenn wir mit Steuergeldern eine esoterische Wasserverzauberungsanlage anschaffen würden.«

»Aber Horst, haben Sie sich denn nicht auch von dieser spiritistischen Ärztin vom Jakobsplatz gegen ihren Heuschnupfen behandeln lassen? Kinesiologie ist nicht mehr oder weniger esoterisch. Und wirkt ja offenbar auch.«

»Wer heilt, hat recht«, stimmte ich grundsätzlich zu. »Das ist Privatsache. Die Polizei muss seriös bleiben. Wir machen uns doch lächerlich. Aber was anderes, Herr Polizeidirektor. Sie waren doch an der Anschaffung der neuen Dienstwaffen beteiligt, nicht wahr?«

»Ja. Ich war in der Projektgruppe, in der die Umstellung von der P7 vorbereitet wurde. Diese Pistole war immerhin schon seit 1979 im Einsatz und wurde seit 2008 nicht mehr hergestellt. Es war höchste Zeit. Und es gab auch Sicherheitsaspekte.«

»Fünfzehn Patronen statt sieben im Magazin«, sagte ich. »Weiß man, wie viele der alten P7 im Umlauf waren?«

»Puh, keine Ahnung. Wenn man bedenkt, dass von der SFP9 jetzt vierzigtausend allein in Bayern angeschafft wurden und die P7 fast vierzig Jahre im Einsatz war ... Das dürfte eine große Menge sein. Warum fragen Sie?«

»Es geht um die Tatwaffe«, antwortete ich. »Es handelt sich ja um eine originale P7. Es gibt Hinweise, dass sie vor zwölf Jahren bei einem Überfall auf Polizisten in Oberbayern geraubt wurde.«

»Damit so etwas nicht mehr passiert, hat die neue Waffe ein Holster, das nur mit einer speziellen Bewegung geöffnet werden kann. Experten sagen, dass man eine Bewegung tausendzweihundert Mal ausgeführt haben muss, bevor man sie verinnerlicht hat. Deshalb haben wir in den Dienststellen ja Trainingswaffen ausgegeben, funktionsuntüchtige Pistolen, die einer echten Waffe zu hundert Prozent gleichen, aber selbst mit Munition geladen keinen Schuss abgeben können. Weil sie rot gefärbt sind, um sie deutlich zu unterscheiden, werden sie Rotwaffen genannt.«

»Warum verwendet man solche Waffen nicht auch beim Film, anstatt scharfe Pistolen umzubauen?«, sagte Paulina.

»Und, gibt es eine Motivlage?«, fragte Goos.

»Viele Vermutungen, nichts Konkretes«, sagte ich. »Möglich und naheliegend ist wie so oft Eifersucht. Zenker ist verheiratet und hatte vermutlich ein Verhältnis mit Barbara Schauer. Außerdem wäre Missgunst denkbar: Es gab früher mal eine juristische Auseinandersetzung zwischen Schauer und einem anderen Schriftsteller über die Frage, wer erfolgreicher ist. Aber ich halte das für eine eher theoretische Möglichkeit.«

»Was ist mit den Spielautomaten?«, warf Paulina ein.

»Das sollten wir noch überprüfen.«

»Spielautomaten?« Goos wurde hellhörig.

»Schauer hat mal einen Roman über kriminelle Machenschaften in der Spielautomatenbranche geschrieben. Es ist wohl im Gespräch, dieses Buch zu verfilmen.«

»Sie meinen, dass jemand dies verhindern wollte?«, fragte Goos.

Ich zuckte mit den Schultern. »Möglich ist alles. Wir überprüfen das. Und halten Sie auf dem Laufenden.«

»Darum möchte ich bitten. Kümmern Sie sich um die Gattin des Schützen. Und was das Granderwasser betrifft: Denken Sie drüber nach, Herr Kollege Müller.«

## SECHS

»Immer wenn ich diesen Ortsnamen lese, muss ich an Kopfschmerzen denken«, sagte ich, als wir das Ortseingangsschild von Iphofen passierten.

»Haben Sie hier mal zu viel Frankenwein getrunken?«, fragte Paulina, die den Dienstwagen schon eine Stunde lang zum Wohnort von Barbara Schauer gelenkt hatte.

»Nein, aber die Buchstaben in ›Iphofen‹ erinnern mich irgendwie immer an Ibuprofen. Außerdem ist mir der Frankenwein nicht lieblich genug.«

»Süßwein und Eierlikör, ich weiß. Sie ekeln sich auch vor gar nichts.«

»Sie wissen doch, dass mir dieses Getue der selbsternannten Weinkenner, die sich mit der Zunge über die Lippe fahren und glauben, den Geschmack von Piniennadeln, Orangenmarmelade oder grüner Paprika zu erkennen, auf den Keks geht. Ich erkenne einen guten Wein daran, dass er schmeckt, die Flasche mehr als fünf Euro kostet und man kein Schädelweh davon bekommt.«

»Und im Tetrapak kann man den Wein auch viel praktischer stapeln, oder?«

»Jetzt hören Sie auf, sich lustig zu machen, Paulina! Ich bin jedenfalls froh, in Bierfranken und nicht in Weinfranken zu leben. Auch wenn die vielen Weinberge hier landschaftlich schon einen ganz besonderen Reiz haben, zugegeben.«

»Dann ermitteln wir heute auf fremdem Terrain«, stellte Paulina fest, als wir auf einen prächtigen Wehrturm an einer Brücke zufuhren, der mich mit seinem Fachwerk und dem spitzen Giebeldach aus der Ferne ein wenig an das Alte Rathaus in Bamberg erinnerte. Das Rödelseer Tor aus dem 15. Jahrhundert war das bekannteste Wahrzeichen Iphofens.

»Bitte kehren Sie wenn möglich um«, lautete der Hinweis

des Navigationsgeräts, dass wir wohl etwas zu weit gefahren waren. Wir kehrten um, bis uns zwei Schilder an einem Pfosten auf die Weinbergstraße und die Straße In den Weinbergen hinwiesen, die sich an dieser Ecke begegneten.

Am Ende der Straße führte ein Weg in einen Weinberg, wo sich das Haus der Autorin befand. Wir parkten an einem Holzzaun, an dem neben einem Tor ein klappriger Briefkasten aus Metall und ohne Namen nur mit der Hausnummer 42 befestigt war, dessen blaue Farbe abblätterte. Zwei Ausgaben der »Main-Post« guckten hervor. Ich zog die Zeitungen heraus und mit ihnen zwei Briefumschläge, einen Katalog eines Würzburger Fachgeschäfts für Massivholzmöbel sowie ein buntes, persönlich adressiertes Magazin mit der Aufschrift »Leben im Erzbistum Bamberg«.

»Ach, wir sind achtzig Kilometer gefahren und immer noch im Einzugsbereich des Erdbeerschorsch?«, wunderte sich Paulina.

»Ja, soweit ich weiß, ist das hier der äußerste Zipfel des Erzbistums Bamberg. Das Bistum Würzburg müsste einen Steinwurf weiter beginnen. Offenbar war Frau Schauer also katholisch.«

»Da hat sie ja Glück gehabt«, sagte Paulina spöttisch. »Ihr glaubt doch daran, dass man nur in den Himmel kommt, wenn man in eurem Verein Mitglied ist, oder?« Paulina hatte aus ihrer kirchenkritischen Haltung, die wohl aus Opposition ihrer tiefgläubigen Mutter gegenüber entstanden war, noch nie einen Hehl gemacht.

»Von Glück zu sprechen, wenn man erschossen wurde, ist ja wohl etwas unpassend«, tadelte ich. »Und die Regel ›Extra ecclesiam nulla salus‹ wird meines Wissens heute selbst vom Papst nicht mehr so streng ausgelegt wie früher. Oder wie in Ihrer polnischen Heimat.«

»Extra … was?«

»Das heißt auf Deutsch: ›Außerhalb der Kirche kein Heil‹. Aber wir sind Polizisten und keine Theologen und daher für die irdischen Dinge zuständig.«

»Auch wenn wir manchmal wie die Theologen unser Glück zu Erlangen suchen, nicht wahr?«

»Ich beneide Sie dafür, dass Sie Witze und Pointen so gut behalten können, Paulina.«

Ich blickte auf das weiß gestrichene Häuschen, das etwa hundert Meter höher hinter zahlreichen Reihen Weinstöcken verborgen war. »Wissen Sie, woran mich das erinnert?« Nach einem Augenblick fügte ich hinzu: »Können Sie gar nicht wissen. Da waren Sie noch zu jung.«

»Wollen Sie mir wieder Anekdoten aus der Nachkriegszeit erzählen? Nur zu!«

»In einem solchen Haus hat auch der König gewohnt.«

»Ja, ja. Der König von Iphofen, oder was?«

Ich lachte. »Ich meine Kommissar Hannes König. Da gab es in den neunziger Jahren eine Krimiserie mit dem dicken Günter Strack. Die hat in Bamberg gespielt. Der fränkische Derrick sozusagen. Wobei er eigentlich ein pensionierter Polizist war, der in seiner Freizeit Fälle löste.«

»Der fränkische Derrick sind doch Sie, Horst! Aber warum wohnt ein Bamberger Kommissar in Iphofen? Das ist ziemlich weit zum Pendeln.«

»In der Tat. Und nicht nur das: König fuhr immer mit dem Linienbus und brachte den Busfahrer Pichler dazu, ihn auch mal ohne Fahrkarte mitzunehmen oder vom Fahrplan abzuweichen. Der Zuschauer hatte den Eindruck, der Weinberg in Iphofen wäre nur ein paar Haltestellen entfernt. Ist übrigens so wie in der ›Schwarzwaldklinik‹: Das Wohnhaus von Professor Brinkmann, das in echt ein Heimatmuseum ist, liegt sechzig Kilometer von der Klinik im Glottertal entfernt. Der König jedenfalls wohnte auf genau so einem Weingut in Münchsteinach. Und hier haben sich Fiktion und Realität sehr vermischt. Denn ich glaube, dass sogar auf Stracks Weingut gedreht wurde. Er hat sich in seiner letzten Rolle vielleicht ein wenig selbst gespielt. In Münchsteinach ist er auch beerdigt.« Ich verkniff mir die Bemerkung, dass der schwergewichtige

Schauspieler womöglich in einem Doppelgrab bestattet worden war. »Sein früheres Wohnhaus am Ortseingang ist heute Atelier und Seminarstätte. Das Strack-Haus wird von seiner Tochter betrieben.«

Wir schritten über einen Kiesweg an einer mit Moos überwucherten Sitzbank vorbei, neben der einige grüne Plastikgießkannen in verschiedenen Größen wie eine glückliche Gießkannenfamilie aufgestellt waren. Das Haus sah verwittert aus, und der weiße Anstrich der Fassade war sicher schon mehrere Jahrzehnte nicht erneuert worden. Im Gegensatz dazu wirkte auf dem Ziegeldach des einstöckigen Hauses eine hochmoderne Solaranlage.

»Als Autorin muss sie doch gut verdient haben. Warum ist das Haus dann in so einem Zustand?«, fragte Paulina. »Ob sie noch eine moderne Eigentumswohnung in der Stadt hat?«

»Vielleicht lebte sie auch so in ihren Büchern, dass ihr die Welt um sie herum egal war«, mutmaßte ich.

Ich brach das Polizeisiegel an der Eingangstür aus braunem Holz, über der ein Aufkleber mit dem Segensspruch der Sternsinger klebte. Als bei mir zu Hause Anfang Januar die Heiligen Drei Könige aus der Pfarrei St. Martin geklingelt hatten, hatte ich darauf bestanden, dass das C+M+B mit Kreide über die Tür geschrieben wurde. Die Aufkleber konnten sie sonst wohin kleben.

»Hören Sie das auch?«, fragte Paulina. Ich hielt inne. Es war ein Geräusch, das aus dem Innern des Hauses kam, direkt hinter der Tür.

Ich klopfte an die Tür und rief: »Ist da jemand? Polizei. Wir kommen jetzt rein.« Zu Paulina sagte ich leise: »Im Krimi würde an dieser Stelle die Perspektive wechseln, und der Leser würde erst fünfzehn Seiten später erfahren, ob hinter der Tür ein Axtmörder steht oder …«

Als ich die Tür langsam öffnete, huschte ein schwarzes Etwas durch den Spalt nach draußen. Paulina schrie auf vor Schreck.

»… oder nur eine Katze«, sagte ich. »Gut, dass wir ohne

Cliffhanger ermitteln. Und dass dies hier kein Katzenkrimi ist.«

»Dann könnte die Katze allerdings sprechen«, sagte Paulina.

»Und würde den Fall im Alleingang aufklären, ich weiß.«

»Das haben Krimis und Instagram gemeinsam: Beides wäre ohne Katzen nicht vorstellbar.«

»Wenigstens muss das Tier jetzt nicht verhungern. Im Weinberg wird es wohl genügend Mäuse geben, denke ich.«

Wir traten in einen dunklen Korridor, an der Wand hing ein hölzernes Kruzifix, darunter war ein kleines Weihwasserbecken mit einem Muttergottesbildnis aufgehängt, in dem sich aber kein Wasser befand. Es roch nach altem Holz.

»Sie war wohl eine fromme Frau«, vermutete Paulina.

»Das muss nichts heißen. Das Haus und die Einrichtung sind so alt, dass sie es vermutlich nicht selbst gebaut hat. Es hieß doch, sie habe es geerbt. Und das Bistumsmagazin kriegt jeder, der noch katholisch ist, unaufgefordert per Post zugeschickt.«

Im Erdgeschoss befanden sich eine Küche mit mindestens dreißig Jahre altem Inventar sowie eine Vorratskammer und eine Toilette mit einem oben montierten Spülkasten und einer Metallkette zum Ziehen. Es roch nach scharfem Reinigungsmittel.

Über eine knarzende Holztreppe mit einem abgegriffenen, etwas wackligen Geländer schritten wir in das obere Stockwerk. Ich betätigte einen schwarzen Lichtschalter, den man gegen einen Widerstand nach rechts drehen musste, so wie es früher üblich war. Die Tür zum Schlafzimmer war offen. Ein großes Bauernbett mit rot-weiß karierter Decke stand an der Wand. Darüber hing ein Ölgemälde des heiligen Antonius von Padua. Ich öffnete die Schublade einer niedrigen Holzkommode neben dem Bett und fand eine Packung Papiertaschentücher, eine offene Tüte Salbeibonbons aus einem Klosterladen und ein Etui mit einer Lesebrille sowie ein Eurowings-Flugticket von Nürnberg nach London für nächste Woche. In einem über dem Bett montierten Bücherregal stand eine Handvoll Bücher, darunter eine Volksbibel, eine Biografie über Albrecht Dürer und ein Bildband über die schönsten Biergärten in Mainfranken. In einem Regal darunter waren alle ihre eigenen Bücher chronologisch sortiert aufgereiht.

»Da hat sie im Laufe der Jahre aber einiges zusammengeschrieben«, stellte ich respektvoll fest. Ich nahm eins der Bücher heraus. Es trug den Titel »Frankenhölle« und hatte laut Klappentext nichts mit den Bamberger Basketballfans zu tun.

»Das ist der Krimi über die Automatenbranche«, sagte ich. »Den nehmen wir mal mit. Wo ist denn dieses sprichwörtliche Notizbuch, das alle Schriftsteller auf dem Nachttisch liegen haben, um plötzliche Einfälle aufzuschreiben, die ihnen im Schlaf kommen?«

»Vermutlich auch so eine Legende«, sagte Paulina. »Vielleicht tippen Autoren heute ihre Gedanken in ihr Smartphone.« Sie schaute sich um. »Allerdings ist diese Bude nicht gerade mit Hightech ausgerüstet, wenn man von der Photovoltaikanlage mal absieht. Ich habe noch nirgends einen Internetanschluss oder ein Antennenkabel gesehen. Und es gibt weder WLAN noch Handyempfang.«

Ich schaute auf mein Mobiltelefon, das ebenfalls Funkstille anzeigte. Seitdem wir iPhones als Diensthandys bekommen hatten, mussten wir auch mit solchen taschenrechnergroßen Alleskönnern herumlaufen, die jeden Abend erneut an die Steckdose gehängt werden mussten, während der Akku meines alten Nokias oft mehr als eine Woche lang gereicht hatte.

»Nebenan scheint ein kleines Arbeitszimmer zu sein«, sagte ich.

Wir verließen das Schlafzimmer und schauten in den Raum, in dem ein alter Sekretär mit einem vom Holzwurm befallenen Stuhl stand. Darüber hingen an der Wand zwei eingerahmte Karikaturen. Eine zeigte zwei auf einer Wiese liegende Männer, die folgenden Dialog führten: »Ich bin Schriftsteller!« – »Schon was verkauft?« – »Ja, mein Auto!« Auf der Zeichnung daneben war eine Politesse zu sehen, die gerade einen Strafzettel schrieb, während der Parksünder rief: »Ich bin ein mittelloser Schriftsteller«, was die Politesse zu der Bemerkung veranlasste: »Ich kann vom Schreiben leben.« Es war anzunehmen, dass diese Cartoons entweder aus der lange zurückliegenden Anfangszeit ihrer Autorenkarriere stammten oder dass sie sich so mit den Kolleginnen und Kollegen solidarisierte, die in einer weniger privilegierten Situation lebten. Auf dem Schreibtisch stand ein zugeklappter Laptop.

»Ein älteres Modell«, stellte Paulina fest. »Mindestens zehn Jahre alt.« Sie klappte das Gerät auf, schaltete es ein und wartete eine Weile, bis die Anzeige »Windows 98« verschwunden war. Ich öffnete derweil die Schubladen des Sekretärs und fand eine Plastikhülle mit Fotokopien und ein Taschenbuch. Ich suchte den richtigen Abstand zwischen Buch und Augen, bis ich den Titel entziffern konnte.

»Haha, schauen Sie mal!« Ich las vor: »›111 Tipps und Tricks wie man einen verdammt guten Krimi schreibt‹.«

»So was gibt's wirklich?«

»Ja, und es fehlt ein Komma im Titel.« Ich blätterte das Buch durch und fand viele kurze Kapitel zu Themen wie Erzählperspektive, Plot, Dialoge, Cliffhanger, Klappentext. »Vielleicht gibt es in dieser Reihe ja auch das Buch ›111 Tipps und Tricks wie man einen verdammt schweren Kriminalfall löst‹.«

»Wenn nicht, dann schreiben Sie es, Horst! Für den Ruhestand brauchen Sie doch noch eine sinnvolle Beschäftigung.«

»Bis dahin sind's noch fast fünfzehn Jahre, und ich strebe nicht die Frühverrentung an.«

Als auf dem Laptopbildschirm ein blauer Desktop erschien, sagte Paulina: »Kein Passwortschutz, wie praktisch.« Sie klickte in das Dateienverzeichnis. »Ein Haufen Word-Dokumente. Manuskripte, Exposés. Und Schriftverkehr. Das müssen wir uns mal genauer ansehen. Aber keine Verbindung mit dem Internet.«

»Hier steht ein Festnetztelefon.« Ich zeigte auf einen roten Apparat mit schwarzen Tasten, wie er in den neunziger Jahren von der Bundespost vertrieben wurde. »Ein Gerät aus der Post-Moderne.« Ich lachte.

»Das ist doch nach Ihrem Geschmack, Horst. Fehlt nur noch eine Wählscheibe. Den Laptop nehme ich mit zur Auswertung. Was haben Sie da gefunden?«

»In dieser Mappe sind kopierte Zeitungsausschnitte.« Ich überflog die Papiere, es waren Texte aus »Stern«, »Frankfurter Allgemeiner« und »Süddeutscher Zeitung«. »Es geht immer um die chinesische Mafia«, stellte ich fest.

»Organisierte Kriminalität?«

Ich las die Überschrift eines Artikels aus der SZ von 2010 vor: »›Das blutige Geschäft der asiatischen Mafia. Von Hans Leyendecker.‹« Ich überflog die nächsten Zeilen. »Da wird aus einer Studie des BKA zitiert, dass sich in Deutschland Geheimbünde und Mafia-Organisationen aus Asien etabliert haben. Angehörige der japanischen Yakuza und der chinesischen Triaden steuern illegale Geschäfte –«

»Triaden?«, unterbrach mich Paulina. »Haben Sie Triaden gesagt?«

»Ja. Hier steht: ›Insbesondere bei den Triaden, deren Tradition bis ins 18. Jahrhundert zurückreicht, herrscht wie in modernen Unternehmungen Arbeitsteilung. Die einen sind für Drogengeschäfte zuständig, die anderen für Erpressung oder Menschenschmuggel.‹ Warum fragen Sie?«

»Weil ich da eben etwas gesehen habe. Warten Sie!«

Paulina ging in das Schlafzimmer und kam kurz darauf mit einem orangeroten Buch in der Hand wieder zurück. Das Cover zeigte ein Dreieck mit einem chinesischen Schriftzeichen, darüber kringelte sich ein Feuer spuckendes Fabelwesen.

»Was ist das?« Ich las den Titel: »Drachen bedrohen die Welt«. Der Autor hieß Berndt Georg Thamm. »Sind das Märchen aus ›Tausendundeiner Nacht‹? Was ist mit dem Buch?«

»Lesen Sie den Untertitel«, sagte Paulina und kam mir zuvor: »›Chinesische Organisierte Kriminalität – Triaden‹.«

»Sieht so aus, als habe sich Barbara Schauer mit der chinesischen Mafia beschäftigt. Vermutlich Recherchen für einen neuen Roman. Oder ein Drehbuch.«

»Aber könnte das nicht auch etwas mit ihrem Tod zu tun haben?«, meinte Paulina.

»Ich glaube, in diesen Kreisen wird anders gemordet. Hier steht es, in dem SZ-Artikel, mit gelbem Textmarker angestrichen: ›Üblich ist es, bei kleineren Verfehlungen selbst ein Fingerglied abzuschneiden und es dem Anführer untertänigst zu übergeben. In Deutschland kam es immer wieder zu Mordfällen im Gaststätten-Milieu. In Halle ermordeten Vietnamesen zwei Landsleute mit Samurai-Schwertern.‹ Schwer vorstellbar, dass es im beschaulichen Franken eine Chop-Suey-Mafia gibt. Aber wer weiß. Wir nehmen das Zeug mal mit.«

Wir stiegen die Treppe hinab, ich versiegelte die Eingangstür.

»Und die Katze?«, fragte Paulina.

»Ist ab heute Freigänger«, antwortete ich.

Während wir den Kiesweg hinunter zum Auto gingen, bekam mein Telefon wieder Empfang und zeigte den Eingang einer WhatsApp-Nachricht. Es war meine Tochter Andrea, die mir mitteilte: »Hi Papa. Heute 20.15 Uhr RTL einschalten!«

»Wir könnten chinesisch essen gehen«, schlug Paulina vor.

***

Paulina bestellte Reis mit Gemüse und ich eine »Riesenvogel«-Peking-Ente, die nach der deutschen Übersetzung des Namens des Inhabers des China-Imbisses in der Langen Straße benannt war. Das Lokal von Qian Peng war schlicht, aber gemütlich eingerichtet.

»Ente gut, alles gut«, sagte Peng, als er die Spezialität seines Hauses servierte.

»Was macht der Wahlkampf?«, fragte ich.

Der Deutschchinese seufzte. »Schwierig. Marienberg ist einfach zu beliebt. Hinzu kommt sein Bonus als Amtsinhaber. Die Umfragen sehen nicht so günstig aus.«

»Ich hab es im ›Wobla‹ gelesen«, sagte ich. »Da liegt der Grünen-Kandidat ja noch vor Ihnen auf dem zweiten Platz.«

»Das ›Wobla‹ als politisches Fachmagazin würde ich nicht überschätzen. Ich könnte Hilfe von der Polizei gebrauchen.« Peng lachte. »Darf ich Ihnen noch einen Pflaumenwein bringen? Geht aufs Haus.«

»Für mich lieber eine Apfelschorle. Was meinen Sie mit ›Hilfe von der Polizei‹?«

»Ach, eine Razzia im OB-Büro würde mir schon sehr helfen. Wegen Verdachts auf Unterschlagung, sexueller Belästigung am Arbeitsplatz oder getürkter Spesenabrechnungen. Ganz egal.« Er legte den Kopf zur Seite: »Getürkt darf man gar nicht mehr sagen, oder?«

»Wenn es einer sagen darf, dann der Integrationsbeauftragte der Staatsregierung mit Migrationshintergrund«, antwortete Paulina süffisant. »Aber dieses Amt werden Sie eh aufgeben, wenn Sie zum Oberbürgermeister gewählt werden.«

»Ich fürchte, mit polizeilichen Ermittlungen gegen Marienberg können wir Ihnen keine Wahlkampfhilfe leisten«, sagte ich. »Dieser Mann ist so skandalfrei wie ein Kloß mit Soß.«

»Und genauso interessant«, fügte Paulina leise hinzu. »Der einzige Aufreger ist seine speckige Lederjacke, die er oft bei öffentlichen Terminen anzieht, obwohl sie selbst für den Altkleidersack zu schäbig wäre.«

»War auch nicht ganz ernst gemeint«, sagte Peng. »Aber wenn Ihnen mal ein Verdacht unterkommt: Denken Sie an mich!«

»Was anderes, Herr Peng.« Ich senkte die Stimme und deutete auf den dritten freien Stuhl an unserem Tisch. »Setzen Sie sich doch einen Moment. Wir haben eine inoffizielle dienstliche Frage an Sie, wenn man das so sagen kann. Ich meine, Ihre Antwort auf die Frage wird in keinem Protokoll auftauchen, und kein Mensch erfährt, dass wir mit Ihnen darüber gesprochen haben.«

Peng nahm Platz. »Sie machen es aber spannend. Worum geht's?«

Ich vergewisserte mich, dass uns niemand zuhörte. Dann fragte ich leise: »Haben Sie schon mal was mit der chinesischen Mafia zu tun gehabt? Ich meine: Hier in der Region?«

Es war deutlich zu spüren, dass Peng beim Begriff Mafia erschrak, sich aber nichts anmerken lassen wollte.

»Nein, ich habe keinerlei persönliche Erfahrungen machen müssen«, stellte er sachlich fest.

»Aber das heißt, das Phänomen existiert auch hier in der Region?«

»Ich habe länger nichts mehr davon gehört, aber es gab vor Jahren mal eine bundesweite Razzia, die auch einen Schwerpunkt in Franken hatte. Betroffen waren Lokale in Würzburg und Ochsenfurt. Die Ermittlungen gingen damals von der Nürnberger Polizei aus. Hintergrund des Ganzen war der Mord am Erlanger Chinesen-Wirt Eddy Ulbrich. Die Leiche legten die Mörder an einer Autobahnauffahrt ab.«

»Moment mal«, hakte ich ein. »Das klingt jetzt aber sehr nach Fernsehkrimi. Von diesem Fall wüssten wir doch etwas.«

»Ist schon eine Weile her, Herr Kommissar.«

»Eine Weile? Das heißt?«

»Lassen Sie mich überlegen. Ich war erst kurz in Deutschland, es muss also Anfang der Neunziger gewesen sein, kurz nach der deutschen Einheit.«

»Oha. Das ist wirklich eine lange Zeit. Da hat meine Kollegin noch mit Playmobilpolizisten gespielt. Aber heute? Aktuell?«

»Nichts. Also nichts Konkretes.«

»Was meinen Sie damit?«, hakte ich nach.

»Ich meine: Das sind nur Gerüchte. Darauf gebe ich nichts.«

»Herr Peng, jetzt lassen Sie sich doch bitte nicht die Reisnudeln aus der Nase ziehen. Wovon reden Sie? Auch wenn es nur Gerüchte sind.«

Er zögerte, räusperte sich und sprach dann leise: »Ich kenne mich damit ja nicht aus, weil ich in diesen sozialen Netzen nicht unterwegs bin. Aber es gibt da wohl jemanden, der entsprechende Denunziationen verbreitet. Mir ist das nur mal zu

Ohren gekommen. Ich kann Ihnen nichts dazu sagen. Ich weiß nur, dass hier in der Stadt die asiatische Mafia keine Rolle spielt. Sofern man damit nicht die japanischen Touristen meint, die den Torschuster verstopfen. Ich wünsche Ihnen noch einen guten Appetit.«

Wir bedankten uns bei Peng, der uns etwas ratlos zurückließ.

»Paulina, können Sie mir einen Gefallen tun?«, fragte ich, während ich den Knochen meiner Ente abnagte. Sie nickte. »Schauen Sie in Ihrem Google-Telefon doch bitte mal nach, welche Sendung heute Abend um Viertel nach acht auf RTL kommt.«

»Was ist los, Horst? Wollen Sie dem ZDF etwa untreu werden?«

»Fragen Sie nicht, googeln Sie!«

Sie zuckte mit den Schultern. »Wie Sie meinen.« Kurz darauf hatte sie ein Ergebnis: »Seit wann interessieren Sie sich für Trash-Fernsehen, Horst?«

## *Die Bärenfalle (3)*

*Nach der Pause stärkten sich alle im großen Saal bei einer Brotzeit mit Wurst- und Käseplatten, dazu wurde heißer Hüttentee ausgeschenkt.*

*»Gibt's den auch mit Schuss?«, fragte Heiner Deuerling und lachte.*

*»Danke dafür«, erwiderte Emmi. »Gerade hatte ich kurz vergessen, dass da draußen ein Mörder herumschleicht.«*

*»Da schleicht niemand herum, Emmi. Sei mal nicht so gereizt. Und ich wollte nur einen Schuss Rum für den Tee. Solltest du auch nehmen, dann schläfst du heute Nacht vielleicht besser.«*

*»Ich würde wirklich besser schlafen, wenn heute irgendjemand hier Nachtwache halten würde«, sagte Lissi und deutete auf das Gewehr. »Egal, ob man mit der Flinte schießen kann oder nicht.«*

*»Und wer bitte schön soll dieser Jemand sein?«, fragte Bertl. »Wir wollen morgen den ganzen Tag proben. Da muss jeder ausgeschlafen sein. Und du, Emmi, solltest ordentlich essen, damit du wieder was auf die Rippen bekommst.«*

*»Ich kann gerne so lange Wache halten, wie die Tennisübertragung dauert«, sagte Drygalski. »Wenn es bei Wilander und Steeb länger geht als bei Becker und Edberg, dann kann es ein langer Abend werden. Das erste Match war ein Blitzsieg in drei Sätzen.« Sofort zog er damit einen bösen Blick von Lissi auf sich, um sich politisch korrekter auszudrücken: »Ich meine natürlich: Das Bobbele hat mit dem Schweden kurzen Prozess gemacht.«*

*Bertl stand auf und klatschte dreimal in die Hände. »Können wir dann loslegen? Emmi und Heiner, ihr macht den Anfang. Es ist die erste Szene, in der Jäger Franz mit seinem Gewehr auf die schöne Helena schießt.«*

*Bertl stellte zufrieden fest, dass Emmi sich wieder beruhigt hatte. Er schaute sich im Raum um, dann deutete er auf einen Wandschrank hinter der Tür. »Da drin ist ein Besen, Heiner. Nimm den als Gewehr. Alles mal auf Anfangsposition.«*

## SIEBEN

Wir hatten noch Zeit genug, der Ehefrau von Eric Zenker einen Besuch abzustatten. Der Friseursalon lag in einem Wohngebiet im Nürnberger Stadtteil Reichelsdorf in der Schalkhaußerstraße, wo viele Ein- und Mehrfamilienhäuser kleinstädtisches Flair verbreiteten. Das Geschäft mit dem Namen »Friseurstudio Harlekin« befand sich in einem kleinen Flachdachbungalow, neben dem Eingang stand eine blaue Altpapiertonne, die mit Sonnenblumenaufklebern verziert war. Ein Schild wies auf den Namen der Inhaberin, Friseurmeisterin Thordis Zenker, sowie die Geschäftszeiten hin, wonach heute noch bis achtzehn Uhr geöffnet war. Montags war natürlich geschlossen, dafür jeden zweiten Donnerstag im Monat bis halb acht abends geöffnet.

»Müsste das nicht eigentlich ›Haarlekin‹ mit Doppel-a heißen? Sonst ergibt dieser Name für einen Friseursalon doch wenig Sinn«, stellte ich fest, als wir die Tür öffneten, was ein schrilles Pling-Pling auslöste. Als wir eintraten, begrüßte uns eine sportlich aussehende Frau Mitte vierzig mit einer schwarzen Kurzhaarfrisur und etwas experimentell wirkenden roten Strähnen. Sie trug eine eng sitzende Jeans, weiße Turnschuhe und einen ärmellosen weißen Kittel.

»Grüß Gott, mein Name ist Müller, Kr–«, begann ich, doch sie fiel mir gleich ins Wort.

»Sie sind ein paar Minuten zu früh, aber das macht überhaupt nichts. Nehmen Sie Platz.« Sie leitete mich zu einem höhenverstellbaren Frisierstuhl, betrachtete meinen Hinterkopf und sagte lachend: »Wir brauchen bei Ihnen eh nicht lange. Darf ich Ihre Brille abnehmen? Und möchte Ihre Tochter so lange warten? Einen Espresso für Sie? Bedienen Sie sich an der Maschine!«

»Sie ist nicht mei–«

»Vielen Dank«, fiel mir Paulina ins Wort. »Ich nehme gerne einen Espresso. Und für den alten Herrn bitte einen etwas moderneren Haarschnitt.«

»Moment mal!« Ich drehte mich um und wollte widersprechen, als ich schon ein großes Plastiklätzchen umgehängt bekam.

Paulina lachte. »Er sträubt sich noch ein bisschen, lassen Sie sich nicht beirren. Die neue Frisur geht auf meine Rechnung.«

So schnell konnte ich gar keine Widerworte geben, wie der elektrische Haarschneider schon meinen Nacken ausrasierte. Damit war jede Gegenwehr zwecklos geworden.

»Wenn das Haar lichter wird, sollte man nichts kaschieren, sondern offensiv mit der Situation umgehen«, sagte die Friseurin, veränderte eine Einstellung am Schneidegerät und setzte es an meiner Stirn an. »Die Zeiten, wo man seine letzten Haare von links nach rechts über die Glatze kämmte, sind zum Glück vorbei. Drei Komma fünf Millimeter sollten ausreichen. Das sieht sportlich und modern aus.«

»Machen Sie ruhig«, rief Paulina von hinten, während sie an einem Espresso nippte. »Er sieht eh nichts ohne Brille.«

»Ich würde Ihnen empfehlen, dazu noch einen Drei- bis Fünf-Tage-Bart wachsen zu lassen, Herr Müller. Sie werden sehen, dass Sie gleich zehn Jahre jünger wirken.«

»Was ich schon immer mal wissen wollte«, wechselte ich resignierend das Thema, »warum sind Friseursalons eigentlich montags geschlossen?«

Frau Zenker lachte. »Ach, das hat historische Gründe, wie so vieles. Früher war es üblich, dass sich die Leute für den Kirchgang am Samstag oder am Sonntag die Haare schön machen lassen wollten. Da hatten Friseure das ganze Wochenende über gut zu tun, und montags ging dann die Nachfrage stark zurück. Darum wurde der Montag als Ruhetag eingeführt. Heute hingegen haben Friseure sonntags geschlossen, und der Freitag ist der umsatzstärkste Tag geworden. Es gibt aber immer mehr Läden, die auch montags öffnen. Ein bisschen Gel?«

»Wie bitte?«

»Ich meine, darf ich Ihre Haare ein bisschen aufstylen?«

Ich seufzte. »Machen Sie, was Sie für richtig halten.« Ich wandte mich zu Paulina: »Und Sie zahlen wirklich?«

»Sie siezen Ihre Tochter?«

»Ja, ich zahle«, sagte Paulina. »Das ist mir der Spaß wert. Aber ich bin nicht seine Tochter. Das ist Kriminalhauptkommissar Müller, ich bin Kriminalmeisterin Kowalska. Wir kommen von der Bamberger Polizei und haben ein paar Fragen an Sie.«

Frau Zenker legte die Geltube wieder auf die Ablage vor den Spiegel. »Ach so. Dann kommen Sie wegen meines Mannes, oder? Ich bin so froh, dass er wieder frei ist. Ich nehme an, das war alles nur ein großes Missverständnis.« Sie hielt einen Handspiegel hinter meinen Kopf und fragte: »Alles in Ordnung so?«

»Wird schon passen, danke«, antwortete ich und setzte meine Brille wieder auf. »Wächst ja wieder nach. Und es soll bald Frühling werden. Was Ihren Mann betrifft: Die Sache ist noch völlig ungeklärt. Wir sind auf der Suche nach einem Motiv, warum jemand Barbara Schauer hätte töten wollen.«

»Und darum kommen Sie zu mir?« Frau Zenker wischte mit einem Pinsel über meinen Nacken und nahm mir die Schnitthaarschutzjoppe ab. Ich schaute auf meine Armbanduhr, um später die Schneidezeit korrekterweise als Pause zu verbuchen.

»Finden Sie diese Vorstellung so abwegig?«, fragte ich. »Wir müssen das leider ansprechen: Die Beziehung zwischen Ihrem Mann und Barbara Schauer ging möglicherweise über das rein Dienstliche hinaus.« Möglichst einfühlsam fügte ich hinzu: »Was wissen Sie darüber?«

Ich hatte den Eindruck, dass sie die Schere, die sie in ihrer rechten Hand hielt, für eine Sekunde krampfhaft mit der Faust umfasste. Dann lockerte sie aber sofort ihren Griff und legte die Schere auf den Rollcontainer mit den Frisierutensilien. Sie zuckte gleichgültig mit den Schultern und sagte: »Mein Mann arbeitet seit Jahrzehnten bei Theater, Film und Fernsehen. Glauben Sie, mir ist nicht klar, was da hinter den Kulissen abgeht? Das ist eine Welt, die mit unserer Ehe nichts zu tun hat.«

»Sie wussten also, dass Ihr Mann ein Verhältnis mit Barbara Schauer hatte?«, hakte Paulina forsch nach.

»Ich will es gar nicht genau wissen. Wir haben uns immer unsere Freiheiten gelassen.«

»Kannten Sie denn Frau Schauer persönlich?«

»Nein. Ich habe ein paar ihrer Chris-Ridder-Bücher gelesen und sie mal auf einer Filmpremiere getroffen. Aber ich kannte sie nicht näher. Ich habe mich aus dem ganzen Filmbusiness so weit wie möglich rausgehalten. Meine Welt ist nicht der rote Teppich, sondern«, sie machte eine ausladende Handbewegung, »das hier!«

»Ich verstehe. Friseurgeschäft statt Showgeschäft. Haben Sie Ihren Mann eigentlich kennengelernt, als er schon erfolgreicher Schauspieler war, oder davor?«, fragte ich.

»Wir haben uns vor über zwanzig Jahren kennengelernt. Ich stamme aus der Nähe von Coburg und habe dort eine Ausbildung zur Friseurin und Kosmetikerin gemacht. Danach war ich zwei Jahre Maskenbildnerin am Landestheater Coburg. Als Eric dort in der Rolle des Alfred Ill aus Dürrenmatts ›Besuch der alten Dame‹ gastierte, hatte ich sehr lange damit zu tun, einen Mann um die dreißig in einen älteren Herrn zu verwandeln. Und das an vier Abenden pro Woche, drei Monate lang. Es war eine Inszenierung des großen Tibor Ugowski, das vergesse ich nie. Da sind wir uns nähergekommen.«

»Aber bekannt wurde er erst später durchs Fernsehen, oder?«

»Richtig. Der Durchbruch war die Rolle des Franken-Bullen. Das Schöne an diesem Job ist ja, dass immer hier in der Region gedreht wird und er daher nie länger weg ist. Abends ist er meistens zu Hause.«

»Sie wohnen hier in Nürnberg?«

»Ja, wir haben ein kleines Haus drei Straßen weiter.«

»Und jede Eifersucht ist Ihnen grundsätzlich fremd?«, versuchte Paulina zu provozieren.

Frau Zenker atmete tief durch. »Wissen Sie, wir sind keine zwanzig mehr. Da sieht man vieles im Leben entspannter. Eifersucht, Neid, Missgunst und Streit verbrauchen so viele Energien, dafür ist das Leben viel zu kurz.«

»Hm«, machte ich und tauschte einen zweifelnden Blick mit Paulina aus. Wenn alle Menschen so dächten, gäbe es für die Kripo nicht mehr viel Arbeit. »Können Sie sich einen Grund vorstellen, warum man Ihrem Mann einen Mord anhängen könnte?«

Sie dachte kurz nach. »Nein, beim besten Willen nicht. Beruflich hatte er nie Streit und war immer sehr ausgeglichen. Ich kann mir nur vorstellen, dass bei den Dreharbeiten ein tragisches Unglück geschehen ist. Eine Waffenattrappe austauschen, wer macht denn so was?«

»Moment mal«, sagte ich. »Woher wissen Sie, dass eine Attrappe ausgetauscht wurde? Davon war in den Medien keine Rede.«

Sollte dies etwa so ein Fall sein, wo sich der Täter durch ein falsches Wort verriet, weil er etwas sagte, das er gar nicht wissen konnte? Jeder dieser Rätselkrimis zum Selberlösen, wie sie in den Fernsehzeitschriften wöchentlich abgedruckt wurden, funktionierte nach diesem Prinzip. Doch die Realität war anders, wie die Antwort von Frau Zenker bewies.

»Woher wohl? Ich bin mit einem Augenzeugen des Geschehens verheiratet. Mein Mann hat mich sofort informiert. Und nach seiner Freilassung haben wir ausführlich telefoniert.«

»Haben Sie Kinder?«, fragte ich.

Sie schüttelte den Kopf.

»Ach nein?«, wunderte sich Paulina. »Und was ist dann mit dem kriminellen Sohn des Fernsehkommissars?«

Jetzt wunderte auch ich mich.

»Sie meinen Dirk? Das ist sein unehelicher Sohn, zu dem er seit zwanzig Jahren keinen regelmäßigen Kontakt mehr hat.«

Ich schaute Paulina mit großen, fragenden Augen an, versuchte dann, mir meine Überraschung nicht länger anmerken zu lassen.

»Dirk ist das Ergebnis einer kurzen Affäre, die Eric mit Alice im Wunderland hatte.«

»Wie bitte?«, sagte ich. »Das wird ja immer doller.«

»Ich meine die Schauspielerin, die Alice gespielt hat. Sie hieß eigentlich Katrin. Er war der Hutmacher. Sie hatten Sex in der Garderobe am Abend nach der letzten Vorstellung in Aurich. Danach hat er die Frau nie wiedergesehen. Dirk hat erst an seinem achtzehnten Geburtstag erfahren, wer sein Vater ist. Da hatte er aber schon eine Jugendstrafe wegen schwerer Körperverletzung und Nötigung hinter sich.«

»Und was macht er heute, der uneheliche Sohn?«, fragte ich.

»Er schlägt sich wohl als ungelernter Hilfsarbeiter mit Gelegenheitsjobs durch. Seine Mutter ist frühverrentet wegen eines chronischen Hüftleidens. Das weiß ich aber auch nur aus der Presse, die vor einiger Zeit groß über den«, sie malte Gänsefüßchen in die Luft, »›missratenen Sohn des Fernsehkommissars‹ berichtet hat. Dabei verschwieg die Klatschzeitung allerdings, dass er nicht unser gemeinsamer Sohn ist. So entstand der Eindruck, wir hätten ein kriminelles Kind, von dem wir uns losgesagt haben und nichts wissen wollten. Keine schöne Geschichte.«

»Sie sagten, Ihr Mann habe zu Dirk keinen regelmäßigen Kontakt mehr gehabt. Was meinen Sie damit? Und hat er Geld für ihn gezahlt?«, fragte ich.

»Es ist ein paar Jahre her, da ist Dirk wohl tatsächlich mal völlig überraschend am Drehort aufgetaucht, weil er seinen Vater nicht nur am Bildschirm sehen wollte. Eric hat sich mit ihm dann abends getroffen, sie haben sich lange ausgesprochen. Ob er ihm Geld gegeben hat, weiß ich nicht. Davon war jedenfalls nie die Rede. Danach haben sie sich nie wiedergesehen, soweit ich weiß.«

»Und ist Dirk von der Jugendstrafe abgesehen weiter mit dem Gesetz in Konflikt gekommen?«, wollte Paulina wissen.

»Ich weiß auch nur das, was die Illustrierten berichten. Demnach stand er noch mal wegen eines bewaffneten Raubüberfalls in Hamburg vor Gericht, das ist aber auch schon wieder ein paar Jahre her.«

»Bewaffnet, hm«, sagte ich leise. »Sehr interessant alles. Und wie heißt er mit Nachnamen?«

»Er heißt Dirk Gärtner.«

In diesem Moment machte es pling-pling, und die Tür zum Friseursalon öffnete sich.

»Grüß Gott, ich habe telefonisch einen Termin vereinbart«, sagte ein greiser Herr um die siebzig, bei dem mir sofort das Lied »Ich habe Ehrfurcht vor schneeweißen Haaren« einfiel. »Mein Name ist Müller«, fügte er hinzu.

»Sie kommen gerade recht, Herr Müller«, sagte Frau Zenker und warf mir einen Blick zu. »Ihr Namensvetter ist eben fertig.«

Wir hinterließen unsere Kontaktdaten und verabschiedeten uns. Sobald wir außer Hörweite waren, platzte es aus mir heraus: »Woher wussten Sie das mit dem unehelichen Sohn, Paulina? Warum erzählen Sie nichts von Ihren Internet-Ermittlungen?«

»Sorry, Horst. Diesmal war es keine Online-Recherche, sondern ganz oldschool. Erinnern Sie sich an die Illustrierte, die bei Schlickowey im Krankenhaus lag?«

»Ja, die mit der Schlagzeile ›Die Frau an der Seite des TV-Kommissars‹ auf dem Titel, richtig?«

»Genau. Das Heft hatte ich mitgenommen. Da stand auf der Titelseite nämlich auch noch: ›Und das große Geheimnis um seinen kriminellen Sohn‹.«

»Dann war das der Artikel, von dem Frau Zenker gesprochen hat?«

»Möglich. Ich werde mal nachhören, ob gegen diesen Dirk Gärtner etwas vorliegt.«

Ich schaute auf meine Armbanduhr und bat Paulina, mich mit dem Dienstwagen bis Hallstadt mitzunehmen.

## ACHT

Als ich den »Kulturboden« in Hallstadt betrat, dachte ich darüber nach, ob mein Besuch der Lesung von Hartmut Knauer als Arbeitszeit zu erfassen war oder nicht. Ich beschloss, die Antwort vom weiteren Verlauf des Abends abhängig zu machen. Die grundsätzliche Annahme, Polizisten seien immer im Dienst, war zwar für Fernsehkommissare oder Romanhelden durchaus zutreffend, aber weder mit dem Arbeitszeitgesetz noch mit dem Tarifvertrag für Beamte vereinbar.

Ich stieg die Treppen hinter einer Glasfront hinauf und wurde oben bereits von der freundlichen Buchhändlerin mit den Initialen AKK begrüßt.

»Ah, der Herr Kommissar!«, rief sie mir entgegen. »Es ist sehr aufregend für uns, mal mit einem echten Polizeibeamten zu tun zu haben, nachdem wir uns ja sonst nur mit den fiktiven Krimihelden wie Wallander, Maigret oder Brunetti befassen.«

Neben ihr stand ein kräftiger Mann in meinem Alter mit einem gepflegten Acht-Tage-Bart, verschmitztem Lächeln und einer Leibesfülle, wie sie etwa drei Vierteln Pavarottis entsprechen dürfte.

»Schön, dass Sie wirklich die Zeit finden. Ich bin sicher, es wird Ihnen gefallen«, sagte Frau Koller-Kesselmeier. »Darf ich Ihnen Herrn Westermann vorstellen? Er ist der Agent von Frau Schauer und von Herrn Knauer.«

»Sehr angenehm«, sagte ich und schlug in die ausgestreckte Agentenpranke ein. »Ich habe schon von Ihnen gehört. Kommissar trifft Agent. Das klingt nach Stoff für einen James-Bond-Thriller.«

Westermann lächelte freundlich. »Es gibt zum Glück noch einen Unterschied zwischen Geheimagenten und Literaturagenten. Sie ermitteln im Todesfall von Barbara Schauer? Darf ich Sie zu einem Whisky einladen? Oder sind Sie im Dienst?«

»Ja. Nein. Ja«, antwortete ich auf alle drei Fragen. Denn die Situation hatte sich sehr schnell in die Richtung entwickelt, dass ich sie als dienstlich bezeichnen und meinem Überstundenkonto zurechnen konnte.

»Was macht denn ein Literaturagent so alles?«, versuchte ich, ein Small-Talk-Gespräch in Gang zu bringen.

»Das Wichtigste ist erst mal, dass er die Werke der Autoren an die Verlage vermittelt. Und dass er erkennt, welcher Stoff sich für welchen Verlag eignet, aber auch, welcher Autor für ein bestimmtes Thema der Richtige ist.«

»Ach? Sie meinen, Sie helfen dem Schriftsteller auch, das passende Thema zu finden?«

»Wenn der Autor mit seinem Buch Geld verdienen möchte – und welcher möchte das nicht? –, dann muss er etwas schreiben, wofür es einen Markt gibt. Und den Markt kennt im Normalfall der Agent besser als der Autor. Da kann es durchaus mal sein, dass gerade Vatikan-Thriller, historische Romane oder Gerichtsmediziner-Krimis gefragt sind. Und zwei Jahre später nicht mehr.«

»Oder Katzenkrimis?«

»Die Zeit ist zum Glück vorbei, auch wenn es in Amerika sogar eine Cat Writers' Association gibt, eine Vereinigung von dreihundert über Katzen schreibenden Autoren. Ich vermittle grundsätzlich jede Art von Belletristik, aber sprechende Tiere sind für mich ein Tabu. Auch wenn mir dadurch schon mal viel Geld durch die Lappen gegangen ist.«

»Ach ja?«

»Erinnern Sie sich an Kommissar Katzinski? Das Manuskript der damals noch völlig unbekannten Zoe Barcley lag auf meinem Schreibtisch. Hab ich abgelehnt. Wurde ein Bestseller mit vierhunderttausend verkauften Exemplaren allein im deutschsprachigen Markt. Es gibt ja sogar eine sehr erfolgreiche Krimireihe mit einem ermittelnden Hausschwein. Die Leser lieben es.«

»Was hätten Sie daran verdient, wenn ich fragen darf?«

»Seriöse Agenten arbeiten auf Provisionsbasis und bekommen meist fünfzehn oder zwanzig Prozent der Einnahmen des Autors. In dem Fall für mich also durchaus ein nettes Jahresgehalt. Dafür handelt der Agent die Verträge aus, kümmert sich um die Abrechnung oder die Versteigerung.«

»Was versteigern Sie? Den Nachlass der Autoren? Apropos: Wissen Sie, wer die Erben von Barbara Schauer sind?«

Westermann lachte. »Keine Ahnung. Sie hat keine direkten Verwandten. Sie sprach mal davon, ihren Nachlass in eine Stiftung für einen guten Zweck zu überführen. Sie war ja recht religiös. Aber ich weiß nicht, ob sie da schon etwas in die Wege geleitet hat. Sie musste ja nicht mit ihrem Ableben rechnen.«

»Und was versteigern Sie dann?«

»Die Stoffe. Im besten Fall ist das Manuskript bei verschiedenen Verlagen so begehrt, dass ich es im Auftrag des Autors an den Meistbietenden verkaufe. Es ist jedoch bei Weitem nicht so, dass das Buch mit dem besten Vertrag auch die meisten Verkäufe erzielt. Sie kennen ja die Geschichte von Harry Potter, der bei vielen Verlagen abgelehnt wurde. Wissen Sie, Herr Kommissar, es gibt drei goldene Regeln für den garantierten Bestseller.«

»Wirklich?«

»Aber keiner kennt sie.« Westermann lachte laut. »Alter Branchenscherz. Sie müssen entschuldigen. Oft sind die Nebenrechte allerdings noch lukrativer. Allein was Verfilmungen betrifft. Wissen Sie, die Chris-Ridder-Reihe soll exklusiv für Netflix verfilmt werden. Das ist fast wie eine Gelddruckmaschine, nicht nur für den Autor, auch für den Agenten.«

»Netflix ist so etwas wie Fernsehen im Internet, oder? Eine virtuelle DVD-Box mit endlosen Inhalten?« Ich lachte. »Nicht meine Welt. Sind Sie auch in den Rechtsstreit zwischen Frau Schauer und Herrn Knauer involviert gewesen? Es ging um die Frage, wer der erfolgreichste fränkische Krimiautor ist.«

»Das ist schon ein paar Jahre her. Die Sache ist im Sand

verlaufen, nachdem die Almondo-Verlagsgruppe, wo Schauer publiziert, den kleinen Sören-Verlag übernommen hat, wo Knauers Bücher erscheinen. Sören ist jetzt eine Marke von Almondo. Und innerhalb des Konzerns hatte man kein Interesse, es zu einem Prozess zwischen zwei eigenen Autoren kommen zu lassen.«

»Kannten sich Schauer und Knauer eigentlich persönlich?«, wollte ich wissen.

»Nicht wirklich. Knauer engagiert sich im Syndikat, das ist eine Vereinigung der deutschsprachigen Krimiautoren, die jedes Jahr die Criminale veranstaltet. Aber Frau Schauer hat sich aus dieser Szene sehr herausgehalten. Ihr war jede Vereinsmeierei fremd. Sie lebte sehr zurückgezogen auf einem –«

»Weinberg, ich weiß. Hatten Sie persönlichen Kontakt zu ihr?«

»Wir haben alles telefonisch und per Post erledigt. Sie mochte auch keine Kommunikation per E-Mail. Sie hatte zwar eine alte AOL-Adresse, nutzte diesen Account aber kaum.«

Es ertönte ein Gong, der darauf hinwies, dass die Lesung in Kürze beginnen würde.

»Wir sollten unsere Plätze einnehmen. Wenn Sie noch Fragen haben, können Sie mich jederzeit erreichen.«

Westermann griff in die Innentasche seines Tweed-Sakkos und holte ein silberfarbenes Etui hervor, dem er eine modern gestaltete Visitenkarte entnahm.

»Handynummer und E-Mail sind noch korrekt. Die Anschrift stimmt nicht mehr«, erläuterte er, während er mir die Karte überreichte.

Ich las, dass sein Literaturbüro in der Münchner Theatinerstraße angesiedelt war.

»Noble Adresse«, sagte ich. »Sind Sie jetzt nicht mehr am Odeonsplatz?«

»Nein. Ich habe mein Büro von München in meine fränkische Heimat verlegt, nach Zirndorf.«

»Um näher an Ihren fränkischen Autoren zu sein?«

»Das ist auch ein Vorteil, ja«, sagte er. »Aber der eigentliche Grund ist eher persönlicher Natur. Meine Mutter ist seit ein paar Monaten ein Pflegefall, und seit der Trennung von meiner Frau hielt mich nichts mehr in München. Jetzt lebe ich im Haus meiner Mutter, das viel zu groß für sie geworden war. Die heutigen technischen Mittel ermöglichen mir, überall zu arbeiten.«

Wir gingen durch eine Tür in den Saal, der bereits gut gefüllt war. Auf der Bühne stand ein Stuhl hinter einem Tisch, darauf ein Wasserglas. Ich saß neben Oberbürgermeister Marienberg, dem ich freundlich die Hand schüttelte. Er grüßte nett, erkannte mich aber wohl nicht sofort, obwohl er schon mal mit einem geköpften Gartenzwerg hilfesuchend in meinem Büro gestanden hatte. Seinem Gesicht war die Verwunderung darüber anzusehen, diesmal nicht neben dem Landrat zu sitzen. Rechts von mir nahm ein junger Mann Platz, der nicht älter aussah als Mitte zwanzig, seinem Namensschild zufolge Thilo Steinbach hieß und offenkundig zu den Veranstaltern gehörte. Ich hielt ihn für einen Literaturstudenten, der beim Festival ein Praktikum absolvierte. Allerdings wirkte er nicht so, als würde er sich außerordentlich auf die bevorstehende Darbietung freuen. Vielleicht studierte er mit dem Schwerpunkt mittelalterliche Gedichte.

Dann betrat AKK die Bühne und wurde mit höflichem Applaus vom Publikum begrüßt. Sie war ganz in Schwarz gekleidet und trug einen eleganten Hosenanzug.

»Verehrte Damen und Herren, liebe Freunde des Literaturfestivals. Der Tod ist den Freunden des Kriminalromans nicht fremd. Er erzeugt in ihnen sogar einen anregenden Sch…« Sie wollte wohl unpassenderweise Schauer sagen, kriegte aber im letzten Moment die Kurve. »Einen anregenden Nervenkitzel, manchen Lesern kann es nicht blutrünstig genug sein. Doch der Krimi-Tod ist immer Fiktion. Wir erfreuen uns an ihm, weil er nicht wirklich ist, weil wir das Buch weglegen und sagen können: Dies hat mit der Wirklichkeit nichts zu tun.«

Mein rechter Nebenmann schnaufte leise genervt: »Was ist das denn für eine Begrüßung? Also wirklich …«

»Eigentlich hätte heute Abend hier Barbara Schauer lesen sollen. Wie Sie inzwischen alle gehört haben, ist sie bei einem tragischen Unglück während der Dreharbeiten zur neuen Folge des ›Franken-Bullen‹ ums Leben gekommen. Ich möchte Sie daher bitten, dass wir uns alle von den Plätzen erheben und …«

Ein Rumoren machte sich breit, Stühle wurden über den Holzfußboden geschoben, alle standen auf. Steinbach stöhnte angestrengt wie ein Invalide.

»… für eine Minute der Verstorbenen gedenken.«

Wie immer dauerte auch diese Schweigeminute höchstens fünfundzwanzig Sekunden, bis die Buchhändlerin die erlösenden Worte »Vielen Dank« sprach und sich alle wieder setzten.

»Bevor wir zur heutigen Lesung kommen, begrüßen wir die beiden Schirmherren, Herrn Oberbürgermeister Marienberg und, aus München angereist, den renommierten Literaturkritiker, den bayerischen Bücherpapst Dr. Thilo Steinbach.«

Zum einsetzenden Applaus standen die beiden Herren links und rechts von mir auf und verneigten sich, Marienberg grüßte noch herrschaftlich mit geballter Faust in den Saal, so als hätte ihn ein Parteitag soeben zum Ehrenvorsitzenden gewählt.

»Umso mehr freuen wir uns, dass Hartmut Knauer heute Abend unser Gast ist. Der FT nannte ihn den ›Titanen des Franken-Krimis‹. Thomas Gottschalk sagte in seiner Literatursendung, Knauers Bücher seien süffig wie Kulmbacher Bier. Überzeugen wir uns davon hier und jetzt und begrüßen wir Hartmut Knauer!«

Der Saal applaudierte, und ein leicht untersetzter Mann Mitte fünfzig mit einem kugelförmigen Kopf ohne Haare betrat die Bühne. Er trug eine schlecht sitzende Jeans, ein weißes Kurzarmhemd und darüber rote Hosenträger und blickte schüchtern in das Publikum. Mir kam Knauer sofort bekannt vor, aber ich konnte mich nicht genau erinnern, wo ich ihm schon mal begegnet war. Vielleicht hatte ich auch sein Bild in der Zeitung gesehen.

Nach dreißig Minuten hatte er noch keine einzige Zeile aus seinem Buch gelesen. Stattdessen hatte er in kabarettreifer Manier im fränkischen Dialekt eine Anekdote nach der anderen zum Besten gegeben und mit gekonnt platzierten Pointen über Haßfurter Autofahrer Lacher und Applaus geerntet. Nachdem er auf einer Gitarre noch einen fränkischen Gangster-Blues zum Besten gegeben hatte, las er endlich Passagen aus seinem Buch vor. An dieser Stelle bemerkte ich wieder einmal meine Schwäche, mich schwer auf vorgelesene Texte konzentrieren zu können. Bei Festreden, Predigten in der Kirche oder anderen Vorträgen, egal wie interessant sie auch waren, dauerte es gewöhnlich weniger als eine Minute, bis meine Gedanken irgendwo waren, nur nicht beim Inhalt des Vortrags. Ich bemerkte, dass auch mein rechter Nebenmann, der Schirmherr und Literaturkritiker, nicht ganz bei der Sache war und immer wieder auf sein Smartphone schielte, das er mehr oder weniger unauffällig zwischen seinen Beinen versteckt hatte.

Als Knauer eine kurze Pause ankündigte und Steinbach nur kurz und allenfalls höflich applaudierte, sprach ich ihn an: »Hat es Ihnen nicht gefallen?«

Er verdrehte die Augen und sagte: »Es gibt viele gute Gründe und Anlässe, Pommes mit Currywurst zu essen, und vielleicht ist das auch das Lieblingsgericht von Millionen Menschen. Trotzdem kann ich doch in einem Fünf-Sterne-Restaurant kein Fast Food servieren mit der Begründung, dass es der Masse schmeckt!«

»Sie wollen damit sagen, Krimis sind wie ein ungesundes Schnellgericht und das Literaturfestival ist der Gourmettempel?«

Steinbach blickte auf seine goldene Rolex, die auch eher an fünf Sterne als an Schnellimbiss erinnerte. »Ich habe grundsätzlich nichts gegen Kriminalromane. Da gibt es sehr gute Werke.

Dürrenmatt hat großartige Kriminalliteratur geschrieben. Oder E.T.A. Hoffmanns ›Fräulein von Scuderi‹. Aber womit heute die Buchhandlungen massenhaft überschwemmt werden und wo man wahlweise Ostfriesland-, Allgäu-, Hinterpommern- oder Lummerland-Krimi draufschreibt, das hat doch nun wirklich nichts mit Literatur zu tun. Das ist eine riesige Marketingmasche, mit der jeder Fleck auf der Landkarte einen eigenen Lokalkrimi bekommt, damit die Leute sich darüber freuen, wenn sie den Briefkasten an der Ecke wiedererkennen. Für mich sind das Reiseführer mit Rahmenhandlung, mit Verlaub. Es gibt Verlage, die schicken einen Hamburger Autor für vier Wochen in den Bayerischen Wald, um dort einen Lokalkrimi zu recherchieren. Aber ich will mich gar nicht aufregen. Sie entschuldigen mich. Ich habe noch Termine.« Und um seine fehlende Wertschätzung für den Krimiabend zu unterstreichen, fügte er schnaubend hinzu: »Wichtige Termine.« Mit diesen Worten verschwand er von der Bildfläche.

»Puh, da sind Sie aber an den Richtigen geraten«, sagte AKK zu mir, nachdem sie dem OB die Hände geschüttelt hatte. »Kommen Sie mit raus?«

»Einen feinen Schirmherrn haben Sie sich da ausgesucht«, antwortete ich. »Wie alt ist dieser Steinbach? Er sieht aus wie ein Abiturient.«

»Und ist doch schon Mitte dreißig und promoviert. Auch wenn er nicht unbedingt ein Sympathiekönig ist, für unser Festival ist er als Schirmherr ausgesprochen wichtig.«

»Und warum? Hat er so viel Geld?«

»Er hat die Kontakte. Er ist trotz seines jungen Alters einer der einflussreichsten Literaturkritiker im ganzen Land. Sein Urteil kann für den Erfolg oder Misserfolg eines Buches maßgeblich sein. Es ist schon vorgekommen, dass er einen unbekannten Nachwuchsautor aus einem Kleinstverlag empfohlen hat, und danach konnte der Verlag gar nicht so viel Exemplare nachdrucken lassen, wie nachgefragt wurden.«

»Ach, wirklich? Also ein Yuppie-Reich-Ranicki für die iPad-

Generation? Und wo sind seine so maßgeblichen Rezensionen dann zu lesen?«

»Steinbach hat eine wöchentliche Literaturkolumne in der ›Süddeutschen‹. Aber Einfluss auf den Buchmarkt hat vor allem seine Sendung ›Steinbachs Büchersalon‹, die einmal im Monat abends im Ersten ausgestrahlt wird. Die Bücher, die er dort präsentiert, stehen am Tag danach auf eigenen Tischen in den Buchhandlungen. Er hat Kontakte zu allen relevanten Personen der Buchszene und kann so dafür sorgen, dass wir hochkarätige Autorinnen und Autoren hier im Landkreis Bamberg präsentieren können.«

»Und warum rümpft er dann so die Nase über Kriminalromane?«

»Ach«, die Buchhändlerin lachte, »das müssen Sie nicht so ernst nehmen. Es ist doch unter Feuilletonisten immer noch weitverbreitete Meinung, dass Krimis keine Literatur sind, insbesondere auf Regiokrimis sind sie gar nicht gut zu sprechen. Sie wissen vielleicht, Herr Kommissar, dass wir hier in Franken eine sehr lebendige und erfolgreiche Krimiszene haben. Die haben wir in den ersten Jahren des Festivals vielleicht nicht ausreichend berücksichtigt. Das haben wir geändert, um auch dem Geschmack des Publikums Rechnung zu tragen. Und, nun ja, Steinbach …«

»… war dagegen? Und jetzt schmollt er, weil er als Schirmherr gezwungen ist, an Veranstaltungen teilzunehmen, wo aus seiner Sicht aus Schundbüchern vorgelesen wird?«

Koller-Kesselmeier nickte lächelnd. »So ungefähr vielleicht, ja. Es gab tatsächlich einen Riesenstreit darüber, ob Barbara Schauer auf dem Festival lesen soll. Denn ursprünglich war geplant, dass sie bei der Eröffnungsveranstaltung auftreten soll.«

»Und das wollte Steinbach nicht?«

»Er hat sogar gedroht, in dem Fall die Schirmherrschaft niederzulegen. Letztlich hat er dann dem Kompromiss zugestimmt, dass Barbara Schauer an diesem Freitagabend liest, während wir zur Eröffnung den Ingeborg-Bachmann-Preisträger Tarcisius Lotterbach hatten.«

»Verstehe. Steinbach war also nicht besonders gut auf Frau Schauer zu sprechen?«

»Sie meinen …«

»Ich frag nur.«

»Dass er deshalb einen Mord begehen würde, kann ich mir beim besten Willen nicht vorstellen. Auch wenn er … Ach nichts.«

»Was wollten Sie sagen?«

»Das tut sicher nichts zur Sache. Mir fiel nur ein, dass Steinbachs Schwiegervater in München am Rosenheimer Platz ein großes Waffengeschäft hat. Das erwähnte Steinbach mal. Aber wenn er eine Schriftstellerin vernichten wollte, hätte er andere Möglichkeiten als einen gewöhnlichen Mord, wenn Sie verstehen, was ich meine.«

»Sie meinen: Steinbach geht über Leichen?«

»Ja. Aber eben nur im übertragenen Sinne.«

In diesem Moment stellte sich Westermann zu uns. Er hatte Sprudelwasser oder Zitronenlimonade im Glas.

»Er ist doch ein begnadeter Entertainer!«, sagte der Literaturagent.

»Sie meinen jetzt aber nicht den Steinbach, oder?«, fragte ich.

»Ich meine Hartmut Knauer. Ich muss fast sagen, dass seine Show noch besser ist als seine Bücher.«

»Herr Westermann, ich habe noch eine Frage an Sie.« Ich schob ihn ein wenig zur Seite, und Koller-Kesselmeier wandte sich sogleich dankbar einem anderen Gesprächspartner zu. »Frau Schauer hat doch dieses Buch über die Spielautomatenbranche geschrieben. Gab es danach eigentlich Ärger?«

»Etwas Wirbel schon, ja«, antwortete der Agent. »Der Bundesverband der Automatenunternehmer schaltete einen Rechtsanwalt ein, der versuchte, eine einstweilige Verfügung gegen die Verbreitung des Buches zu erwirken. Natürlich ohne

Erfolg. Die Rechtsabteilung des Almondo-Verlags hatte vorher alle kritischen Passagen überprüft und für wasserdicht befunden. Und in jedem Roman steht ja nicht ohne Grund vorn drin, dass jede Ähnlichkeit mit lebenden oder verstorbenen Personen –«

»Rein zufällig, ich weiß schon. Und dieser Krimi ›Frankenhölle‹ sollte verfilmt werden, stimmt das?«

»Eine Produktionsfirma hat sich die Option gesichert, das ist richtig. Aber das heißt erst mal nicht viel. Das kommt häufig vor, und in den meisten Fällen wird niemals ein Film daraus.«

»Und wie sieht es bei der Netflix-Verfilmung der ›Ridder‹-Serie aus, die Sie erwähnt haben?«, wollte ich wissen.

»Das ist schon sehr konkret. Es gibt Verträge.«

»Und die gelten auch nach dem Tod der Autorin?«

»Selbstverständlich. Die Rechteverwertung im Fall des Ablebens ist in jedem Vertrag genau geregelt.«

»Sie profitieren als Agent sicher auch von den Erlösen der Verfilmung, oder?«

»Das kann man sagen. Ich habe den Deal eingetütet. Es ist das erste Mal, dass eine deutsche Krimiserie von einem Streamingdienst exklusiv produziert wird. Darauf bin ich schon ein bisschen stolz. Für den Streamingdienst hat es gleich mehrere Vorteile, wenn er vorhandene Literatur verfilmt. Besonders Amazon setzt bei seinem Videodienst auf Stoffe, die schon als Bücher erhältlich sind. So kann man dem Kunden, der das Buch gelesen hat, gleich den Film anbieten und umgekehrt. Und alle Streamingdienste müssen mit möglichst vielen Serien ihre Abonnenten davon abhalten, zu kündigen. Es werden also immer mehr Stoffe für neue Serien gebraucht. Und es ist natürlich viel günstiger, fertige Geschichten zu verwenden, die schon von Lektoren und Autoren bearbeitet wurden, als etwas völlig Neues zu entwickeln. Die erfolgreichste Serie ›Game of Thrones‹ beruht übrigens auch auf einer literarischen Vorlage.«

»Interessant«, sagte ich. »Früher hat man Dostojewski und Balzac gelesen, später Fortsetzungsromane in den Zeitungen.

Heute taucht man in die Endlosserien mit unzähligen Staffeln ein. Sagen Sie, durch den Tod von Frau Schauer ändert sich für Sie nichts an dieser profitablen Lage?«

»Wollen Sie mir ein Mordmotiv konstruieren?« Er lachte jovial. »Sie können wohl auch nicht aus Ihrer Haut heraus, Herr Kommissar. Aber ich kann Sie beruhigen: An meiner Provision ändert sich durch den Tod nichts. Gott sei Dank.«

Der Gong rief die Zuschauer auf, sich wieder in den Saal zu begeben. In diesem Moment kam der Autor auf uns zu.

»Volker, schön, dich zu sehen«, sagte er zu seinem Agenten. »Und Herr Kommissar! Sie kennen sich? Das freut mich sehr. Ich hoffe, der Abend gefällt Ihnen. Hatten Sie schon Gelegenheit …?«

Jetzt fiel mir ein, wann ich Knauer persönlich begegnet war. Es war sein Besuch in meinem Büro, als er mir zum Schluss sein Manuskript überreichte.

»Ähm, ja«, sagte ich, während ich nach einer Ausrede suchte. »Ich habe schon mal reingelesen, es beginnt sehr spannend, ja. Richtig Agatha-Christie-mäßig. Und dass es in den achtziger Jahren spielt, finde ich auch reizvoll. Ich bin leider noch nicht sehr weit gekommen.«

»Aber es freut mich, dass es Ihnen gefällt. Ich muss wieder auf die Bühne. Einen schönen Abend noch.«

Kurz darauf setzte Knauer seine Lesung fort.

***

Nach der Veranstaltung war Frau Koller-Kesselmeier so freundlich gewesen, mich in ihrem Fiat Panda mit nach Bamberg zu nehmen und am Markusplatz herauszulassen. Im Abgeordnetenbüro der Grünen-Politikerin gegenüber im früheren Vintage-Laden brannte noch Licht, ebenso bei Frau Weimer bei uns im Haus im Erdgeschoss, was nichts Ungewöhnliches war. Die alte Dame hatte neuerdings so einen neumodischen Fernseher, mit dem sie sich über das Internet zu jeder Tages- und Nachtzeit auf Abruf Spielfilme und Serien anschauen konnte.

Immer wenn ich ihr im Treppenhaus begegnete, berichtete sie mir von den Ereignissen in der neuen Folge von »Breaking Bad« oder »Haus des Geldes«. Ich war bei ihren Erzählungen jedes Mal entsetzt, wie eine über siebzigjährige Rentnerin, die sich vor der dunklen Jahreszeit wegen der Gefahr durch Einbrecher so sehr fürchtete, derartige Sympathien für eine Bande von Bankräubern oder einen Chemielehrer, der synthetische Drogen herstellte, empfinden konnte. Dieses Netflix schien mir tatsächlich sehr zur moralischen Verwahrlosung der Gesellschaft beizutragen.

Ich öffnete die Haustür mit dem Schlüssel und schlich die Treppe hinauf, um die Stufen so wenig wie möglich knarzen zu lassen. In meiner Wohnung im ersten Stock schlüpfte ich zunächst in meine Filzpantoffeln und ließ mich in meinen Fernsehsessel fallen. Ich schaute noch mal auf mein mobiles Telefon, ob ich eine Nachricht von meiner Tochter erhalten hatte. Das war nicht der Fall. Wohl aber hatte Paulina mir geschrieben: »Der Gärtner ist nicht der Mörder«, lautete die Botschaft, die ich zuerst für einen Scherz hielt. Doch dann fiel mir ein, dass Zenkers unehelicher Sohn Dirk mit Nachnamen Gärtner hieß.

»Hat er ein Alibi? Dann müssen wir wohl weitersuchen. Gute Nacht«, tippte ich als Antwort. Ich ging zum Spirituosenfach meiner Schrankwand und goss mir ein Glas Eierlikör ein. Dann spulte ich die Kassette in meinem VHS-Videorekorder auf Anfang zurück und drückte die Starttaste.

Es folgte das Intro der Sendung »Der Charmeur«, wobei zu einem rhythmischen Pop-Sound immer wieder ein junger Mann im schwarzen Smoking, weißen Hemd und mit einer roten Rose in der Hand in unterschiedlichsten Posen am Strand, auf einer Yacht oder an einer Bar zu sehen war. Dazwischen waren Bilder von verschiedenen gesichtslosen Frauen in knapper Badekleidung geschnitten, wobei die Kamera entweder auf die extrem langen Beine oder den Brustansatz fokussiert war. Dann erschien der Moderator namens Anton Wallutat, der vor zehn Jahren unter dem Namen Toni Paroli als Comedian erfolgreich gewesen war, auf einer am Strand aufgebauten Showbühne und quasselte armwedelnd wie ein Animateur im Robinson Club. Neben dem Moderator stand der Jüngling im schwarzen Anzug, der als »Charmeur« die Herzen von zwölf Single-Frauen brechen wollte.

Nachdem der Charmeur mit dem wenig erotisierenden Namen Henning in einem kurzen Einspieler präsentiert worden war, stellte der Moderator die jungen Frauen der Reihe nach vor: »Sylvie aus Dresden, Conny aus Wernigerode, Tina aus Günzburg, Bettina aus Landau in der Pfalz, Gözde aus Gräfelfing, Claudia aus Linsengericht, ja, diesen Ort gab es wirklich, und Andrea aus …«, mir gefror das Blut in den Adern, als die Kamera das lächelnde Bild meiner Tochter zeigte, wobei mir auffiel, dass ich sie wohl seit fast zehn Jahren nicht mehr im Badeanzug gesehen hatte, »… Forchheim«, hieß es bei Andrea, und ich wunderte mich. Hatte sie ihren früheren Wohnort angegeben, wo sie vor dem Studium bei ihrer Mutter gelebt hatte? Vielleicht gar keine schlechte Idee, wenn man nicht zu viele unliebsame Verehrer auf sich aufmerksam machen wollte.

Nachdem die übrigen Kandidatinnen vorgestellt worden waren, die alle nebeneinanderstanden und eine rote Lampe vor sich hatten, blieb mir kein Zweifel daran, dass meine Andrea die hübscheste von allen war. Zugleich schickte ich Stoßgebete zum Himmel, der Herrgott möge verhüten, dass der Schnösel, dessen helmartige Gelfrisur ihn wie ein überdimensioniertes Playmobilmännchen aussehen ließ, ein Rendezvous mit ihr gewinnen würde.

»Henning hat jetzt die Möglichkeit, auf Knopfdruck die Liebe des Lebens zu finden«, schwadronierte Wallutat und erklärte ausführlich die Spielregeln, deren Kern wohl darin bestand, dass der Charmeur durch Druck auf einen roten Knopf vor sich, den sie »Buzzer« nannten, im richtigen Moment eine der Damen zu einem Speed-Dating einladen konnte. Dann hatte er zwei Minuten Zeit, durch gezielte Fragen herauszufinden, ob er mit ihr ein Wochenende verbringen durfte.

Mich erinnerte das an den »Herzblatt«-Hubschrauber, mit dem Rudi Carrell weiland seine liebeshungrigen Kandidatenpärchen in den Turtelurlaub schickte und dabei rief: »Das ist Ihr Herzblatt!« Doch beim »Charmeur« lief alles etwas hektischer ab, und die Regeln waren so verworren wie früher bei »Tutti Frutti« mit den legendären Länderpunkten, deren Sinn gewiss bis heute niemand verstanden hat.

Das rote Licht wanderte bei den Kandidatinnen von links nach rechts. Wenn Henning auf den Knopf drückte, ertönte ein schrilles Geräusch, und das Licht blieb bei seiner Auserwählten stehen. Brrrrrrrrrrröööööp machte es. Die Kamera zeigte ganz groß den Kopf von Claudia aus Linsengericht, die überwältigt ihre Hände vor das Gesicht schlug und vor Freude zu kreischen begann. In den nächsten zwei Minuten erfuhren die Zuschauer, dass Henning eine Frau suchte, »die mit beiden Beinen auf den Füßen steht«, und dass Claudia eine Veganerin war und Rettungsringe bei männlichen Bäuchen für sie erotische Nutzfläche seien.

Offenbar entsprach auch für Henning die blonde Kandidatin zu sehr dem Klischee des Blondinenwitzes. Und so durfte er ein weiteres Mal »buzzern«. Ich verzichtete darauf, den Sinn der Regeln tiefer zu hinterfragen, und schaute den Rest der Sendung im Schnelldurchlauf an. So viel Eierlikör konnte ich gar nicht trinken, um das Programm erträglich zu finden. Ich verfolgte, dass die hübschen Frauen weniger wurden. Am Ende blieben drei von ihnen übrig, die ausgeschieden waren, unter ihnen Andrea. Das tat mir einerseits leid für sie, andererseits war ich auch erleichtert.

Als der Abspann zu Ende war, schaltete ich den Videorekorder aus und zappte durch die Programme. Im Dritten sah ich ein bekanntes Gesicht. Es lief die Wiederholung von »Steinbachs Büchersalon«. Ich drehte den Ton leise und nahm mein Handy. An Andrea schickte ich eine SMS: »Ich hab's gesehen. Du warst toll. Und für diesen Charmeur bist du viel zu schade!«

Kurz darauf kam eine Antwort von ihr: »Danke, Papa. Wir dürfen noch ein paar Tage auf Lanzarote bleiben. Ich genieße die Sonne. LGA«.

Auf dem Fernsehschirm sah ich lautlos, wie Thilo Steinbach das neue Buch von Mandy Heart in eine große blaue Tonne mit der Aufschrift »Papiermüll« warf.

## *Die Bärenfalle (4)*

*Die Nacht im Seehaus war ohne den Einbruch eines Mörders vorübergegangen. Es hatte pausenlos durchgeschneit, die Verbindung ins Tal war komplett abgeschnitten. Beim Frühstück versuchten sich die Mitglieder der Theatergruppe nichts anmerken zu lassen. Niemand redete von dem mysteriösen Anruf am Vorabend.*

*»Nachdem wir uns alle gestärkt haben, sollten wir bald mit den Proben beginnen«, sagte Bertl. »Noch jemand einen Kaffee, bevor es losgeht?«*

*»Was ist mit dir, Anton?«, fragte Lissi. »Haben wir heute deine ungeteilte Aufmerksamkeit, oder musst du wieder Pingpong in Lappland schauen?«*

*Drygalski verdrehte die Augen. »Es steht zwei zu null für Deutschland. Vielleicht machen wir … ich meine, vielleicht macht das deutsche Team heute im Doppel den Sack zu.« Er wischte sich mit einer Serviette einen Erdbeermarmeladenrest aus dem Mundwinkel, stand auf und ging zum Telefon. »Ich ruf mal zu Hause meine Frau an und frage, wie die Wetterlage dort ist.«*

*Emmi setzte an, etwas zu erwidern, sagte dann aber nichts.*

*Drygalski griff zum Telefonhörer, doch die Leitung war tot. Er drückte mehrmals auf die Gabel, aber nichts geschah. »Eines Tages wird es Telefone geben, die wie Funkgeräte ohne Kabel funktionieren. Dann wird uns so etwas nicht mehr passieren.«*

*»Träum weiter, Anton. Vielleicht werden wir eines Tages auch mit fliegenden Taxis auf den Berg kommen.« Lissi lachte. »Aber selbst wenn wir jetzt mit einem Funktelefon einen Pizzalieferdienst anrufen könnten, würde der es auch nicht bis hierher schaffen.«*

*»Wenn er kein Flug-Pizzataxi hat«, sagte Bertl. »Zum Glück*

*reichen die Vorräte aus, das sollte nicht unser Problem sein. Ich habe ausreichend eingekauft.«*

*Lissi stupste Drygalski leise an den Arm und flüsterte: »Die Einkaufsliste würde ich mir gerne mal genauer anschauen. Und dann mit unserer Vereinskasse abgleichen.«*

*»Was willst du damit sagen?«, fragte Drygalski leise zurück.*

*»Ach nichts. Aber die Emmi hat neulich so Andeutungen gemacht.«*

*»Was für Andeutungen?«*

*»Sie meinte, sie habe sich mal das Kassenbuch angesehen. Berufsmäßig kennt sie sich ja aus mit so was. Ihrer Ansicht nach fehlt ein höherer vierstelliger D-Mark-Betrag, der nicht mit Quittungen im Ausgabenbuch gedeckt ist.«*

*»Und was soll das heißen? Dass der Peter Eintrittsgelder unterschlagen hat?«*

*Lissi tat ahnungslos. »Du bist doch der Detektiv. Du kannst ja mal ermitteln.«*

*»Einen Teufel werde ich tun.«*

*»Was gibt's denn da zu flüstern?«, rief Peter Bertl. »Wir fangen jetzt an und spielen noch mal die ersten drei Szenen. Emmi, Heiner!«*

*Heiner Deuerling trat auf die Bühne und griff nach dem Besenstiel, der als Gewehr fungieren sollte.*

*»Heiner, wir müssen doch nicht dieses alberne Ding nehmen, wenn wir etwas viel Besseres haben. Nimm doch das da!« Emmi zeigte auf das echte Gewehr, das an der Wand hing.*

*Deuerling zögerte. »Hm, warum eigentlich nicht? Das wirkt sicher überzeugender auf der Bühne.«*

*»Jetzt macht halt«, sprach Bertl ungeduldig. »Wir haben nicht ewig Zeit.«*

*Die übrigen Ensemblemitglieder setzten sich mit ihren Textheften auf die Stühle vor der Bühne. Dann begannen Emmi und Heiner Deuerling mit der Szene. Deuerling als Jäger Franz bedrohte die schöne Helena und legte das Gewehr auf sie an.*

*»Wenn du mich nicht lieben willst, sollst du auch nicht leben«,*

*sprach er den inzwischen auswendig gelernten Text. Dann bewegte er den Zeigefinger und sagte: »Peng, du bist tot.«*

*»Also bitte«, fiel Emmi empört aus der Rolle. »Wenn wir schon mit einer echten Waffe proben, musst du auch echt abdrücken.« Sie holte tief Luft, schloss die Augen und sagte: »Bitte, Heiner, schieß!«*

*Deuerling zuckte mit den Schultern, wissend, dass die Schießuntauglichkeit am Vorabend vor aller Augen unter Beweis gestellt worden war.*

*Er drückte den Abzug. Ein Schuss peitschte durch den Raum.*

*Im nächsten Augenblick war Emmi tot.*

# NEUN

Der nächste Tag war einer der wenigen, an denen ich nicht mit dem Pedelec, sondern mit dem öffentlichen Personennahverkehr ins Büro fuhr. Es schüttete in Strömen, im Radio war angekündigt worden, dass auf einen Quadratmeter so viele Liter Wasser fallen sollten wie sonst im ganzen Monat. Im Erdgeschoss traf ich Frau Weimer am Briefkasten, die im fliederfarbenen Bademantel und ohne Brille ihren FT hereinholte.

»Guten Morgen, Herr Müller«, begrüßte sie mich freundlich. »So früh schon auf den Beinen? Es ist doch Samstag!« Frau Weimer hatte schon mal an einem Sonntag wütend den Wochenendredakteur des FT angerufen und sich beschwert, dass mal wieder die Zeitung nicht zugestellt worden war. Die Antwort, dass an diesem Tag keine Zeitung erschienen sei, hatte sie für eine billige Ausrede gehalten. Erst als sie bei mir läutete, hatte ich sie überzeugen können, dass ihr kein Unrecht widerfahren war.

»Guten Morgen, Frau Weimer. Die Pflicht ruft. Wir haben einen Fall, der leider keine Wochenendruhe zulässt. Was gibt's Neues im ›House of Cards‹? Oder was schauen Sie gerade?«

»›House of Cards‹ habe ich in der letzten Staffel nach der zweiten Folge abgebrochen. Ohne Kevin Spacey ist die Serie wie … ›Die Schwarzwaldklinik‹ ohne Professor Brinkmann oder …«

»… wie ›Derrick‹ ohne Derrick?«

»Genau. Die haben Präsident Underwood sterben lassen, weil der Schauspieler im echten Leben seine Finger nicht bei sich lassen konnte. Ich finde das unerhört.«

Mit Blick auf die Uhr verzichtete ich auf die Nachfrage, ob sie die sexuellen Übergriffe des Hollywood-Schauspielers unerhört fand oder die Tatsache, dass er deshalb aus der beliebten Netflix-Serie herausgeschrieben worden war.

Ich entschuldigte mich noch bei Frau Weimer, dass ich an diesem Tag leider ihre Einkäufe nicht erledigen konnte, wofür sie jedoch Verständnis zeigte. Dann stieg ich vor der Haustür in die Linie 906 zum Deutschen Haus. Dort wechselte ich in der Luitpoldstraße in die 902 bis zur Haltestelle Neuerbstraße.

Für den restlichen kurzen Fußweg zur Polizeiinspektion öffnete ich meinen Knirps-Schirm und erfreute mich mal wieder dieser genialen Erfindung, die uns heute bei Regenwetter so selbstverständlich vorkam: ein auf Taschenformat zusammenschiebbares, tragbares Dach, das 1928 von dem Bergassessor Hans Haupt erfunden wurde, der aufgrund einer Verletzung aus dem Ersten Weltkrieg nicht in der Lage war, Schirm und Spazierstock gleichzeitig zu tragen. Er griff auf eine noch nicht ganz ausgereifte Erfindung aus dem 17. Jahrhundert zurück und entwickelte den ersten teleskopierbaren Regenschirm, den er unter dem konsonantenreichen Markennamen Knirps patentieren ließ.

Da es nicht nur wie aus Eimern schüttete, sondern auch ein heftiger Wind blies, konnte mich der Taschenschirm jedoch kaum schützen, sodass ich völlig durchnässt unser Büro betrat, wo Paulina bereits an ihrem Schreibtisch saß.

»Guten Morgen, Horst. Ich war so nett und habe Ihre Kaffeemaschine eingeschaltet. Ich nehme an, dass ihre Zeitschaltuhr nicht auf Wochenende programmiert ist.«

»Das ist sehr lieb, Paulina.« Ich war fast gerührt über die Empathie meiner Kollegin. »Einen Föhn haben Sie nicht zufällig im Büro?« Ich nahm meine beschlagene Brille ab und trocknete die Gläser am Ärmel meines Oberhemdes. »Und sehe ich das richtig, dass Sie auch Filterkaffee trinken?«

»Der Vollautomat muss entkalkt werden, und wir haben keinen Entkalker da«, antwortete sie und deutete auf das Ungetüm hinter ihr, wo eine rot blinkende Leuchtanzeige den Ernst der Lage deutlich machte.

»Ach, daher weht der Wind.« Ich verkniff mir ein schadenfreudiges Lächeln. »Es sieht so aus, als ob wir anstatt einer Osmose-Anlage lieber einen ganz normalen Wasserfilter anschaffen sollten. Tut mir leid, dass Sie deshalb meine – wie sagen Sie immer – ›Plörre‹ trinken müssen.«

»Um diese Uhrzeit hat Kaffee für mich eher eine pharmazeutische Funktion, Horst. Da kommt es mehr auf die Wirkung des Koffeins als auf den Geschmack an. Aber meinen Respekt haben Sie, dass Sie dieses Zeug jeden Tag schmerzfrei in sich hineinkippen. Ich habe Ihnen schon mal die verschriftlichten Vernehmungsprotokolle auf den Platz gelegt. Und was Ihre Plörre betrifft, frage ich mich immer wieder: Wie können Sie dieses Zeug trinken?«

»Wenn die Frage ernst gemeint ist: mit Hilfe einer Tasse.«

Ich setzte die Brille wieder auf, nahm an meinem Schreibtisch Platz und blätterte den Stapel bedruckter Blätter durch. Eine laufende Ermittlung in einem Tötungsdelikt setzte zwar nicht die Regelungen des Arbeitszeitgesetzes außer Kraft, verlangte aber vom gesamten Team des K1 vollen Einsatz über die üblichen Dienstzeiten hinaus. Überstunden abfeiern konnte man dann später immer noch.

»Ist Ihnen eigentlich schon mal aufgefallen, dass es in Krimis fast nie regnet?«, sagte ich. »Und es ist auch selten Wochenende. Oder Feiertag.«

»Hm, darüber hab ich noch nie nachgedacht. Liegt vielleicht daran, dass das Wetter oder der Werktag für die Krimihandlung selten eine Rolle spielen.«

»Stimmt. Was ist denn eigentlich mit dem Gärtner? Warum ist er nicht der Mörder?«

»Er hat ein bombensicheres Alibi. Er sitzt seit zwei Jahren in Santa Fu hinter Gittern.«

»Santa Fu?«

»Justizvollzugsanstalt Hamburg-Fuhlsbüttel. Schwere Körperverletzung und schwere räuberische Erpressung. Er muss noch mindestens ein halbes Jahr ableisten. Freigang oder Ähnliches hatte er nicht, hab ich gecheckt.«

»Okay, dann können wir den feinen Herrn wohl wirklich von der Liste streichen. Und sonst?«

»Wenn wir mal ausschließen, dass der tödliche Schuss durch irgendeine tragische Verwechslung oder ein Unglück gefallen ist, dann müssen wir davon ausgehen, dass jemand die Waffe ausgetauscht hat.«

»Richtig. Und zwar jemand, der das Drehbuch gekannt hat und wusste, dass in dieser Szene Kommissar Rottmann auf Frau Born schießen würde«, sagte ich. »Wir können davon ausgehen, dass alle Mitarbeiter der Filmcrew das Drehbuch kannten.«

»Genau«, stimmte Paulina zu. »Ich habe mir deshalb von der Produktionsfirma die komplette Namensliste aller Beteiligten geben lassen, um sie durchzuchecken. Das übernehmen dankenswerterweise die Kollegen im Präsidium in Bayreuth.«

In diesem Moment läutete mein Telefon und zeigte im Display eine Nürnberger Nummer an.

»Müller, K1«, meldete ich mich. Am anderen Ende der Leitung antwortete Polizeimeister Fändrich von der Polizeiinspektion Nürnberg-Ost und fragte, ob wir die Ermittler zu der tödlichen Schussabgabe auf der Oberen Brücke seien. Ich bejahte.

»Hier hat sich ein Zeuge gemeldet, der eine Aussage zu dem Fall machen möchte. Sein Name ist …«, ich hörte, wie mit Papier geraschelt wurde, »Ridder, Chris.«

»Chris Ridder? Habe ich das richtig verstanden?« Es dauerte nur zwei Sekunden, bis mir klar wurde, woher ich den Namen kannte. »Ist er von Beruf vielleicht Privatdetektiv?«

»Ja, genau, woher wissen Sie …?«

Ich lachte. »Vor allem weiß ich, dass der angebliche Zeuge Sie verschaukelt hat.«

»Verschaukelt? Warum?«

»Weil der Privatdetektiv Chris Ridder«, ich musste mich beherrschen, nicht laut loszulachen, »nicht wirklich existiert, sondern eine Romanfigur ist.«

Einige Sekunden war Stille in der Leitung, dann reagierte der etwas verunsicherte Kollege: »Aber … er sitzt hier vor mir.

Und er möchte Sie sprechen. Es gehe um den Tod der Krimiautorin Barbara Schauer.«

»Genau, die hat ihn erfunden. In der Chris-Ridder-Reihe ist jeder Band ein Bestseller. Und die Geschichten sollen auf Netflix verfilmt werden. Lassen Sie sich von dem Spinner mal den Ausweis zeigen, Herr Kollege. Und dann lassen Sie uns bitte unsere Arbeit weitermachen.«

Ich wollte mit einem freundlichen Gruß auflegen, doch Fändrich erwiderte: »Wir kennen den Herrn. Er ist wirklich Privatdetektiv.«

Jetzt war es an mir, überrascht zu schweigen. »Hm, und dieser Privatdetektiv will mit uns über den Tod von Barbara Schauer reden?«

»So ist es. Er wartet hier auf Sie«, sagte Fändrich.

Ich legte auf, schaute zu meiner Kollegin hinüber und sagte: »Paulina, fahren Sie schon mal den Wagen vor!«

Zwar hatte sie noch nie eine »Derrick«-Folge gesehen, zumal sie bei der Einstellung der Serie und der Beförderung des Oberinspektors nach Europol noch im Grundschulalter gewesen sein dürfte.

Dass ich in der Presse gelegentlich »der fränkische Derrick« genannt wurde, empfand ich als Würdigung, auch wenn es vielleicht eher spöttisch gemeint sein sollte. Wenn ich mich selbst mit einem Fernsehkommissar vergleichen sollte, dann würden mir als Allererstes »Die seltsamen Methoden des Franz Josef Wanninger« einfallen. An diese hundertzwölfteilige Krimiserie, die von 1965 bis 1982 im Vorabendprogramm ausgestrahlt wurde, konnte sich heute aber wohl kaum noch jemand erinnern. So wie Derrick seinen Harry hatte, hatte Wanninger den Kriminalassistenten Toni Fröschl, gespielt von Maxl Graf. Und Wanningers Büro bei der Münchner Kripo sah tatsächlich fast genauso aus wie das von Derrick und Harry.

***

»Dass Kriminalkommissare immer einen untergeordneten Assistenten an ihrer Seite haben, ist auch so eine Erfindung von Schriftstellern und Drehbuchautoren«, sagte ich, als wir mal wieder auf dem Frankenschnellweg unterwegs nach Nürnberg waren.

Paulina schwieg einen Moment, dann sagte sie: »Wenn ich es genau betrachte, dann war das jetzt etwas Nettes, oder?«

»Wie bitte?«

»Ich meine, Sie haben eben gesagt, dass ich nicht Ihre untergeordnete Assistentin bin, stimmt's?«

»Sind Sie doch auch nicht. Oder fühlen Sie sich etwa so?«

»Nein.« Sie lachte. »Es sind nur ein paar Dienstgrade, die zwischen uns liegen. Und wenn wir ein Krimi-Duo wären, dann würde man mich wohl heute weniger als Assistentin bezeichnen, sondern als Sidekick.«

»Sidekick? Ist das auch ein Dienstgrad?«

»Die Funktion des Sidekicks besteht vor allem darin, ein Dialogpartner zu sein, um die genialen Gedankengänge des Protagonisten zu transportieren. Wenn Sie Sherlock Holmes sind, dann bin ich Dr. Watson. Der Stichwortgeber im Hintergrund, der den Helden der Geschichte gut dastehen lässt. Und den Wagen fährt.«

»Jetzt stellen Sie Ihr Licht aber sehr unter den Scheffel, Paulina. Letzteres machen Sie jedenfalls wirklich ausgezeichnet, also Auto fahren. Der Vergleich mit Sherlock Holmes ist allerdings sehr schmeichelhaft, auch wenn ich den Drogenmissbrauch des Meisterdetektivs natürlich deutlich missbilligen muss. Dabei hat er unter Rauschgifteinfluss möglicherweise die schwierigsten Fälle gelöst«, sagte ich. »Und Watson musste nie den Wagen holen. Die beiden haben sich eher eine Droschke in die Baker Street kommen lassen. Die Funktion von Dr. Watson bestand aber vor allem darin, den Leser dumm zu halten. Denn wenn die Holmes-Geschichten aus der Perspektive des genialen Meisterdetektivs erzählt würden, dann wäre der Fall schon auf der ersten Seite klar. Doch oft rätselt der Leser mit Watson viele Seiten lang, was wohl im Kopf des Superhirns vorgeht. Im ›Hund von Baskerville‹ wird Watson sogar von Holmes auf eine völlig sinnlose Mission geschickt, damit er ihn nicht bei seinen Ermittlungen stört, um den Fall zu lösen.«

»Sherlock Holmes hat nie Fälle gelöst, weil er im Gegensatz zu Ihnen eine fiktive Figur ist, schon vergessen?«, besserwisserte Paulina. Leise fügte sie hinzu: »Obwohl man sich manchmal wünschen könnte, dass sich das alles hier nur ein durchgeknallter Krimiautor in seiner Phantasie ausgedacht hat.«

»Wie bitte?«

»Ach nichts.«

***

Die Polizeiinspektion Nürnberg-Ost lag in der Erlenstegenstraße. Wir parkten einen Steinwurf entfernt vor der Gebrüder-Grimm-Schule, die gar nicht so heißen durfte.

»Ein schwerer Fauxpas, ausgerechnet eine Schule, wo man lesen und schreiben lernt, so zu nennen«, sagte ich beim Aussteigen.

»Wieso?« Paulina blickte mich mit großen Augen an. »Waren die Gebrüder Grimm heimliche Nazis, oder was?«

»Tatsächlich wirft man den Grimms vor, sich sehr judenfeindlich geäußert zu haben. Aber das meine ich gar nicht. Die Namensgeber der Schule wussten wohl nicht, dass es noch weitere Grimm-Brüder gab. Die haben allerdings keine Märchen aufgeschrieben. Sie wären aber mit gemeint, wenn man ›Gebrüder‹ sagt.«

»Hä?«

»So wie die Büsche dort ein ›Gebüsch‹ sind, wenn ich alle Sträucher meine und nicht nur einige davon.«

»Und wie sollte die Schule dann Ihrer Meinung nach heißen?«

»Wenn nur zwei der Brüder gemeint sind, dann wäre Brüder-Grimm-Schule korrekt. Aber es scheint ja eine Grundschule zu sein, wo man vermutlich eh nach Gehör schreiben darf und seinen Namen tanzen lernt. Da wird eine Generation von Analphabeten herangezogen. Aber lassen wir das.«

Kurz darauf betraten wir das Polizeigebäude, das in einer schmucken Stadtvilla untergebracht war. Polizeimeister Fändrich begrüßte uns in seiner blauen Uniform hinter einem Tresen, an dem ein Fahndungsplakat mit dem Phantombild eines Bankräubers klebte, auf dessen Ergreifung tausend Euro Belohnung ausgesetzt waren. Auf einem Besucherstuhl saß ein Mann Mitte fünfzig mit einem solariumgebräunten, faltigen Gesicht, etwas zu langen blonden Haaren, Schnauzbart und Ohrstecker sowie einer Nase, die etwas zu groß für das Gesicht war. Er trug eine Lederjacke, die ihre besten Jahre schon hinter sich hatte, und kaute einen Kaugummi.

»Und Sie sind der Privatdetektiv, der uns sprechen will?«, fragte ich ihn.

Der Mann stand auf, nickte und reichte mir die Hand. »Brenner. Helmut Brenner«, stellte er sich vor. »Schön, dass Sie so schnell gekommen sind.«

»Brenner? Ich dachte, Sie heißen Chris Ridder, so wie der Serienheld. Wenn ich Sie so anschaue, sind Sie eher der fränkische Matula.«

Fändrich schaltete sich ein: »Das Missverständnis hat sich inzwischen geklärt, Herr Kollege. Herr Brenner heißt schon Brenner, aber er ist, wie soll ich sagen …«

»Ich bin die Romanvorlage für Chris Ridder«, kam ihm Brenner zu Hilfe. »Ich bin die reale Person, die als Vorbild für den erfundenen Detektiv von Barbara Schauer gedient hat.«

»Ach«, sagte Paulina. »So was gibt's?«

»Sie können sich hier nebenan ins Vernehmungszimmer setzen«, sagte Fändrich und deutete auf eine offene Tür.

Der Raum mit einem dunkelgrünen Linoleumfußboden war mit zwei Tischen und vier Stühlen ausgestattet. An der Wand hing ein Plakat der Polizeigewerkschaft, das auf den »Ball der Polizei« in der Meistersingerhalle hinwies. Dem Design zufolge hätte es aus den sechziger Jahren sein können, doch das angekündigte Datum war in diesem Jahr.

»Also noch mal zum Mitschreiben«, begann ich. »Sie heißen Helmut Brenner, sind Privatdetektiv, und Barbara Schauer hat sich von Ihnen zu ihrer Serienfigur Chris Ridder inspirieren lassen?«

»So ungefähr, ja. Wir kannten uns schon sehr lange. Es ist über zehn Jahre her, da hat sie mich beauftragt, in einer Stalking-Sache. Sie wurde von einem Fan mit Briefen und Anrufen belästigt, wobei die Polizei ihr nicht helfen konnte.«

»Aber Sie konnten das?«

»Die Polizei kann den Stalker vernehmen, eine Gefährdungsanalyse durchführen und ihn erkennungsdienstlich behandeln, aber solange keine Beweise für strafrechtlich relevantes Verhalten vorliegen, kann sie nicht viel machen. Zudem war das noch vor der Verschärfung des Gesetzes im Jahr 2007.«

»Und wie konnten Sie helfen?«, fragte Paulina.

»Ich habe ihn zwei Wochen lang observiert und dann dabei erwischt, wie er Frau Schauers Auto mit einem Schlüssel zerkratzte. Anzeige, Strafbefehl. Danach war Ruhe. Er war ein Rentner mit einem kleinen Dachschaden.«

»Haben Sie noch seine Personalien?«, fragte ich.

»Seinen Namen habe ich mir gemerkt. Er hieß Balthasar Neumann. So wie der bekannte Baumeister aus dem Barock. Jahre später hat Frau Schauer mich wieder kontaktiert, als sie für ihre neue Romanserie eine Detektivfigur entwickelte. Sie hat mir viele Fragen zu meiner Arbeit und der privaten Ermittlungsbranche gestellt. Und die Figur, die daraus am Ende wurde, die ist mir immer ähnlicher geworden. Wir haben uns regelmäßig getroffen, und ich habe von meinen Fällen erzählt. Einige davon hat sie dann als Grundlage für ihre Krimis genommen. Sie können sich vorstellen, dass die spannendsten Geschichten das Leben schreibt.«

»Aber nicht deshalb wollen Sie uns so dringend sprechen. Oder denken Sie, dass der Stalker nach so vielen Jahren wieder zugeschlagen hat?«

»Nein. Es geht um etwas anderes.« Brenner lehnte sich zurück und atmete einmal tief durch. »Wie gesagt, ich habe Frau Schauer etwa zwei Mal im Jahr getroffen, um ihr – natürlich anonymisiert – von meinen interessantesten Fällen zu erzählen, die über Observation von potenziell untreuen Ehemännern und festgenommene Ladendiebe hinausgingen. Das Leben eines Privatdetektivs besteht zu neunzig Prozent aus Stoff, der nicht unbedingt für spannende Krimis oder Thriller geeignet ist. Aber das wird bei der Polizeiarbeit wohl nicht viel anders sein. Frau Schauer hat aus unseren Treffen oft Ideen gezogen und mir konkrete Fragen zu meiner Arbeitsweise gestellt.«

»Hat Frau Schauer Sie dafür honoriert? Oder haben Sie das sozusagen ehrenamtlich gemacht?«, fragte Paulina.

»Die wertvollste Honorierung war für mich, dass ich als verfremdete Figur in ihren Büchern vorgekommen bin. Das hat mir viel Spaß gemacht. Und dass die Serie jetzt auch verfilmt werden soll, ist schon eine tolle Sache. Bei unseren Treffen hat sie mich immer zum Essen eingeladen, ich habe viele signierte Freiexemplare ihrer Bücher erhalten.«

»Geld ist also nicht geflossen?«, wollte ich wissen.

Renner schüttelte den Kopf. »Geld ist nicht geflossen, und auch sonst nichts, falls Sie mir irgendwelche Absichten unterstellen wollen. Aber bei unserem letzten Treffen auf ihrem Weinberg vor etwa drei Monaten, da hatte sie schon eine Idee im Kopf. Sie recherchierte zum Thema Mafia. Und zwar chinesische Mafia. Triaden.«

Wir wurden sofort hellhörig. »Erzählen Sie weiter!«, sagte ich.

»Frau Schauer hatte wohl schon mit einigen Leuten gesprochen, die sich mit dem Thema auskennen. Unter anderem mit einem Experten, der ein Sachbuch dazu geschrieben hat. Sie suchte nach Bezügen der China-Mafia nach Bamberg oder Franken.«

»Und? Ist sie fündig geworden?«

»Nichts Konkretes. Aber sie hat einen Informanten gefunden, der angeblich Beweise dafür hatte, dass der bekannte chinesische Imbissbudenbetreiber und OB-Kandidat Peng ein Drahtzieher der Mafia sei.«

»Peng? Das wär ja der Knaller«, meinte Paulina.

»Aber schwer vorstellbar«, sagte ich. »Wer soll der Informant gewesen sein? Peng selbst sprach uns gegenüber von einem Denunzianten, der im Internet sein Unwesen treibe.«

Brenner zögerte kurz, bevor er antwortete. »Normalerweise wäre es völlig ausgeschlossen, den Namen eines Informanten zu nennen. In diesem Fall aber … Ich habe die Befürchtung, dass ihm etwas zugestoßen sein könnte.«

»Wie kommen Sie zu der Annahme?«, fragte ich.

»Er ist seit zwei Wochen spurlos verschwunden. Das allein wäre nicht unbedingt ein Grund zur Beunruhigung. Aber als ich vom Tod von Barbara Schauer hörte, habe ich eins und eins zusammengezählt.«

»Sie meinen«, Paulina hob die Hand und deutete auf Brenner, »dass Peng ein Triade ist und zwei Menschen beseitigt hat, die ihm gefährlich hätten werden können?«

Ich hielt die Vorstellung für völlig absurd und bemerkte: »Peng tötet vielleicht Enten. Aber für einen guten Zweck.«

»Ich beschuldige niemanden«, stellte Brenner klar. »Ich halte es nur für bemerkenswert, dass zwei Personen, die sich mit den Machenschaften der Triaden beschäftigen, innerhalb kurzer Zeit verschwinden oder sterben. Dieser Peng muss kein Mörder sein. Es gibt Hintermänner. Vielleicht schwebt er sogar selbst in Gefahr.«

»Jetzt mal raus mit der Sprache«, insistierte ich. »Wie heißt der Informant?«

»Na gut«, sagte Brenner. »Es ist sicher das Beste, wenn ich Ihnen den Namen sage.«

Dann nannte der Detektiv einen Namen, den ich erst vor Kurzem gelesen hatte.

***

»Schnieglinger Straße 71«, sagte Paulina, als wir wieder im Wagen saßen, und tippte die Adresse in das Navigationsgerät ein.

»Wohnt da der Triade?«, fragte ich.

»Nein, aber das ist die gemeldete Anschrift von Balthasar Neumann, Frau Schauers Stalker. Hat mir jedenfalls der freundliche Herr im Meldeamt schnell und unbürokratisch mitgeteilt. Bei Google bekomme ich sonst nur Hinweise auf die Balthasar-Neumann-Straße. Die wäre hier ganz in der Nähe gewesen, während die Schnieglinger Straße am anderen Ende der Stadt ist, hinter dem Nordklinikum.«

Wir brauchten etwa zwanzig Minuten, um die Stadt einmal von Ost nach West zu durchqueren, bis das Navi verkündete: »Sie haben das Ziel erreicht.« Paulina parkte auf einem freien Stellplatz.

»Sind wir wirklich richtig?«, fragte ich und blickte mich um. Links war eine kleine Autowerkstatt. Rechts waren viele Parkplätze und ein endlos langer Holzlattenzaun.

»Das ist ein Friedhof«, stellte ich fest. »Liegt hier etwa der Bildhauer Balthasar Neumann begraben?«

»Hm«, machte Paulina und schaute auf ihr Telefon. »Das ist tatsächlich die Adresse vom Westfriedhof. Balthasar Neumann, also der Bildhauer, ist hier nicht begraben, sondern in Würzburg. Aber der Sänger Billy Joel hat hier laut Google ein Familiengrab auf dem jüdischen Teil des Friedhofs.«

»Interessant, aber wenn der freundliche Herr vom Meldeamt Ihnen diese Adresse mitgeteilt hat, dann wollte er damit wohl auf seine Weise sagen, dass der Mann das Zeitliche gesegnet hat.«

»Ein Spaßvogel wohl, ja.« Paulina seufzte. »Und nun?«

»Sie sind doch der Sidekick. Liefern Sie das richtige Stichwort, damit ich einen genialen Einfall habe!«

»Was ist mit dem Asiaten mit dem unaussprechlichen Namen? Soll ich noch mal den Herrn vom Einwohnermeldeamt bemühen?«

»Zwecklos. Der wohnt nicht in Nürnberg.«

»Ach? Wollen Sie damit sagen, Sie kennen den?«

»Ich habe diesen Namen vor Kurzem gelesen, er dürfte so oft hier nicht vorkommen. Fahren Sie mal los!«

Ich tippte eine Bamberger Adresse in das Navigationsgerät ein.

»Haben Sie eigentlich gestern den ›Charmeur‹ gesehen?«, fragte Paulina, als wir stadtauswärts Richtung Autobahn abgebogen waren.

Ich nickte wortlos.

»Ich frage jetzt nicht, ob es Ihnen gefallen hat, Horst. Das kann ich mir kaum vorstellen. Warum haben Sie diesen Schrott geschaut?«

Ich atmete tief durch und gestand: »Andrea ist als Kandidatin dabei.«

»Was? Im Ernst? Dass Sie das erlauben, hätte ich nicht gedacht.«

»Sie ist volljährig. Ich kann so etwas weder erlauben noch verbieten. Sie muss wissen, was sie tut. Und sie hat mir vorher wohlweislich nichts Genaues erzählt. Selbst dann nicht, als ich sie zum Flughafen gebracht habe.«

»Und? Wie ist es ausgegangen? Ist sie in der nächsten Runde des Love-Battles?«

»Nein«, antwortete ich. »Der Charmeur hat sie nicht ausgewählt. Und ich weiß nicht einmal, ob ich darüber froh oder traurig sein soll.«

»Seien Sie froh, Horst! Wenn sie ins Finale gekommen wäre, dann hätte sie den Charmeur vor laufenden Kameras zu Hause ihren Eltern vorstellen müssen. Und ich fürchte, daran hätten weder Andrea noch Sie Ihre Freude gehabt.«

»Kann gut sein, ja. Was halten Sie von diesem Brenner?«, wechselte ich das Thema.

»Ich finde diese Verbindung mit der Krimiautorin schon etwas merkwürdig. Dass die einzige Honorierung darin bestanden haben soll, ihn – verfremdet! – in den Romanen vorkommen zu lassen, halte ich nur für so mittelglaubwürdig.«

»Stimmt«, sagte ich. »Und ein Privatdetektiv sollte ja eher kein Interesse daran haben, dass seine Informationen und die Fälle, die er bearbeitet, in die Öffentlichkeit gelangen. Egal ob verfremdet oder nicht. Aber das würde ja bedeuten ...«

»... dass zwischen Autorin und Detektiv doch mehr lief, als er zugibt?«

»Möglich. Dass sie trotz ihrer katholischen Prägung amourösen Verhältnissen nicht abgeneigt war, das haben wir ja schon bei Zenker gesehen.«

»Dass eine Krimischriftstellerin sich in ihre eigene Romanfigur verliebt, ist eine genauso absurde Vorstellung wie die, dass sie in der Verfilmung ihrer eigenen Geschichte erschossen wird.« Paulina setzte den Blinker und überholte einen gar nicht laktosefreien Milchlaster.

»Was Sie nicht sagen! Wenn man das in einen Krimi schreiben würde, dann würde man es billige Trivialliteratur nennen.«

Ich schaltete das Radio ein, wo gerade der neue Hit von Nicky Palermo lief, die zwei Jahre nach ihrem Debakel beim Eurovision Song Contest, wo sie für Deutschland mit null Punkten einen mitleiderregenden letzten Platz belegt hatte, ein Comeback versuchte.

***

Eine Dreiviertelstunde später parkten wir in der Luitpoldstraße vor Bertis Feinkostladen, nicht weit vom »Goldenen Drachen« entfernt. Das multikulturelle Schnellrestaurant hatte noch nicht geöffnet, aber durch das Fenster war zu erkennen, dass Achmed bereits die Fritteusen angeheizt hatte und gerade dabei war, Gurken, Tomaten und Zwiebeln für die Dönerproduktion vorzubereiten. Ich klopfte an die Scheibe und winkte ihm freundlich zu, als er aufblickte. Kurz darauf öffnete Achmed die Tür, blickte zuerst zu mir, dann zu Paulina. Dann sagte er: »Hey, Bulle. Hast du Verstärkung mitgebracht? Oder bist du privat hier? In dem Fall muss ich sagen: leider noch geschlossen.«

»Das ist Kriminalmeisterin Kowalska. Und wir sind dienstlich hier.«

Achmeds Blick wanderte von Paulinas Stirn zu ihren Füßen und wieder hoch, dann sagte er mit anerkennender Bewunderung: »In dem Fall würde ich mich ja gerne mal unter Polizeischutz stellen lassen, Chef.« Leise fügte er hinzu: »Hat sie auch Handschellen? Lara Croft ist ja ein Witz dagegen.«

Paulina verdrehte genervt die Augen und sagte: »Lass mal stecken, Kleiner. Ich steh nicht auf Junkfood.«

»Wir möchten gerne Herrn … also den Chef hier sprechen«, sagte ich.

»Den Thammi? Der ist nicht da. Aber kommt doch rein.« Achmed trat zur Seite und ließ uns vorbei, wobei sein Blick nach meinem Geschmack etwas zu lange an meiner Kollegin kleben blieb. »Darf ich Ihnen einen türkischen Mokka anbieten?«

Wir lehnten beide dankend ab. »Was möchten Sie von Herrn Thammasatchanan?«, wollte Achmed wissen. »Er wird doch nichts verbrochen haben? Hier im Laden ist immer alles sauber.«

Mir war nicht klar, ob er damit nur die hygienischen Zustände meinte.

»Reine Routine«, gab ich die passende Routineantwort. »Wo ist denn Herr Thammasa…?«

»Thammasatchanan. Er ist vor vierzehn Tagen nach Hause geflogen.«

»Nach Hause heißt in dem Fall …?«, fragte Paulina.

»Thailand. Thammi hat zuerst Nachricht bekommen, dass seine Mutter krank ist. Da ist er ziemlich plötzlich abgereist. Von Bangkok aus hat er sich dann noch mal gemeldet, dass es ihm nicht gut gehe und er nicht zurückkommen werde.«

»Wie bitte?« Ich blickte auf. »Er hat sich einfach abgesetzt?«

»Was heißt abgesetzt?« Achmed schien den Vorgang nicht weiter bemerkenswert zu finden.

»Und was wird aus dem Lokal hier?«, fragte Paulina. Sie deutete auf einen Stapel Pizzakartons, der sich bedrohlich schräg zur Seite neigte. Der schiefe Turm von Pizza, dachte ich.

»Thammi hat dann noch geschrieben, dass er den Laden aufgeben wird. Sein Bruder soll sich um den Verkauf kümmern. Und er hat mir versprochen, dass er nur an jemanden verkauft, der das Personal übernimmt.«

»Sein Bruder?«, sagte ich. »Interessant. Wissen Sie etwas darüber, dass Ihr Chef Kontakt mit einer Schriftstellerin namens Barbara Schauer hatte?«

Achmed dachte kurz nach. »Den Namen kenne ich nicht. Aber es war vor ein paar Monaten mal eine Frau hier, mit der er sich lange unterhalten hat. Und ja, am Ende hat sie ihm ein Buch dagelassen. Das müsste hier noch irgendwo liegen.« Achmed ging zum Verkaufstresen und öffnete eine Schublade. »Schauen Sie, hier!« Er zeigte uns ein Taschenbuch mit dem Titel »Der Tote von Gostenhof – ein Fall für Chris Ridder.« Darunter stand der Name von Barbara Schauer.

»Und Sie wissen nicht, worüber die beiden gesprochen haben?«, wollte ich wissen.

Achmed schüttelte den Kopf. »Ich habe bedient in der Zeit. Ich erinnere mich, dass Thammi danach etwas aufgeregt war. Aber wir haben nicht weiter darüber geredet.«

»Ist Herr Thammasatchanan in den sozialen Netzwerken aktiv?«, fragte ich.

»Ja, schon. Wissen Sie, er hatte keine Familie hier in Bamberg. Seine Frau ist vor einigen Jahren gestorben, Kinder hat er nicht. Und sein Bruder wohnt in München. Da hat er abends oft die eine oder andere Stunde mit dem iPad und Facebook verbracht.«

»Und dabei Gerüchte über die Konkurrenz verbreitet?«, stellte Paulina einfach mal in den Raum.

Achmed legte den Kopf zur Seite, dann schnaufte er und sagte: »Sie meinen dieses Mafia-Gequatsche?«

Ich war überrascht, dass er sofort darauf zu sprechen kam. Ich nickte ihm auffordernd zu.

»Das würde ich nicht so ernst nehmen. Ich glaube, der Thammi war da ein bisschen paranoid. Er hat mal ein Buch gelesen von einem Autor, dessen Name so ähnlich anfängt wie seiner.«

»Thamm«, sagte ich. »Berndt Georg Thamm?«

»Kann sein, keine Ahnung, Chef. Seitdem hat er jedenfalls in jedem Chinesen einen möglichen Mafioso gesehen.«

»Auch in Qian Peng?«

Achmed hob die Augenbrauen. »Peng ist der bekannteste Chinese in der Stadt, der die erfolgreichste Imbissbude betreibt. Da liegt es doch auf der Hand, dass man sich auf den virtuell einschießt, wenn man ein Gläschen Ouzo zu viel getrunken hat. Apropos, darf ich wirklich nichts anbieten? Geht aufs Haus.«

»Sehr freundlich, aber nein«, antwortete ich. »Hat sich Thammasatchanan von Peng bedroht gefühlt?«

»Dass der Gastronom Peng sich in der Politik engagiert hat und jetzt sogar Bürgermeister werden will, hat der Thammi als Beweis für seine Verschwörungstheorien gesehen: dass die Mafiosi unsere Gesellschaft unterwandern und die Kontrolle über das System übernehmen wollen. Wenn du mich fragst, Bulle, dann ist er ein bisschen plemplem, und es stehen im Schrank nicht alle Tassen an der richtigen Stelle.« Achmed untermalte seine Vermutung, indem er mit dem Zeigefinger auf seine Stirn tippte.

»Diese Schriftstellerin, die das Buch hiergelassen hat, hat nach unserer Kenntnis genau zu dem Thema recherchiert«, sagte ich. »Und jetzt ist sie auf unnatürliche Weise zu Tode gekommen.«

»Was?« Achmed starrte mich mit großen Augen an. »Was soll das heißen? Dass hier doch Mafia-Killer unterwegs sind?«

»Das haben wir nicht gesagt. Aber wir möchten genau wissen, warum Herr Thammasatchanan verschwunden ist und wo er sich jetzt befindet«, sagte Paulina.

»Schauen Sie auf Facebook, da hat er gestern Strandfotos aus Phuket gepostet. Für Sie auch keinen Ouzo, Frau Kommissarin?«

Paulina konnte dem Charme des Deutschtürken wohl nicht mehr widerstehen und antwortete: »Einen Mokka würde ich jetzt nehmen.«

***

»Hörnla?«, fragte ich.

»Hörnla«, sagte Paulina, als wir langsam durch die Innere Löwenstraße fuhren, wo eine Filiale der Bäckerei Pagel war. Paulina hatte angeboten, mich mit dem Dienstwagen nach Hause zu fahren. Es regnete immer noch. Sie stoppte den Wagen im Halteverbot und legte die Polizeikelle in die Windschutzscheibe. Illegales Parken war hier so riskant wie nirgendwo sonst in der Stadt, denn die freundlichen Kolleginnen und Kollegen von der Parkraumüberwachung hatten nur einen Steinwurf entfernt ihren Dienstsitz. Die Hornthalstraße war für den Bamberger Verkehrssünder das, was bundesweit unter dem Wort Flensburg verstanden wurde. Dass Polizisten immer wieder Hoheitsrechte missbrauchten, um sich in der Mittagspause mit Döner, Bradwörschd oder Leberkäsweggla, kurz: LKW, zu versorgen, war den kommunalen Parkplatzsheriffs ein Dorn im Auge. Doch im Zweifelsfall war schwer zu widerlegen, dass es sich beim Besuch der Dönerbude um eine verdeckte Ermittlung gegen das organisierte Erbrechen der Gammelfleischmafia handelte.

Hinter dem Tresen begrüßte uns Frau Dotterweich, die längst eine Institution hier im Umkreis des Markusplatzes geworden war. Und selbst wenn alle Brezn, Kipfle, Röggela und sonstigen Backwaren schon aus waren, ein Bamberger Hörnla – mit echter Butter zubereitet – gab's hier immer, auch Samstagnachmittag kurz vor Ladenschluss. Weil sie mich schon lange kannte, genügte ein Blick von mir, und sie goss mir einen frischen Filterkaffee ein. »Für die Dame gewiss einen Latte macchiato?«

Paulina nickte.

In dem Regal mit der Non-Food-Ware lag der heutige FT neben einem Stapel Bücher. Ich erinnerte mich an das Bonmot von Frau Dotterweich, dass Franken-Krimis weggingen wie warme Semmeln, auch wenn es hier Brödla heißen müsste. Einige Exemplare des Buches »Mord im Franken-Thüringen-Express« waren mit einem Aufkleber als »vom Autor handsigniert« markiert. Ich griff zu der Tageszeitung, auf deren Titelseite ein Bericht über den Tod von Barbara Schauer im Lokalteil angekündigt war.

»Das gilt auch für Sie, Horst«, sagte Paulina und deutete auf ein Schild, das an dem Regal angebracht war: »Erst zahlen, dann lesen. Wir sind keine Leihbücherei.«

»Das ist eine polizeiliche Recherche. Die Zeitung ist als Beweismittel beschlagnahmt«, erwiderte ich schmunzelnd und schlug den Lokalteil auf.

»Bassd scho, Herr Kommissar«, schaltete sich Frau Dotterweich ein, »die Zeitung verkaufe ich heute eh nicht mehr. Ist ja bald Feierabend.«

Ich justierte den Abstand zwischen Augen und Zeitung auf die Länge, die den Text für mich lesbar machte, schob mit dem Zeigefinger meine Brille zurecht und entzifferte die Überschrift: »Tod vor der Kamera«. Die Unterzeile lautete: »Auf mysteriöse Weise kam die bekannte Krimiautorin Barbara Schauer bei den Dreharbeiten für den ›Franken-Bullen‹ ums Leben. Von unserem Redaktionsmitglied Theo Sieber.«

»Ermitteln Sie in dem Fall um die tote Schriftstellerin?«, fragte Frau Dotterweich, als sie mein Interesse für den Artikel bemerkte. Obwohl sonst niemand im Laden war, senkte sie die Stimme und flüsterte verschwörerisch: »Stimmt es denn, dass der Kommissar Rottmann als Tatverdächtiger verhaftet wurde?«

»Wer erzählt denn so was, Frau Dotterweich?«, entgegnete ich gespielt überrascht. »Wir dürfen ja nicht über unsere Ermittlungen sprechen, aber eins kann ich Ihnen verraten.«

»Ja?« Sie streckte den Kopf neugierig vor.

»Den Kommissar Rottmann gibt's in echt gar nicht. Der ist nämlich nur eine Filmfigur. Im Gegensatz zu uns: Wir sind echt.«

Enttäuscht winkte Frau Dotterweich ab. »Sie sind gemein, Herr Kommissar. Sie wissen doch genau, was ich meine.«

Ich hob hilflos beide Hände, um zu signalisieren, dass ich in diesem Fall nichts weiter zu sagen hatte. Dann überflog ich den Zeitungstext.

»Bis auf ein paar wüste Spekulationen steht da nichts Neues drin«, sagte ich zu Paulina.

»Das wäre ja auch noch schöner, wenn dieser Zeitungsfritze mal wieder mehr wüsste, als die Polizei erlaubt. Ach, darf ich mal sehen?«

Paulina griff den hinteren Teil der Zeitung, wo die belanglosen Meldungen über die Wehwehchen und Beziehungsprobleme der Promis zu finden waren. Wenn nicht über die Herz-OP eines alternden Schlagersängers berichtet wurde, kannte ich die meisten der dort genannten Personen nicht einmal vom Namen her.

»Das ist ja interessant«, sagte Paulina und las vor: »Wirbel um Henning Elberfeld.«

»Henning wer?«

»Sagt Ihnen nichts, oder? Das ist der Typ, mit dem Ihre Tochter vor laufender Kamera flirten wollte.«

»Ach, dieser ›Herzblatt‹-Schnösel?«

»Der Charmeur, genau!«

»Und was ist mit ihm?«

»Er hat wohl Ärger mit den Kollegen in Osnabrück.«

»Mit seinen Kollegen?«

»Nein, mit unseren. Ein Ermittlungsverfahren wegen Fahrerflucht. Er soll nachts auf dem Parkplatz eines Clubs mit seinem geleasten Alfa Romeo einen Škoda Fabia gerammt und sich unerlaubt vom Unfallort entfernt haben. Pech für ihn, dass der Parkplatz videoüberwacht und sein Nummernschild erkennbar war.«

Ich nahm einen großen Schluck aus der Kaffeetasse. »Ich glaube, für heute reicht's. Wir sollten das Überstundenkonto nicht zu sehr strapazieren. Ich übernehm die Rechnung, Paulina. Danke fürs Heimfahren.«

»Keine Ursache, Horst.« Paulina wischte sich mit dem Zeigefinger den Latte-Schaum von der Oberlippe. »Aber wenn Sie nichts dagegen haben, fahre ich noch mal ins Büro und überprüfe die Liste der Mitarbeiter des Filmteams.«

»Tun Sie, was Sie nicht lassen können. Aber beachten Sie die gesetzlich vorgeschriebenen Ruhezeiten.«

»Mach ich, Horst, versprochen. Und Sie ruhen derweil in Frieden, okay?«

***

Da das öffentlich-rechtliche Fernsehprogramm keine zwingende Alternative bot, legte ich eine meiner »Derrick«-DVDs ein und machte mir einen gemütlichen Abend. Es war die Folge »Tod am Bahngleis« aus dem Jahr 1975, in der Günter Strack mitspielte und jünger war als ich heute. Es war eine der ersten Folgen, in denen der Zuschauer den Täter von Anfang an kannte, Derrick selbst jedoch bis kurz vor Schluss im Dunkeln tapperte.

Nach siebenundfünfzig Minuten hatte er den Täter in der Wohnung seiner Mutter überführt und ich mein Likörglas geleert. Während ich überlegte, mir eine zweite Folge, ein zweites Gläschen oder beides zu genehmigen, fiel mir ein, dass ich einen früheren Freund aus meiner Zeit als Zöllner hatte, der genau wie ich nach dem Fall der Mauer und dem Abbau der innerdeutschen Grenzkontrollen einen beruflichen Neustart gewagt hatte. Während ich eine Kripo-Laufbahn einschlug, zog Werner zu seiner Freundin Marion nach Osnabrück und wurde stellvertretender Leiter der dortigen Polizeiinspektion. Irgendwo musste ich noch seine Telefonnummer haben.

Ich fand sie schließlich in einem Notizbuch, das in einem Karton auf dem Kleiderschrank im Schlafzimmer zusammen mit dem »Sicherheitsbericht des Stadtpolizeiamts Bamberg« aus dem Jahr 1989 lagerte. Ein Blick auf die Uhr sagte mir, dass es zu spät war, die Nummer jetzt noch auszuprobieren. Ich setzte mich wieder in meinen Sessel und schaltete den Röhrenfernseher ein. Es lief die Abmoderation der »Tagesthemen«, wo Herr Zamperoni ankündigte, dass das Regengebiet Günther von der Unwetterfront Horst abgelöst werden sollte. Schöne Aussichten.

Ich beschloss, die anschließende Wiederholung eines alten »Tatorts« anzuschauen und dazu ein alkoholfreies Weißbier zu trinken.

Nach neunzig Minuten hatte der Fernsehkrimi ein Dutzend Klischees bedient: Böse Menschen und gesellschaftliche Verlierer wohnen in Plattenbauten, Kripobeamte sind Einzelgänger ohne Hang zur Familie, haben Alkoholprobleme, Personen mit Migrationshintergrund sind im politisch korrekten Fernsehkrimi anders als in der realen Polizeistatistik niemals die Täter, sondern werden allenfalls zu Unrecht bezichtigt, Bergleute sind perspektivlose, gefrustete Trinker, Vorgesetzte bei der Polizei behindern die Ermittlungen, und zwar umso stärker, je höher sie in der Hierarchie stehen. Ich schaute auf mein Getränk und dachte an meine geschiedene Frau in Forchheim und meine beiden erwachsenen Kinder. Dann fühlte ich mich wie die schlechte Persiflage eines Fernsehkommissars. Ich nahm einen großen Schluck aus dem Weißbierglas. Mir schwirrte der Kopf, und ich beschloss, schlafen zu gehen.

Im Bett kam mir der Gedanke, dass wir morgen die blonde Aufnahmeleiterin mit der Herbert-Grönemeyer-Frisur vorläufig festnehmen sollten. Denn im Fernsehkrimi war meistens die Figur der Täter, die ziemlich am Anfang vermeintlich zufällig auftrat, mehr Text hatte, als für ihre Rolle angemessen war, und mit dem Fall gar nichts zu tun hatte. Unter diesen Gesichtspunkten machte sich Annett Thiel extrem verdächtig. Dazu, darüber nachzudenken, ob dies für einen Haftbefehl ausreichte, kam ich nicht mehr. Ich fiel in einen tiefen, traumlosen Schlaf.

Auch so ein Satz, wie man ihn nur in Romanen fand.

# ZEHN

Die Nacht hatte es durchgeregnet. Die Unwetterfront Horst – wer dachte sich eigentlich diese Namen aus? – sorgte weiter für sintflutartige Regenfälle. Obwohl Bamberg von Regnitz und Main-Donau-Kanal durchzogen war, hatte hier seltsamerweise niemand Angst vor Hochwasser. Vermutlich verließen sich alle darauf, dass die Schleusen vor den Toren der Stadt so wie in den vergangenen Jahrzehnten auch künftig verhindern würden, dass die Flüsse über die Ufer traten.

Daran, den Weg zur Dienststelle mit dem Fahrrad zurückzulegen, war auch heute nicht zu denken, und so kam es mir sehr entgegen, dass Paulina mir mit einer WhatsApp-Nachricht mitteilte, sie werde mich um halb zehn abholen. Ich hatte also noch genug Zeit, zwei Knack-und-Back-Sonntagsbrötchen im Ofen aufzubacken. Mit Schrecken musste ich feststellen, dass ich den letzten Kaffeefilter aufgebraucht hatte. Zum Glück hatte ich im Küchenschrank aber noch eine runde Plastikdose mit Schraubverschluss, die ich nur in Notfällen öffnete. Denn der Inhalt war ein süchtig machendes Präparat, das nur deshalb nicht unter das Betäubungsmittelgesetz fiel, weil sich die Discounter daran dumm und dämlich verdienten. Dabei kostete die Vierhundert-Gramm-Packung nur eins neunundsiebzig.

Ich füllte drei Teelöffel der süßen Sünde in einen Kaffeebecher und goss heißes Wasser darüber, dann rührte ich um. Während das Wasser abkühlte, konnte ich nicht der Versuchung widerstehen, einen Löffel der kleinen Körner pur auf der Zunge zergehen zu lassen. Ich schloss die Augen, um die hochkonzentrierte Geschmacksexplosion zu spüren. Für diese Instant-Praline würde ich jedes Mon Chéri links liegen lassen, auch wenn mir Ernährungsberater den hohen Zuckergehalt vorhalten würden.

So gestärkt, führte ich noch ein kurzes Telefonat mit einer

Osnabrücker Nummer, dann wartete ich auf meine Kollegin, die mich pünktlich an der Bushaltestelle Markusplatz aufgabelte.

»Sie sehen so erholt aus, Horst«, sagte sie, als ich mich auf den Beifahrersitz setzte.

»Vitamin Z«, antwortete ich. »Sollten Sie auch mal probieren.«

»Was soll das denn sein?«

»Zitronentee-Granulat! Die Wirkung ist am besten beim puren Genuss auf der Zunge.«

»Igitt, Horst! Das ist ja ekelig. Sie würden vermutlich auch Nutella aus dem Glas löffeln, oder? Und das Z steht wohl mehr für Zucker als für Zitrone. Muss ich Sie über die schwerwiegenden Folgen von Zuckerkonsum aufklären? Diabetes ist auf dem Weg, Volkskrankheit Nummer eins zu werden.«

»Ach Paulina, dabei ist Zucker doch sogar vegan, laktosefrei, und kein Tier muss dafür leiden. Warum müssen Sie auch alles verbieten? Sie sollten zur Polizei gehen.«

»Sehr witzig, Horst. Ich mein es doch nur gut.«

»An irgendwas muss doch jeder sterben. Aber keine Sorge: Sobald ich neue Filtertüten im Haus habe, trinke ich wieder Kaffee.«

»Übrigens ist auch für Teetrinker vitalisiertes Wasser empfehlenswert. Aber lassen wir das.«

»Ich gebe zu, dass jeder Teetrinker sich dagegen verwahren würde, meinen Energydrink als Tee zu bezeichnen. Haben Sie gestern noch etwas herausgefunden? Die Überstunden haben Sie hoffentlich korrekt aufgezeichnet.«

»Na klar«, sagte Paulina und ließ mich kurz im Ungewissen, ob sich dies auf die Arbeitszeiterfassung oder die Fortschritte bei den Ermittlungen bezog. »Ich habe mich spontan mit Dr. Füchsel verabredet.«

»Dem Leitenden Oberstaatsanwalt? Ist er mit seinen hilflosen Flirtversuchen endlich bei Ihnen gelandet? Aber ist er nicht etwas zu alt für Sie?«

»Männer werden doch bekanntlich mit zunehmendem Alter attraktiver für Frauen. Und Dr. Füchsel ist für einen Endfünfziger mit seinen grauen Schläfen doch noch sehr rüstig. Er geht zweimal die Woche in die Muckibude. Aber deshalb habe ich ihn nicht angerufen.«

»Sondern?«

»Er ist doch der Sachgruppenleiter für die Bekämpfung der organisierten Kriminalität. Und deshalb habe ich mich von ihm ins ›Cocoon‹ einladen lassen.«

»Was hat der Asiate am Hauptbahnhof mit organisiertem Verbrechen zu tun?«

»Hoffentlich nichts. Aber auf diese Weise konnte ich unser lockeres, außerdienstliches Gespräch leicht auf das Thema Triaden lenken.«

»Ach, sehr geschickt. Und?«

»Ich habe sehr viel erfahren, der Mann kennt sich wirklich aus. Er spricht von einer kriminellen Zeitbombe in Deutschland. Er schätzt, dass nur eine von hundert Straftaten der asiatischen Mafia bekannt wird und dass fünfundneunzig Prozent aller chinesischen Restaurants in Bayern von Schutzgeld-Erpressung betroffen sind. Füchsel berichtete von einem China-Wirt aus München, dessen Schutzgeldzahlung von einem Gast bemerkt und der Polizei mitgeteilt wurde. Der Wirt wurde später erschlagen in Hongkong aufgefunden. Die weltweit gefährlichste Triadenbande heißt ›14K‹ und hat in Deutschland regionale Schwerpunkte in Baden-Württemberg, Hessen und Bayern.«

»Um was für eine Art von Kriminalität handelt es sich dabei?«, fragte ich.

»Die ganze Palette: Drogen, Menschenhandel, Korruption, illegales Glücksspiel, Geldwäsche.«

»Puh. Und auch hier in der Region?«

»Zwar sind die meisten Connections durch eine Chinesische Mauer des Schweigens geschützt, aber die BKA-Fahnder haben inzwischen einen ganz guten Überblick: Frankfurt, München und Stuttgart sind wohl die Zentren, aber auch Städte wie Passau, Koblenz, Weimar, Görlitz, Kelheim und Wiesbaden haben Erfahrung mit Triaden gemacht. In Franken sind Würzburg und Ochsenfurt aktenkundig.«

»Oberfranken und Bamberg nicht?«

»Nein. Die chinesische Mafia ist hier aktuell kein Thema. Weder Peng noch der Betreiber des ›Roten Drachen‹ mit dem unaussprechlichen Namen sind in irgendeiner Form in diesem Zusammenhang in Erscheinung getreten. Es sieht so aus, als ob Frau Schauer hier ins Leere recherchiert hat, zumindest wenn sie einen lokalen Bezug herstellen wollte.«

Paulinas Tonlage erweckte den Eindruck, als ob dies noch nicht alles war, was sie zu erzählen hatte.

»Und weiter?«, fragte ich.

»Anders verhält es sich bei den Spielautomaten. Da läuft schon seit Längerem eine umfangreiche Ermittlung. Und zwar bundesweit, gesteuert vom BKA. Es steht der Verdacht im Raum, dass Spielautomaten flächendeckend manipuliert werden, um Spieler abzuzocken und die Gewinne zu erhöhen. Hier scheint die Schauer mit ihren Recherchen ein brandaktuelles Thema gefunden zu haben.«

»Was genau wird da manipuliert?«, fragte ich.

»Wenn ich es richtig verstanden habe, ist das so«, holte Paulina aus. »Das Problem ist die von der Automatenindustrie eingebaute Software, die nicht mehr zu kontrollieren ist. Mit dieser Software kann man Gewinne maximieren oder minimieren. Da die Automatenindustrie die Geräte nicht nur herstellt, sondern sie auch in eigenen Spielpalästen betreibt, hat sie mit der manipulierten Software klare Wettbewerbsvorteile gegenüber den kleinen und mittleren Automatenaufstellern, die von ihr die äußerlich gleichen, innen aber völlig anderen Spielautomaten kaufen oder mieten müssen.«

»Sie meinen, das sind Porsche-Karosserien mit Fiat-Motoren?«

»So ungefähr, ja.«

»Klingt brisant. Aber wenn ich Referent für Krisenbeseitigung beim Spielautomatenverband wäre und jemanden aus dem Weg räumen wollte, dann würde ich doch andere Wege suchen, als bei Dreharbeiten eine Requisitenpistole auszutauschen.«

»Ja, vor allem würde man es zuerst mal mit Bestechung versuchen. Ein millionenschweres Schweigegeld wäre zwar auch kriminell, aber immerhin kein Mord«, sagte Paulina. »Und wenn es dann doch ein Mord sein muss, dann würde man wohl eher Bremsleitungen beim Auto manipulieren und es wie einen Unfall aussehen lassen, oder?«

»Es sei denn, man ist so perfide und will auf eine völlig falsche Spur lenken«, dachte ich laut nach. »Allerdings bleibt dann immer noch das Problem, dass die Inhalte des Drehbuchs und der geplante Ablauf der Dreharbeiten nicht für Otto Normalkiller zugänglich sind.«

»Das heißt?«, fragte Paulina und wurde damit ihrer Rolle als Sidekick gerecht.

»Das heißt, dass wir meiner Ansicht nach immer noch im Umfeld des ›Franken-Bullen‹ nach dem Täter suchen müssen.«

***

Die Polizeiinspektion wirkte am Sonntagmorgen still und friedlich. Die Beamten in der Wache am Haupteingang hatten nur die obligatorischen Fahrraddiebstähle zu bearbeiten, was im Normalfall bedeutete: Anzeige erstatten und einige Wochen darauf warten, dass die Staatsanwaltschaft die Einstellung des Verfahrens mitteilte. Ich war froh, in einem Kommissariat zu arbeiten, wo die Aufklärungsquote bei fast hundert Prozent lag, manchmal sogar darüber. Das klingt zwar unmöglich, kam aber immer wieder dann vor, wenn ein Delikt aufgeklärt wurde, das im Vorjahr begangen wurde. So entstanden Jahresstatistiken, in denen mehr Verbrechen aufgeklärt als begangen wurden. Mit diesen Zahlen schmückte sich Dr. Goos in der Öffentlichkeit immer besonders gern.

Die Ruhe im Gebäude wurde nur durchbrochen vom Getöse des Kaffeevollautomaten, der mit der Geräuschkulisse eines durchfahrenden Güterzugs zuerst die Kaffeebohnen mahlte und dann beim Aufschäumen der Sojamilch ein Zischen und Dampfen verursachte, wie man es sich beim Start einer Apollo-Rakete vorstellte. Dazu leuchtete und blinkte die Maschine an verschiedenen Stellen nervös wie in der Eisenbahn-Leitstelle, wenn das System vor zwei aufeinander zurasenden Schnellzügen warnt. Ich vermied es, zuzugeben, dass das dabei entstehende Kaffeearoma durchaus zu meinem Wohlbefinden beitrug.

»Was machen wir jetzt?«, fragte Paulina, als ich mich an meinen Schreibtisch setzte.

»Vielleicht sollten wir endlich mal die Vernehmungsprotokolle lesen?«, schlug ich vor.

»Warum das?«

»Ist es in Krimis denn nicht oft so, dass die Kommissare, wenn sie nicht mehr weiterkommen, einfach so lange ihre Protokolle durcharbeiten, bis sie auf das eine entscheidende Wort stoßen, das sie bisher übersehen haben und das den Fall plötzlich in einem ganz anderen Licht stehen lässt?«

Paulina lächelte. »Sie sind unverbesserlich. Aber ich muss es leider sagen: Sie taugen so überhaupt nicht zu einem Krimihelden, Horst. Oder haben Sie schon mal einen Fernsehkommissar gesehen, der Fahrradklammern an den Hosenbeinen trägt, Eierlikör schlürft und erst mal einen Reisekostenantrag ausfüllt, bevor er die Verfolgung eines Bankräubers aufnimmt?«

»Paulina, Sie übertreiben maßlos!«

»Stimmt, Horst. Sie würden vor der Verfolgungsjagd noch prüfen, ob das Überstundenkonto nicht unzulässig überzogen würde. Apropos: Haben Sie eigentlich schon die Zuschläge für die heutige Sonntagsarbeit angefordert?«

»Paulina!«, erhob ich mahnend die Stimme. »Machen Sie sich nicht lustig darüber, dass ich der Einhaltung von Vorschriften und Richtlinien hohe Priorität einräume.«

»Schon gut, Horst.«

»Nein, nichts ist gut«, echauffierte ich mich. »Wer, wenn nicht wir von der Polizei, soll sich an Recht und Ordnung halten? Ich bin überzeugt, dass Agatha Christies etwas verschrobener Privatdetektiv Hercule Poirot mit seinem von vielen als übertrieben empfundenen Ordnungssinn mehr Gesetzesbrecher zur Strecke gebracht hat als James Bond mit seinen rüpelhaften Methoden.«

»Hercule wer? Ich kenne von Agatha Christie nur Miss Marple.« Paulina summte die aus den Verfilmungen bekannte Streicher-Melodie. »Aber die Gegner von James Bond bedrohen meist die ganze Welt und lassen sich von Haftbefehl und Durchsuchungsbeschluss wenig beeindrucken.«

»Wissen Sie übrigens, warum in den Kriminalgeschichten des 19. und frühen 20. Jahrhunderts meist Privatdetektive ermitteln und keine Kripobeamten?«

»Ist das jetzt wieder so eine Ihrer gefürchteten Scherzfragen, Horst? Ich nehme an, Sie werden es gleich sagen. Das Rätselraten spare ich mir also.«

»Das ist keine Scherzfrage, das ist Bildung. Sie wissen es also nicht?«

Paulina schüttelte den Kopf.

»Damals stammten Polizisten meist aus den unteren sozialen Schichten und waren gesellschaftlich nur so mittelgut angesehen. Und vor allem in England war es nicht vorstellbar, dass ein Unterschichtler ungehemmt in Adelskreisen verkehrte. Die Leser verlangten jedoch nach Geschichten, die in besseren Kreisen spielten. So wie Ende des vorigen Jahrhunderts Derrick auch am liebsten in den Villenvierteln von Grünwald unterwegs war.«

»Und hatte dieser französische Detektiv auch einen Sidekick?«, wollte Paulina wissen.

»Ja. Captain Arthur Hastings, den etwas begriffsstutzigen Freund von Poirot, der übrigens kein Franzose, sondern Belgier ist. Das muss er bei jeder Gelegenheit betonen. Genau wie

Dr. Watson bei Sherlock Holmes ist Hastings der Erzähler, der die Heldentaten der Hauptfigur in der Ich-Perspektive schildert.«

»Einen Krimi, der in der Ich-Perspektive erzählt ist, stelle ich mir ziemlich langweilig vor«, sagte Paulina. »Ein spannendes Buch lebt doch von Cliffhangern, die nur durch den Wechsel der Perspektiven entstehen können.«

»Da haben Sie vermutlich recht. Für einen Ich-Erzähler braucht es wohl schon eine sehr charakterstarke oder besonders witzige Hauptfigur.«

»Da sehe ich schwarz für Sie, Horst.«

»Inwiefern?«

»Ach, vergessen Sie's. Wenn Sie unsere Fälle mal als Romane in der Ich-Form aufschreiben sollten, dann müssten Sie jedenfalls sehr viel hinzuerfinden, damit das erfolgversprechend wird.«

Ich lachte. »Dazu fehlt mir im Moment noch die Zeit. Außerdem werden die Sherlock-Holmes-Geschichten von Arthur Conan Doyle ja in der Ich-Perspektive von Dr. Watson geschildert. Damit wären Sie also gefordert. Aber jetzt machen wir mal mit unserem realen Fall weiter, bevor wir uns in der Fiktion verlieren. Ein Kriminalfall verträgt keine Szenen oder Dialoge, die die Handlung nicht weiterbringen.«

»Was?«

»Schon gut. Um die Handlung voranzutreiben: Haben Sie eigentlich Nachricht aus dem Präsidium? Die Kollegen wollten doch die Mitglieder der Filmcrew überprüfen.«

»Sekunde, mein PC fährt noch hoch. Ich hoffe, dass die Antwort aus Bayreuth inzwischen da ist.«

Nachdem die obligatorische Windows-Fanfare ertönt war, betätigte Paulina die Computermaus und klickte auf ihrer PC-Tastatur. Dass wichtige Informationen und Dokumente auf dem Dienstweg oft nur noch mit elektronischer Post versendet wurden, war eine Entwicklung, die mich ebenso befremdete wie die Tatsache, dass beim Telefonieren seit der Einführung von ISDN-Leitungen nach dem Drücken der letzten Zifferntaste sofort ein Freizeichen ertönte und keine ratternden Wählgeräusche mehr Gelegenheit boten, sich mental auf das bevorstehende Gespräch einzustellen. Es kam sogar immer wieder vor, dass am anderen Ende der Leitung der Hörer abgenommen wurde, bevor das erste Klingelzeichen zu hören war. Nein, diese kurzatmigen Kommunikationsformen entsprachen nicht meinem Rhythmus – wobei ich mir nicht nachsagen ließ, ich sei langsam im Kopf. Aber für mich galt immer noch der alte Grundsatz: Spontaneität will wohlüberlegt sein.

»Und?«, fragte ich und schaute Paulina erwartungsvoll an.

»Es gibt drei Treffer«, antwortete sie. »Einen davon kennen wir.«

## *Die Bärenfalle (5)*

*Einige Sekunden herrschte totale Stille im Raum. Das erste Geräusch nach dem Schuss war das Scheppern des Gewehrs, das aus Deuerlings Hand auf den alten Holzfußboden fiel. Lissi schrie laut auf.*

*Drygalski stürzte zu Emmi, die leblos in ihrem Blut lag. Der Schuss hatte sie in die Brust getroffen. Er fühlte ihren Puls und sprach dann leise das Offensichtliche aus: »Sie ist tot.« Dann stand er auf und machte zwei Schritte auf Deuerling zu, packte ihn an den Schultern, rüttelte ihn und schrie ihm ins Gesicht: »Was hast du getan?«*

*»Ruhe!«, ging Bertl dazwischen. »Wir haben doch alle gesehen, was passiert ist. Es ist ein schrecklicher Unfall.«*

*Lissi brach in Tränen aus. »Sie ist tot! Sie ist tot! Wir haben sie umgebracht!«*

*Deuerling hob das Gewehr auf, um es in den Schrank zu stellen, und sagte: »Damit nicht noch mehr Unheil geschieht.«*

*Drygalski stoppte Deuerling und fasste ihn am Handgelenk. »Stopp. Dies ist eine Tatwaffe. Sie wird untersucht werden.«*

*»Was gibt es da noch zu untersuchen?«, stammelte Deuerling. »Ich habe geschossen. Ich bin ein Mörder! Wie konnte das passieren?«*

*»Gestern war die Waffe nicht geladen. Jetzt war sie es doch«, schaltete sich Drygalski ein. »Wie ist das möglich?« Er schaute alle nacheinander an. Doch niemand hatte eine Antwort. »Wir müssen die Polizei rufen.« Er ging zum Telefon, nahm den Hörer und hängte ihn nach einem Moment wieder ein. »Kein Amt. Die Leitung ist tot.«*

*»Polizei?« Deuerling schien sich der Folgen dessen bewusst zu werden, dass durch seine Hand ein Mensch für immer aus dem Leben gerissen worden war.*

*»Jemand muss über Nacht das Gewehr geladen haben«,*

*stellte Anton Drygalski fest. »Und da außer uns niemand hier ist, kann es nur einer von uns gewesen sein.«*

*»Aber warum sollte jemand die Waffe über Nacht laden?« Deuerling schaute die anderen fragend an. »Dann wäre es ja ...«*

*»Mord«, sprach Bertl das Wort aus. »Ist es das, was du sagen willst, Anton? Dass jemand von uns Emmi ermordet hat?«*

*»Ich will gar nichts sagen, sondern stelle nur nüchtern die Tatsachen fest. Und solange wir hier von der Außenwelt abgeschnitten sind, können wir uns entweder damit abfinden, einen Mörder unter uns zu haben. Oder wir nehmen den Fall selbst in die Hand.« Drygalski hob die Stimme und sprach in die Runde. »Ich bin Detektiv, ich werde die Ermittlung übernehmen. Wenn jemand etwas dagegen hat, dann widerspreche er jetzt.«*

*Niemand sagte etwas. Drygalski zog eine weiße Decke von einem der Esstische und legte sie über die Leiche von Emmi Schmitt.*

# ELF

»Machen Sie es nicht so spannend. Es ist jetzt der völlig unpassende Zeitpunkt für einen Cliffhanger«, sagte ich.

»Finden Sie?« Paulina lachte. »Also, es gibt drei Personen auf der Crew-Liste, die bei uns aktenkundig sind. Erstens: Heike Dürer, dreiundsechzig Jahre alt, geboren in Braunschweig, wohnhaft in Gräfelfing bei München, Beruf Maskenbildnerin.«

»Moment mal, ich erinnere ich«, sagte ich. »Sie haben wir als Zeugin vernommen nach dem Mord an dem Schlagerfritzen Fabian Goldstein in der Brose-Arena, stimmt's?«

»Genau. Sie hatte schon früher jahrzehntelang bei Krimiproduktionen in München gearbeitet und war dann zur Firma von Ben Bakow gewechselt. Nach dem Tod von Goldstein, der auch Gesellschafter der Firma war, meldete Bakow Insolvenz an, das Personal stand auf der Straße. Dürer heuerte bei den Produzenten des ›Franken-Bullen‹ an. Allerdings kommt sie als Täterin nicht in Frage. Sie hat sich bei ihrem Enkel mit einem hoch ansteckenden Rotavirus infiziert und ist seit einer Woche auf der Isolierstation der Uniklinik München-Großhadern.«

»Hm, okay. Können wir wohl abhaken. Nummer zwei?«

»Svenja Metzner, neunundzwanzig Jahre, geboren in Dormagen, wohnhaft in der Bamberger Maternstraße; sie ist beim ›Franken-Bullen‹ für die Requisite zuständig und aktenkundig wegen Sachbeschädigung und Beleidigung. Die Kollegen stellen den Fall so dar: Sie war mit dem Kinderwagen am Torschuster unterwegs, als ein SUV-Fahrer sie beinahe angefahren hätte. Sie war offenbar so wütend, dass sie den Fahrer nicht nur übelst beschimpft hat, sondern auch mit einem gezielten Fußtritt die Stoßstange des Wagens beschädigt haben soll. Der hat sie daraufhin angezeigt, der Wortlaut der Beleidigung ist nicht überliefert.«

»Eher kein Kapitalverbrechen«, stellte ich fest.

»Und das Verfahren wurde eingestellt, weil nicht nachweisbar war, dass die Beschädigung an der Stoßstange auf den Fußtritt zurückzuführen war.«

»Aber wenn sie für die Requisite zuständig ist, dann hatte sie jederzeit Zugriff auf die Waffe und hätte sie austauschen können. Mit welchem Motiv auch immer. Und auch Nummer drei kennen wir schon? Lassen Sie mich raten: die Aufnahmeleiterin mit der Grönemeyer-Frisur?«

»Falsch. Es ist der Mann ohne Augenbrauen, Daniel Schlickowey.«

»Der Nebendarsteller und Augenzeuge, den wir im Klinikum am Bruderwald vernommen haben. Was hat er auf dem Kerbholz?«

»Der hat eine wilde Jugend hinter sich. Er sieht zwar aus wie ein Skinhead, ist aber wohl in der gewalttätigen Antifa-Szene aktiv gewesen. Vor fast zwanzig Jahren war er an Ausschreitungen bei Demonstrationen gegen die Münchner Sicherheitskonferenz beteiligt. Bei einer Prügelei verletzte er einen Polizisten und wurde zu einer Jugendstrafe verurteilt. Zwei Jahre später stand er vor Gericht, weil er in Nürnberg eine Tanke überfallen hat. Mit einer Schreckschusspistole. Die Strafe hat er abgesessen, vorzeitig entlassen, gute Führung und so. Er gilt als geläutert und hat sich nichts mehr zuschulden kommen lassen, seitdem er als Schauspieler tätig ist. Wollen wir ihn uns noch mal vornehmen? Er jobbt neben der Schauspielerei als Kellner in der ›Mondschein‹-Bar in der Unteren Sandstraße.«

»Lassen Sie uns zuerst mit Frau Metzner sprechen«, schlug ich vor und schaute aus dem Bürofenster. Der Regen hatte aufgehört.

***

Auch mit polizeilichen Sonderrechten hatten wir keine Möglichkeit, in der engen Maternstraße in der Nähe des Hauses von Svenja Metzner zu parken. Wir stellten den Dienstwagen am Jakobsplatz vor der Töpferei ab. Frau Metzner wohnte in einem sicherlich denkmalgeschützten, renovierungsbedürftigen Haus mit kleinen Fenstern. Als sie uns die Tür öffnete, hörten wir aus der Wohnung lautes Geschrei eines Kindes, das mit der Gesamtsituation offenbar unzufrieden war. Frau Metzner trug eine Jogginghose und einen roten, auf links gezogenen Wollpullover und offensichtlich nichts darunter. Sie war am Sonntagvormittag nicht auf Besucher vorbereitet. Und die dunklen Ringe unter ihren Augen zeigten deutlich, dass an Ausschlafen nicht zu denken gewesen war.

Wir zeigten unsere Ausweise vor und baten höflich um Entschuldigung für die Störung.

»Worum geht es?«, fragte sie und machte zunächst keine Anstalten, uns hineinzulassen. Im Hintergrund lief auf einem Fernseher »Biene Maja« in einer modernen, computeranimierten Neufassung. Davor saß ein etwa dreijähriges Mädchen auf dem Fußboden, das ein verschmiertes Lätzchen um den Hals trug und weinend mit einem Breilöffel auf eine wehrlose Barbiepuppe einprügelte. Schlagartig kehrten die längst verdrängten Erinnerungen an die im Rückblick oft so verklärten ersten Lebensjahre meiner eigenen Kinder zurück.

»Dürfen wir kurz hereinkommen, Frau Metzner, auch wenn es ungelegen ist? Es geht um den Tod von Frau Schauer.«

»Also gut.« Sie machte einen Schritt zur Seite und deutete auf zahllose Legosteine und eine in ihre Einzelteile atomisierte Playmobilstadt. »Aber passen Sie auf, dass Sie auf nichts drauftr–«

Die Warnung kam zu spät, denn im selben Moment zerknirschte zwischen meiner rechten Schuhsohle und dem historischen Eichenparkett ein Plastikteil, das sich nach sofortiger Autopsie als die zerbrochenen Einzelteile eines Playmobilpolizisten mit blauer Phantasieuniform entpuppte. Ich bückte mich und hob die sterblichen Überreste des Spielzeugbeamten auf. Anscheinend hatte das zornige Kind von meinem Missgeschick gar nichts mitbekommen.

»Entschuldigen Sie, das war keine Absicht. Den Schaden werden wir selbstverständlich ersetzen. Ich lasse Ihnen dafür ein Antragsformular –«

»Passt schon, Herr Kommissar. Nicht so wichtig. Zum Glück nur ein Plastikmännchen. Ich habe von dem Zwischenfall am Set gehört. Ich selbst bin nicht am Drehort.« Sie streichelte über ihren eigenen Bauch. »Mutterschutz.«

Sie schaltete den Fernseher leise, was das Mädchen nicht weiter störte. Ich verzichtete auf die Nachfrage, ob sie nicht schon mit einem Kind überfordert sei. Unklar war mir auch, wie jemand, der in seinen eigenen vier Wänden ein derartiges Chaos zuließ, für die Requisiten bei einem Fernsehdreh verantwortlich sein konnte.

»Heißt das, Sie sind an der aktuellen Produktion des ›Franken-Bullen‹ gar nicht beteiligt?«, wollte Paulina wissen.

»Nur an den Vorbereitungen und Beschaffungen. Vor Ort hat eine Kollegin übernommen. Setzen Sie sich doch!« Sie deutete auf einen Esstisch, auf dem noch eine halb gefüllte Müslischüssel und ein Kaffeebecher mit der Aufschrift »1000 Jahre Bamberger Dom« standen. Ich räumte einen grünen Tabaluga-Plüschdrachen vom Stuhl und setzte mich.

»Was können Sie uns denn über die Waffe von Kommissar Rottmann sagen?«

»Die hat er schon seit Jahren, darum musste ich mich nie kümmern. Soweit ich weiß, ist es eine echte Polizeipistole, die unbrauchbar gemacht wurde.«

»Das heißt, Zenker hat die Waffe selbst mit zum Drehort gebracht?«

Frau Metzner nickte. »Ich glaube schon.«

»Und zwischen den Drehtagen?«, fragte Paulina.

»Wenn nicht gedreht wurde, hat er sie in seinem Garderoben-Caravan aufbewahrt. Und bei längeren Drehpausen hat er sie meines Wissens mit nach Hause genommen. Eigentlich ist die Pistole gar kein Requisit, weil sie nicht von uns aus dem Fundus beschafft und inventarisiert wurde.«

»Wäre Ihnen oder Ihrer Kollegin aufgefallen, wenn jemand die Pistole heimlich ausgetauscht hätte?«, fragte ich, nahm mit dem Zeigefinger einen Brotkrümel von der Tischplatte auf und ließ ihn in die Müslischale fallen.

»Ich glaube nicht. Wir haben mit Zenkers Pistole nichts zu tun. Entschuldigen Sie bitte, dass es hier aussieht wie nach einer Bombenexplosion. Ich bin alleinerziehend.«

Als ob das eine Erklärung wäre, dachte ich. Wenn hier kein Vater wohnte, dann war ja eine Person weniger im Haus, die Unordnung anrichten konnte.

»Sie leben hier mit Ihrer Tochter allein? Und ... ähm ... der Kindsvater ...?« Ich senkte meinen Blick auf ihren noch unauffälligen Babybauch.

»Ich glaube, das geht Sie nichts an, Herr Kommissar. Wer die Väter meiner Kinder sind und warum ich allein lebe, hat nichts mit dem Tod von Barbara Schauer zu tun.«

Sagte sie Väter? Der Verfall der Sitten hatte bereits unvorstellbare Nähe zum Domberg erreicht.

»Herr Zenker ist nicht zufällig einer der Väter?«, wagte ich einen Vorstoß.

»Ihre schmutzigen Phantasien, wie es im Fernsehgeschäft zugeht, kann ich Ihnen nicht verbieten, Herr Kommissar«, wehrte sie empört ab. »Aber bitte lassen Sie mich damit in Ruhe.« Sie atmete einmal tief durch, dann fügte sie hinzu: »Wie kommen Sie überhaupt zu dieser Annahme?«

»Ist der Gedanke wirklich so abwegig, Frau Metzner? Herr Zenker ist doch ein attraktiver Mann. Und dass er es mit der ehelichen Treue am Arbeitsplatz nicht immer so genau nimmt, haben wir auch schon gehört.«

»Ich bitte Sie. Halten Sie mich für negrophil? Der Mann ist über fünfzig.«

Paulina konnte ein Kichern nicht unterdrücken. Ich ging davon aus, dass Frau Metzner das Fremdwort für eine auf Leichen gerichtete Sexualpräferenz einfach nur fränkisch ausgesprochen hatte.

»Können Sie sich denn vorstellen, warum jemand die Requisitenwaffe, die gar kein Requisit war, ausgetauscht haben könnte?«, fragte ich. »Entweder um Frau Schauer zu töten oder um Herrn Zenker einen Mord anzuhängen?«

»Das ist doch absurd«, antwortete Frau Metzner. »Ich möchte fast sagen: wie im schlechten Krimi.«

»Dürfen wir mal Ihr Handy sehen?«, sagte Paulina.

»Nein«, lautete die sofortige Antwort. »Warum?«

»Wir können auch einen richterlichen Beschluss holen, wenn Ihnen das lieber ist. Allerdings sind Sie Ihr Telefon dann für zwei Wochen los, bis es aus der Kriminaltechnik zurückkommt.«

Der Bluff wirkte. »Also gut. Ich habe nichts zu verbergen.« Widerwillig schob sie ihr Mobiltelefon, ein Samsung Galaxy älterer Generation, über den Tisch. Paulina nahm es, drückte und wischte eine Weile auf dem Display herum, dann signalisierte sie mir mit einem Blick, dass sie nichts Verdächtiges gefunden hatte, und gab das Gerät an die Besitzerin zurück.

»Wir haben keine weiteren Fragen an Sie, Frau Metzner«, sagte ich. »Alles Gute für Sie weiterhin.« Mein Blick fiel auf ihren Bauch. »Wir finden allein raus.«

»Auf Wiedersehen«, sagte die Mutter und schaltete den Ton von »Biene Maja« wieder lauter.

Als wir am Jakobsplatz in den Dienstwagen stiegen, läutete mein Handy. Es war ein Anruf des Labors im LKA, wo die DNA-Proben von der Tatwaffe untersucht wurden.

***

Daniel Schlickowey trafen wir am frühen Abend in der »Mondschein«-Bar in der Unteren Sandstraße an der Markusbrücke. Seinen Schock hatte er offenbar überwunden, er erkannte uns sofort, als wir das Lokal betraten und mit einem freundlichen »Grüß Gott« versuchten, die aus den Lautsprecherboxen wummernde Musik zu übertönen.

Wir setzten uns an einen Tisch in der Nähe der Bar unterhalb einer Tafel, auf der die Historie des Bamberger Bierkriegs im Jahr 1907 erläutert wurde. Paulina bestellte einen alkoholfreien Hugo und ich eine Apfelschorle, obwohl mich außerhalb der Dienstzeit der »Eierorbit« auch interessiert hätte. Dabei handelte es sich laut Getränkekarte um ein »intrastellares Mondschein-Likör-System in Waffelbechern auf Spezialtablett«. Die einzelnen Bestandteile waren Liköre, die von Merkur bis Jupiter nach Planeten benannt waren und aus Eierlikör mit Bananen-, Pfefferminz-, Erdbeer- oder anderen Geschmacksvarianten bestanden.

Schlickowey trug ein schwarzes Polohemd mit dem Logo des Lokals, das auf eine Brauhaustradition seit 1725 zurückblickte, und eine viel zu kurze, enge Jeanshose, die ihm nur bis zu den Knöcheln reichte. Bevor dieser Trend in Mode war, hätte man von einer »Hochwasserhose« gesprochen, jetzt war es der Stil der coolen Hipster. Ohne Socken steckten seine Füße in Turnschuhen, die man heute Sneakers nannte.

»Herr Schlickowey, haben Sie einen Moment Zeit für uns? Wir haben noch einige Fragen an Sie«, sagte ich.

Schlickowey blickte sich um, außer uns waren nur ein turtelndes, cocktailschlürfendes Pärchen sowie ein einsamer Mann um die dreißig mit einem bis zur Brust reichenden Vollbart und einem eng geschnittenen weißen Hemd im Lokal. Die rote Rose vor ihm auf dem Tisch neben der Speisekarte deutete darauf hin, dass er nicht allein bleiben wollte. Auch er war getränkemäßig versorgt und hatte eine kleine Fanta-Flasche vor sich stehen.

Schlickowey blickte sich um, setzte sich dann zu uns und sagte: »Nicht viel los im Moment. Worum geht's denn noch?«

»Nur eine Kleinigkeit, reine Routine«, antwortete ich so belanglos wie möglich. »Die Untersuchung der Waffe, mit der Barbara Schauer erschossen wurde, hat eine bemerkenswerte Erkenntnis zutage gebracht.« Ich beobachtete genau Schlickoweys Gesichtszüge, stellte aber keinerlei Reaktion fest.

»Und?«, unterbrach er dann mein Schweigen.

»Auf der Pistole wurden Fingerabdrücke und Genmaterial von Zenker gefunden, was nicht weiter überrascht. Weitere Spuren an der Waffe sind von ...«, ich beugte mich etwas vor und stupste Schlickowey mit dem Zeigefinger vor die Brust, »... Ihnen! Na, was sagen Sie jetzt?«

Ich sah, dass Paulina unauffällig ihre rechte Hand an das Pistolenholster an ihrem Gürtel legte. Doch Schlickowey sagte nur: »Das wundert mich nicht.«

»Ist das ein Geständnis?«, fragte ich.

»Keineswegs«, antwortete Schlickowey. »Ich habe die Waffe angefasst, als sie nach einem Streit zwischen Schauer und Zenker am Set liegen geblieben ist.«

»Wann war das?«, fragte Paulina.

»Das muss Donnerstagabend gewesen sein. Die beiden Hitzköpfe waren sich in die Haare geraten über die Rolle des Franken-Bullen. Der Streit endete damit, dass Zenker aufstand und mit den Worten ›Dann macht euren Scheiß doch alleine‹ verschwand.«

»Wohin?«

»Keine Ahnung. Die Barbara ging dann auch. Es war sonst keiner mehr da. Als ich sah, dass die Waffe noch auf dem Tisch lag, habe ich sie genommen und in Zenkers Garderoben-Wohnwagen gebracht. Die Tür habe ich anschließend einfach zugezogen.«

»Ist Ihnen irgendetwas aufgefallen?«, wollte Paulina wissen. »Ich meine, haben Sie bemerkt, ob zu diesem Zeitpunkt die schießuntüchtige Pistole bereits gegen eine scharfe Waffe ausgetauscht war?«

»Weiß ich nicht. Aber vermutlich schon, wenn auf der Tatwaffe meine Spuren sind, oder?«

»Messerscharf kombiniert«, sagte ich, »wenn Sie wirklich unschuldig sind.«

»Wollen Sie mich jetzt festnehmen?«

»Das wäre ja nichts Neues für Sie«, sagte ich.

»Sie kennen meine Vorstrafe?«

»Natürlich. Wir wissen auch, dass Sie sich nicht scheuen, bei einem Verbrechen zur Waffe zu greifen.«

»Ich habe noch nie mit einer scharfen Waffe hantiert. Das war damals eine Schreckschusspistole. Das war ein großer Scheiß, ich habe dafür gebüßt und bin nie wieder straffällig geworden.«

»Sie sind die einzige Person, die mit der Toten und dem Schützen in Beziehung stand und zugleich wegen eines Gewaltverbrechens vorbestraft ist. Und Sie haben die Tatwaffe in der Hand gehabt. Und Sie hatten die Möglichkeit, die Pistole auszutauschen. Das ist eine Menge.«

»Aber ich habe kein Motiv, Herr Kommissar.«

»Zumindest liegt keins auf der Hand, da haben Sie wohl recht. Aber wenn es eins gibt, dann finden wir das heraus.«

»Und wenn es keins gibt, dann lassen Sie mich hoffentlich in Ruhe. Ich will nie wieder ins Gefängnis. Das müssen Sie mir glauben!«

In diesem Moment betrat eine Frau um die vierzig mit schulterlangen blonden Haaren das Lokal, blickte sich suchend um und setzte sich an die Bar.

»Gehen Sie!«, sagte ich zu Schlickowey. »Sie werden gebraucht.«

Dann schaute die Frau zu mir und lächelte mir zu.

***

»Grüß Gott, Frau Scharrer«, sagte ich freundlich. »Schön, Sie wiederzusehen.«

Als sie »Ganz meinerseits, Horst« antwortete, wurde mir wieder bewusst, dass wir per Du waren.

»Wir haben noch eine Einladung offen, setz dich doch! Warst du beim Friseur? Steht dir sehr gut!« Sie nahm eine braune Lederhandtasche von dem Stuhl neben ihr und deutete mit der Hand auf die frei gewordene Sitzgelegenheit.

»Wir machen Feierabend für heute, Horst«, sagte Paulina und schlug mir lächelnd auf die Schulter. »Und der neue Haarschnitt steht Ihnen wirklich gut. Viel Spaß noch heute Abend. Wir sehen uns morgen früh im Büro. Von hier aus finden Sie den Weg ja allein nach Hause.« Und leise fügte sie hinzu: »Sofern Sie überhaupt allein nach Hause gehen.«

Mit einem bösen Blick signalisierte ich ihr meine Missbilligung für diese grenzüberschreitende Entgleisung. Tatsächlich war die »Mondschein«-Bar nur wenige hundert Meter von meiner Wohnung am Markusplatz entfernt. Ich setzte mich zu Natascha Scharrer an den Tisch, während Paulina grinsend das Lokal verließ, und stellte meine Apfelschorle ab.

»Sie sind«, ich räusperte mich, »du bist allein hier?«

Natascha Scharrer trug die gepflegten blonden Haare kürzer als bei unserer letzten Begegnung. Immer noch erinnerte sie mich an eine frühere »Tagesschau«-Sprecherin, deren glühender Verehrer ich gewesen war, lange bevor sie sich mit merkwürdigen öffentlichen Äußerungen ins Abseits brachte. Natascha Scharrer hatte ich auf einer Tupperparty in der Wohnung meiner Nachbarin Frau Weimer kennengelernt. Und jetzt wurde mir auch klar, was sie mit der noch offenen Einladung meinte.

»Richtig, ja, Sie wollten ja in meiner Wohnung eine Tupperparty veranstalten«, sagte ich.

»Du wolltest.«

»Ich?«

»Ich meine: Wenn wir beim Du bleiben, dann muss der Satz lauten: Du wolltest eine Tupperparty ...«

»Entschuldige. Ich muss mich noch dran gewöhnen. Die Personen, die ich duze, kann ich an einer Hand abzählen. Und seitdem meine Eltern nicht mehr leben ...«

»Wir können auch zum Sie zurückkehren, Herr Müller, wenn Ihnen das lieber ist.« Sie schaute mich etwas übertrieben pikiert an, während Schlickowey ihr einen Hugo servierte. Ich verzichtete auf einen Rückzieher. Pacta sunt servanda. Egal unter welchen Umständen sie geschlossen wurden.

»Stoßen wir noch einmal darauf an«, sagte ich und hob das Apfelschorleglas. Unsere Gläser klirrten gegeneinander. »Weißt du, woher das Anstoßen seinen Ursprung hat?«

Sie schüttelte den Kopf.

»Es gibt eine Theorie für Kriminalisten: Im Mittelalter war es üblich, seinem Gegenüber Gift in den Drink zu mischen. Durch das Anstoßen spritzte jeweils ein Teil der Flüssigkeit in das Gefäß des anderen. So konnte man sicher sein, dass der Trinkbruder einem nicht nach dem Leben trachtete.«

»Das ist keine schöne Theorie«, sagte Natascha. »Gibt es auch eine, die weniger von Misstrauen und Mordversuch geprägt ist?«

»Ja«, sagte ich. »Es gibt auch eine spirituelle: Demnach stammt der Brauch aus der Antike, und das Klirren der Gläser sollte Dämonen und böse Geister vertreiben.«

Sie lachte. »Heute erscheinen einem die Geister wohl eher nach dem sechsten oder siebten Glas. Sofern man nicht Apfelschorle trinkt. Dabei gibt es doch hier die bekannten Eierlikör-Spezialitäten!«

»Ich bin mit meiner Kollegin dienstlich hier gewesen«, erläuterte ich. »Und selbst wenn ich soeben meine Arbeitszeit«, ich schaute auf meine Tchibo-Armbanduhr, um später mein Dienstende korrekt zu melden, »beendet habe, so gehört doch der Weg nach Hause versicherungstechnisch gesehen noch dazu. Und wenn ich da in alkoholisiertem Zustand …«

Das erste und einzige Mal in meinem Leben, dass ich einen derartigen Rausch erlebt hatte, der mich am nächsten Morgen ohne Erinnerung an das Geschehen hatte aufwachen lassen, war in Anwesenheit von Natascha Scharrer auf einer Schlagerparty im »Romantica« gewesen. Auch wenn ich mich nicht an Einzelheiten erinnern konnte, so blieb dieses Erlebnis doch unvergesslich. An diesem Abend, dessen Höhepunkt wohl ein Ratespiel mit ABBA-Titeln gewesen sein muss, war auch die Duz-Vereinbarung zustande gekommen. Angeblich kursierten im Internet noch peinliche Beweisfotos.

»Ich bleibe bei der Apfelschorle«, bekräftigte ich.

»Du wolltest wissen, warum ich allein hier bin. Das kann ich dir sagen. Ich sitze eigentlich jeden Sonntagnachmittag hier.« Sie öffnete ihre Handtasche und holte eine in Leder eingebundene Kladde hervor. »Ich hatte dir doch schon mal erzählt, dass ich Kinderbücher schreibe.«

Ich erinnerte mich tatsächlich an diese Aussage, der ich aber keine größere Bedeutung beigemessen hatte, weil Natascha Scharrer damals gesagt hatte, sie habe noch keinen Verlag. Und hatte nicht jeder schon mal ein paar Zeilen zu Papier gebracht, von denen er überzeugt war, dass sie Bestsellerpotenzial hätten? Man müsste nur genügend Zeit haben. Schreiben konnte schließlich jeder, lernte man ja in der Schule.

»Du schreibst in einen Block aus Papier?«, wunderte ich mich. »Ganz ohne Computer?«

»Ja, jegliche Elektronik und Technik hemmt meine Phantasie. Ich mache auch Zeichnungen mit Bleistift. Die Texte tippe ich später zu Hause ab.«

»Und was schreibst du gerade?«

Sie schlug die Kladde auf. »Die Geschichte heißt ›Der Amflieguin‹.«

»Ein Fabelwesen?«, fragte ich neugierig.

»Richtig«, sagte sie und las vor: »›Eines Tages geht der Amflieguin an Ameisen, Fliegen und Pinguinen vorbei. Und er denkt sich traurig: Ich bin von allen etwas. Aber ich gehöre zu niemandem richtig dazu.‹«

»Das klingt aber traurig«, sagte ich.

»Warte ab, es gibt ein Happy End. Willst du die ganze Geschichte hören?«

Ich nickte.

»›Zur selben Zeit geht und schwimmt die Vofise an Fischen, Hasen und Vögeln vorbei. Sie denkt sich das Gleiche wie der Amflieguin: Ich bin von allen etwas. Aber ich gehöre zu niemandem richtig dazu. Auch zur selben Zeit läuft der Schwigelhu an Schweinen, Igeln und Hunden vorbei. Auch er denkt sich das Gleiche wie der Amflieguin und die Vofise: Ich bin von allen etwas. Aber ich gehöre zu niemandem richtig dazu. Wieder zur selben Zeit kriecht die Lögischla an Löwen, Giraffen und Schlangen vorbei. Wie der Amflieguin, die Vofise und der Schwigelhu denkt sie sich: Ich bin von allen etwas. Aber ich gehöre zu niemandem richtig dazu. Ebenfalls zur selben Zeit wandert der Krozefro an Krokodilen, Zebras und Fröschen vorbei. Er denkt sich das Gleiche wie der Amflieguin, die Vofise, der Schwigelhu und die Lögischla: Ich bin von allen etwas. Aber ich gehöre zu niemandem richtig dazu. Auf einmal treffen sich der Amflieguin, die Vofise, der Schwigelhu, die Lögischla und der Krozefro auf einem Hügel. Da sagt der Amflieguin: Ihr seid ja auch alle von allen etwas. Und ihr gehört auch zu niemandem richtig dazu. Da sagen die anderen Tiere: Dann gehören wir ja alle zusammen, auch wenn wir alle verschieden sind. Der Amflieguin sagt: Lasst uns ein großes Fest feiern. Während der Feier kommen Ameisen, Fliegen, Pinguine, Vögel, Fische, Hasen, Schweine, Igel, Hunde, Löwen, Giraffen, Schlangen, Krokodile, Zebras und Frösche vorbei und fragen: Dürfen wir mitfeiern? Da antwortet der Amflieguin: Gerne. Denn auch wenn wir alle verschieden sind, sind wir doch alle Freunde.‹«

»Der Krozefro ist mein Lieblingstier«, sagte ich lächelnd. »Ich kann mir schon ziemlich gut vorstellen, wie die Tiere alle aussehen. Eine sehr schöne und simple Geschichte. Fast wie in Grimms Märchen.«

»Na ja, mit den Gebrüdern Grimm will ich mich noch nicht vergleichen.«

»Brüder«, korrigierte ich. »Es gab noch einen dritten Bruder Grimm. Weil der aber nicht mit gemeint ist, muss es Brüder statt Gebrüder heißen.«

»Stimmt nur fast«, konterte Natascha. »Erstens gab es sogar fünf Brüder Grimm. Und zweitens steht deine These, die im letzten Jahrhundert in der Germanistik verbreitet war, im Widerspruch zur historischen Verwendung des Begriffs. Wo du allerdings recht hast: Die Grimms selbst nannten sich ›Brüder‹, und auch Germanisten bevorzugen die Bezeichnung.«

»Ich staune«, sagte ich.

»Ich habe mich intensiv mit Märchen beschäftigt«, erwiderte sie fast entschuldigend.

»Ich sollte mich vielleicht mit meinen Besserwissereien einfach mehr zurückhalten«, nahm ich mir vor. »Zumindest dann, wenn sie von der Wissenschaft inzwischen überholt sind. Wird dein Märchen denn veröffentlicht?«

»Danach sieht es aus. Ich habe einen Agenten, der mit zwei Verlagen verhandelt.«

»Ach, etwa dieser Westermann?«

»Volker Westermann, ja. Kennst du ihn?«

»Ich habe ihn im Zusammenhang mit einer Ermittlung kennengelernt, ja. Ein schmieriger Typ, oder?«

»Mag sein, aber er ist erfolgreich und hat beste Verbindungen in der Branche.«

»Wie bist du an ihn gekommen?«, wollte ich wissen.

»Ganz einfach: Internetrecherche. Ich habe in einem Ratgeber gelesen, dass man als Neuling bessere Chancen auf eine Veröffentlichung hat, wenn man es mit einem Agenten versucht. Dann habe ich Google gefragt, ob es einen hier in der Region gibt.«

»Westermann hatte sein Büro doch bis vor Kurzem in München.«

»Ja, aber ich habe ihn mit den Suchworten Literaturagent und Franken gefunden, weil er ja auch viele Franken-Krimi-Autoren betreut.«

»Und er ist gut im Geschäft, oder?«, fragte ich ins Blaue hinein.

»Ich denke schon. Auf seiner Homepage hat er zahlreiche Referenzen präsentiert, darunter durchaus namhafte Autorinnen und Autoren. Im Kinderbuchbereich ist er wohl noch nicht so stark, sondern erst im Aufbau. Umso erfreulicher ist es, dass er schon zwei Verlage für den ›Amfliegiun‹ gefunden hat. Ich denke mal, dass er sein Honorar wieder einspielen wird.«

»Einspielen? Wie meinst du das? Mir hat er erzählt, dass Agenten nur im Erfolgsfall Geld vom Autor erhalten.«

»Ja, das hat er mir auch gesagt. Aber weil ich eine noch unbekannte Autorin bin, sei der Aufwand hier besonders groß, meinte er. Und das Geld wird auch verrechnet mit der Provision, die er im Erfolgsfall bekommt. Aber warum hast du mit ihm zu tun?«

»Westermann war auch der Agent von Barbara Schauer, der Krimi- und Drehbuchautorin, die am Freitag ermordet wurde.«

»Ach, und du ermittelst in dem Fall? Ich dachte, es wäre ein Unglück. Muss ich mir Sorgen machen, weil ich auch bei Westermann unter Vertrag bin?« Sie lächelte etwas gequält.

»Ich denke, Sorgen solltest du dir eher darüber machen, dass er von dir schon vorab Geld kassiert, was wohl völlig unüblich ist. Wie viel war es denn, wenn ich fragen darf?«

»Fragst du als Polizist oder als … Freund?«

Mir lief kurz eine Gänsehaut über den Rücken. Hatte sie mich gerade einen »Freund« genannt? Mit dieser überraschenden Form der verbalen Zuneigung hatte ich nicht gerechnet. Und so zögerte ich wohl auch einen Moment zu lange mit der Antwort.

»Ist was?«, hakte Natascha nach.

»Äh, nein. Ich frage als … nun, wie soll ich sagen?«

»Ich verstehe schon: Ein Polizist ist immer im Dienst. So ist es doch, oder? Jeder Mensch, der in welcher Situation auch immer mit dir spricht, muss wissen, dass jedes Wort gegen ihn verwendet werden kann. Ist jedes Gespräch mit dir eine Vernehmung?«

»Das klingt jetzt hoffentlich beleidigter, als es gemeint ist«, sagte ich. »Es besteht natürlich kein Zweifel daran, dass wir uns privat unterhalten und dies keine Vernehmung ist. Aber du musst natürlich auch verstehen, dass ich, wenn jemand über ein Thema –«

»Ich verstehe dich schon, Horst.« Ihre Stimme klang wieder versöhnlicher. »Ich wollte nicht überreagieren, tut mir leid. Aber weißt du, ich war noch nie mit einem Polizeibeamten befreundet.«

Und wieder. Das Wort. Was wollte sie damit ausdrücken? War es vielleicht ganz harmlos und sie nannte jeden einen »Freund«, mit dem sie per Du war oder mit dem sie schon mal einen geselligen Abend verbracht hatte? Andererseits, was sprach eigentlich dagegen, mit dieser überaus attraktiven, eloquenten und gebildeten Dame befreundet zu sein? Dass ich mich seit meiner Scheidung keinem weiblichen Wesen außer meiner Tochter näher als auf Armlänge genähert hatte, war wohl Ausdruck einer Bindungsangst, für die es keine rationale Begründung gab. Der Polizist als einsamer Wolf, der mit seinem Beruf oder seiner Dienstwaffe verheiratet ist, war ein Klischee in den Gehirnen von Kriminalschriftstellern. In der Realität gab es kaum Single-Polizisten, sondern zahllose Pärchen in einer Dienststelle, was vor allem damit zusammenhing, dass Beamte im Schichtdienst kaum die Möglichkeit hatten, außerhalb ihrer Arbeit soziale Kontakte zu pflegen und andere Menschen kennenzulernen.

Um keine peinliche Situation aufkommen zu lassen, hob ich mein Apfelschorleglas und sagte feierlich: »Dann lass uns anstoßen, dass die Gläser schwappen.«

Unsere Gläser klirrten wieder aneinander.

»Auf uns«, sagte sie und fügte leise kichernd hinzu: »Und unseren ersten Austausch von Flüssigkeiten.«

»Wie bitte?«, rief ich erschrocken.

»Nur Spaß«, antwortete sie und lachte. »Um auf deine Frage zurückzukommen: Fünftausend Euro habe ich ihm gegeben. Aber er sagte, dass die im Nu durch den Vertragsabschluss wieder eingespielt werden. Und er hat auch offen zugegeben, dass er gerade einen finanziellen Engpass hat.«

»Ach? Und das ist der Grund für diese merkwürdige Vereinbarung? Fünftausend Euro! Ich kenne mich ja nicht aus.

Aber kann man eine solche Summe mit einem Kinderbuch verdienen?«

»Westermann sagt, ja.«

»Und sagt er auch, was der Grund für seine Geldnöte ist?«

»Ja. Seine Mutter musste nach einem Schlaganfall in ein Pflegeheim ziehen, das kostet ihn jetzt viel Geld. Zugleich kommt ihn seine Scheidung teuer zu stehen. Aber es ist doch in Ordnung, dass er von mir sozusagen einen Vorschuss auf seine Provision erhält. Wenn schon zwei große Verlage an meinem Buch interessiert sind, dann kann ja nichts mehr schiefgehen.«

»Und welche Verlage sind das?«

»Hat er nicht gesagt. Er sei vertraglich zur Verschwiegenheit über die Verhandlungen verpflichtet.«

»Auch seinem Auftraggeber gegenüber? Hm.«

Natascha zuckte mit den Schultern. »Das scheint ja eine Berufskrankheit zu sein, dass du überall kriminelle Betrüger vermutest.«

»Bedenke das bei der Auswahl deiner … Freunde«, sagte ich.

Ich blickte auf meine Armbanduhr und beschloss, dass aufgrund des Gesprächsthemas meine Dienstzeit erst jetzt endete. Bei aller Freundschaft.

Wir unterhielten uns noch eine Weile über unverfängliche Themen und tranken jeder noch zwei Becher Eierlikör.

Für den Rest des Abends beschloss ich, nicht weiter an den Fall zu denken und mich der Lektüre des Krimi-Manuskripts zu widmen.

## *Die Bärenfalle (6)*

*»Ich fasse zusammen«, sprach Anton Drygalski, nachdem er mehrere Stunden lang Vernehmungen mit jedem Anwesenden durchgeführt hatte.*

*Heiner Deuerling, Peter Bertl und Elisabeth Löhlein saßen nebeneinander am Esstisch. Durch die Fenster hinter ihnen fielen Sonnenstrahlen. Es hatte aufgehört zu schneien. Die Zufahrtswege waren immer noch abgeschnitten. Die Leiche von Emmi Schmitt hatten sie in ein Tuch gewickelt und in einen nicht beheizten Lagerraum im hinteren Teil der Hütte gelegt.*

*»Jeder hier im Raum hätte ein Motiv, Emmi zu töten«, stellte Drygalski fest. Und nach einem Moment des Zögerns ergänzte er: »Auch ich.«*

*»Der Mörder schleicht also nicht draußen im Schnee herum, sondern ist unter uns«, sagte Deuerling und blickte die drei anderen der Reihe nach an.*

*»Du, Peter«, wandte sich Drygalski an den Spielleiter. »Du hast Schulden, kannst die Hypothek für dein Haus nicht mehr zahlen. Deine Frau hat dich verlassen, du musst ordentlich Alimente blechen. Kurzum, dir geht der Arsch auf Grundeis, stimmt's?«*

*Bertl blickte schweigend zum Boden.*

*»Da war die Versuchung groß, in die Kasse mit den Eintrittsgeldern zu greifen und die Eintragungen in der Einnahmen- und Ausgabenliste zu fälschen. Anderthalb Jahre lang hast du unauffällig immer wieder kleine Beträge verschwinden lassen, bis sich eine Summe von neuntausend Mark angesammelt hat. Emmi als gelernte Bankerin hat's gemerkt und dich damit konfrontiert. Vielleicht hat sie gedroht, dich anzuzeigen bei der Polizei? Das weiß ich nicht. Wäre aber Grund genug, sie zu töten.«*

*Einige Augenblicke herrschte eisiges Schweigen, dann blickte Drygalski zu Heiner Deuerling.*

*»Heiner, dein Motiv liegt auf der Hand. Der Klassiker: Eifersucht.«*

*»Ich verwahre mich –«, fuhr er dazwischen.*

*»Lass ihn reden«, sprach Bertl mit einer beschwichtigenden Handbewegung. »Wir haben doch gehört: Jeder von uns hat ein Motiv.«*

*»Emmi hat dich für einen reichen Industriellensohn verlassen. Das hat deine männliche Eitelkeit aufs Höchste getroffen. Der Ring, den sie seit Kurzem am Finger trug, war ganz offensichtlich ein Verlobungsring. Sie wollte also den Mann heiraten, für den sie dir den Laufpass gegeben hat. Das war zu viel für dich, Heiner. Das konntest du nicht ertragen. Wenn sie nicht mit dir glücklich sein wollte, sollte sie mit niemandem mehr glücklich sein.«*

*»Interessantes Gedankenspiel, Anton«, sagte Deuerling, der sich wieder etwas beruhigt hatte. »Aber vielleicht etwas einfallslos, findest du nicht? Mord aus Eifersucht. Wie im Fernsehkrimi. Weiter?«*

*Alle blickten auf Elisabeth Löhlein.*

*»Lissi!«, sagte Drygalski. »Du bist radikale Pazifistin und lehnst Gewalt mit aller Entschiedenheit ab. Ist das so?«*

*Lissi nickte.*

*»Wirklich? Aber warum hast du dann Verständnis für den Brandanschlag im März geäußert, als Sympathisanten der Action directe eine Renault-Niederlassung in Rosbach angezündet haben? Und als die RAF vor zwei Jahren Gerold von Braunmühl und Karl Heinz Beckurts ermordeten: Ich erinnere mich, dass du gemeint hast, es habe die Richtigen getroffen. Und ich sage nur: Haut die Bullen platt wie Stullen.«*

*»Aber das war doch nur –«*

*»Und wie wir alle aus der Presse erfahren konnten, steht auch die Familie des Branco-Gründers Arthur Brandenstein auf der Liste der durch linksextremistischen Terror gefährdeten*

*Personen, nachdem die Branco AG mit Rüstungsgeschäften in Verbindung gebracht wurde. Und wenn unsere Emmi nun in diese Bonzen-Familie einheiraten würde ...«*

*»Das ist absurd, Anton!«, rief Lissi. »Ich bin doch keine Terroristin!«*

*»Du hast wohl recht, das Motiv ist etwas weit hergeholt. Was ich sagen will: Bei jedem würde sich ein Grund für einen Mord finden, wenn man lange genug danach sucht.«*

*»Was ist mit dir, Anton?«, fragte Bertl. »Du hast gesagt, jeder von uns könnte es gewesen sein.«*

*»Richtig«, sagte der Detektiv. »Mein Motiv liegt in der Vergangenheit. Ich hatte ein Postscheckkonto in ihrer Filiale, als ich noch in Goldkronach gelebt habe. Ich habe auf dieses Konto Zahlungen bekommen, die ... nun ja ... nicht ganz legal waren.«*

*»Schwarzgeld? Bestechungsgeld?«, fragte Lissi.*

*»Es spielt keine Rolle, jedenfalls hat sie mir einige peinliche Fragen gestellt zu den Kontobewegungen, die ich nicht ausreichend beantworten konnte. Sie hat später nie wieder darüber gesprochen. Aber sie hätte mich mit ihrem Wissen jederzeit in größte Schwierigkeiten bringen können.«*

*»Ein bestechlicher Detektiv könnte wohl seinen Job verlieren«, sagte Bertl. »Und wer war es nun?«*

*»Der Mörder ist hier im Haus«, sagte Drygalski. »Für die Aufklärung des Falles gibt es ein paar entscheidende Hinweise. Der erste ist das Telefon, das seit dem Schneesturm am Freitagabend ausgefallen ist. Es war die ganze Zeit über tot. Auch als Emmi das angebliche Gespräch mit der Polizei geführt hat. Niemand außer ihr hat das Klingeln gehört, oder? Das Telefonat hat nie stattgefunden. Sie hat uns an der Nase herumgeführt. Sie war eine großartige Schauspielerin.«*

*»Es hat keinen Anruf der Polizei gegeben?«, fragte Lissi.*

*»Und damit auch keinen Zettel, der bei einem gesuchten Mörder gefunden wurde?«, wollte Deuerling wissen.*

*»So ist es. Großes Theater«, erklärte Drygalski.*

*»Aber warum?«, fragte Bertl.*

*»Die Antwort ist ganz einfach.« Drygalski ging auf und ab und genoss die Spannung im Raum. Alle hingen an seinen Lippen.*

*»Emmi war krank. Sehr krank. Die Medikamente, die ich in ihrem Zimmer gefunden habe, deuten auf eine schwere Krebserkrankung hin. Beim Transport der Leiche ist ihre täuschend echt wirkende Perücke verrutscht. Sie hat die Haare bei einer Chemotherapie verloren. Sie nahm hoch dosierte Schmerzmittel. Es ist anzunehmen, dass sie nicht mehr lange gelebt hätte und dass sie das auch wusste. Sie wollte sich wohl ein langes, qualvolles Leiden ersparen. Und hat sich einen ganz besonderen Abgang ausgedacht. Sie hat selbst die Waffe präpariert und sich auf der Bühne erschießen lassen. Ein perfekt inszenierter Selbstmord.«*

*Alle blickten sich schweigend an.*

*»Das ist doch Wahnsinn«, sprach Lissi das aus, was alle dachten.*

## ZWÖLF

Am nächsten Morgen fuhr ich bei kaltem Nieselregen ins Büro. Um mich vor der Nässe zu schützen, trug ich über meinem grauen Anzug einen weißen Plastikoverall mit Kapuze, den die Kollegen des Erkennungsdienstes nach einem Spurensicherungseinsatz an einem Einbruchstatort in einer Villa am Stephansberg ausrangiert hatten. Mir war klar, dass ich auf dem Pedelec mit diesem – um auch mal das Unwort zu benutzen – »Ganzkörperkondom«, das auch noch mit Fahrradklammern an meinen Beinen befestigt war, ziemlich lächerlich wirken musste. Aber da mich so eh niemand erkannte, konnte mir das einigermaßen egal sein. Im Büro zog ich den tropfenden weißen Blaumann aus und hängte ihn an die Garderobe hinter der Tür. Sofort beschlugen meine Brillengläser, weshalb ich meine Sehhilfe abnahm und die Gläser am Ärmel meines Sakkos trocknete. In dem Moment öffnete sich die Tür, und auch Paulina kam herein.

»Guten Morgen, Horst! Was machen Sie denn hier? Sie sehen aus wie Walter White.«

»Walter wer?«

»Kennen Sie nicht ›Breaking Bad‹? Ich vergaß, Sie schauen ZDF statt Netflix. Walter White ist ein spießiger Chemielehrer, dem niemand zutrauen würde, dass er unter dem Decknamen Heisenberg Crystal Meth herstellt.«

»Machen Sie sich nicht lustig über meinen Regenschutz«, sagte ich und setzte mich an meinen Schreibtisch. »Wie kann man dieses Netflix eigentlich schauen? Ich meine, ist das für einen Autor wirklich ein größerer Erfolg, wenn sein Buch für Netflix verfilmt wird, als wenn es im Fernsehen kommt?«

»Das eine schließt das andere ja nicht aus. Viele Filme und Serien aus dem Fernsehen kann man später streamen. Bei vielen amerikanischen Serien ist es andersrum, sie werden exklusiv erst für Netflix oder andere Anbieter produziert und kommen vielleicht später mal ins Fernsehen. Dass Netflix die Rechte an einer deutschen Serie exklusiv kauft, ist eher selten. Sehen können Sie das übers Internet.«

»Ohne Kabel und Antenne?«

»So ist es. But first coffee«, sagte Paulina und schaltete den Vollautomaten ein, der sogleich mit ohrenbetäubendem Lärm die Kaffeebohnen pulverisierte und aufbrühte, während in meiner zeituhrbetriebenen Rowenta bereits die letzten Tropfen durch den Kaffeefilter liefen.

Ich fuhr meinen Computer hoch und schaute in mein Postfach. Erleichtert stellte ich fest, dass noch keine Nachricht aus dem LKA eingegangen war, mit der uns der Fall entzogen wurde. Der Teilzeit-Kollege Wörner hatte wohl tatsächlich vor dem Wochenende und seinem freien Montag nichts mehr in die Wege geleitet.

»Sagen Sie mal, Paulina. Mir ist da eine Idee gekommen. Wir haben noch gar nicht die Möglichkeit eines Suizids in Betracht gezogen.«

»Suizid? Sie meinen, Barbara Schauer hätte die Waffe selbst ausgetauscht, um sich damit zu töten?«

Ich zuckte mit den Schultern. »Möglich.«

»Aber warum sollte sie das tun? Es gibt dafür keinerlei Motiv. Es gibt höchstens einen Grund, warum sie es nicht getan hat.«

»Nämlich?«

»Für Katholiken ist Selbstmord Sünde, und sie befördern sich damit geradewegs ins Höllenfeuer. So hat es mir jedenfalls meine Mutter beigebracht.«

Ich kam nicht mehr dazu, ihr zu erläutern, dass das mit Hölle und Fegefeuer viele nicht mehr so eng sahen wie früher in Polen, denn in diesem Moment öffnete sich zeitgleich mit einem energischen Klopfen unsere Bürotür, und Kommissariatsleiterin Veronica Stadel trat ein, gefolgt von einer Frau Ende zwanzig mit einem streng gebundenen Pferdeschwanz, weißer Bluse und dunkelblauer Stoffhose, also einem Outfit, in dem man sein BWL-Diplom entgegennehmen oder Kfz-Leasingverträge verkaufen könnte.

»Darf ich vorstellen?«, sagte die Stadel, die wie immer auf für den Polizeidienst viel zu hohen Absätzen daherkam, weshalb manche sie gelegentlich »Commissaria Stiletti« nannten. Ich vermutete kurz, unsere Chefin wollte uns endlich ihre Lebensgefährtin präsentieren. Aus ihrer gleichgeschlechtlichen Orientierung hatte sie bisher nie einen Hehl gemacht, aber dennoch wussten die Kollegen im Kommissariat kaum etwas über das Privatleben ihrer Vorgesetzten.

»Das ist Sophie Sperling, stellvertretende Leiterin des K16 des PP München. Abteilung Operative Fallanalyse Bayern.«

»Eine Profilerin!«, sagte Paulina fast bewundernd.

Ich wusste zwar, dass sogenannte Profiler nicht nur eine Modeerscheinung in Fernsehkrimis waren und dass sie bei komplexen Sachverhalten den Ermittlern hilfreiche Unterstützung leisten konnten. In meinem Berufsalltag hatte ich aber tatsächlich noch nie persönlich mit einem Fallanalytiker zu tun gehabt.

Ich nahm die ausgestreckte Hand entgegen und fragte: »Sie wollen ein Praktikum bei uns absolvieren? Das ist gerade ein schlechter Zeitpunkt. Wir stecken mitten in der Ermittlung eines Tötungsdelikts.«

Sophie Sperling lachte, als hätte ich einen Scherz gemacht. »Deshalb bin ich hier. Ich unterstütze Sie bei Ihren Ermittlungen.« An Paulina gewandt fügte sie hinzu: »Profiler sagen wir übrigens nicht. Wir sind Fallanalytiker.«

»Egal, wie Sie sich nennen«, schaltete ich mich wieder ein. »Soweit ich weiß, wird die OFA nur auf Anforderung der ermittelnden Dienststelle eingeschaltet. Ich habe niemanden angefordert. Warum also –«

»Aber ich«, unterbrach die Stadel. »Ich denke, dass wir die Hilfe der Kollegin gut gebrauchen können angesichts der Fülle von Verdächtigen und ohne dass es eine heiße Spur gibt.«

»Wollen Sie damit sagen, dass …?« Ich bildete mir ein, versteckte Kritik an unserer Arbeit aus diesem Satz herauszuhören.

»Ich will damit gar nichts sagen. Kann ich Sie jetzt allein lassen?«

»Moment noch«, sagte ich und öffnete meine Schublade. »Darf ich Ihnen das LZ-Antragsformular mitgeben? Damit alles seine Richtigkeit hat.«

Die Stadel nahm das Formular entgegen und verließ den Raum mit den Worten: »Ich bitte um kooperative Zusammenarbeit. Stellen Sie Frau Sperling alle notwendigen Ressourcen zur Verfügung!«

»So ein Schmarrn«, murmelte ich. »Kooperative Zusammenarbeit ist so wie … äh …« Mir fiel kein gutes Beispiel ein.

»Sie meinen eine vegetarische Gemüsesuppe?«, sagte Paulina.

»Oder fränkische Griesgrämigkeit?«, warf Frau Sperling ein.

»Sie haben ja Humor«, meinte Paulina. »Das gibt ein Like von mir.«

»Moment mal«, erwiderte ich.

»Er meint es nicht so«, sagte Paulina. »Hauptkommissar Müller wirkt anfangs immer etwas schroff. Das ist die fränkische Art, Liebenswürdigkeit auszudrücken. Aber Sie werden sehen, er hat einen guten Kern.«

»Was ist denn ein LZ-Formular, wenn ich fragen darf?« Frau Sperling schaute erst mich, dann Paulina an.

»In den Genuss der Leichenzulage in Höhe von sieben Euro siebzig werden Sie wohl nie kommen, Frau Kollegin«, erläuterte ich. Tatsächlich gab es diese Sonderzahlung bei der bayerischen Polizei, die eigentlich nur in Betracht kam, wenn man im Dienst mit besonders unansehnlichen, in Verwesung oder Fäulnis übergegangenen oder übel riechenden, verbrannten, verkohlten, zerschmetterten oder zerstückelten Leichen zu tun hatte. Da es sich aber um eine überschaubare Summe handelte, wurde der Antrag gewöhnlich auch bei Wasserleichen oder Schussopfern gewährt. Ursprünglich war die Zulage gar nicht eingeführt worden, um die besondere psychische Belastung der Beamten auszugleichen, sondern die Kosten für Reinigungs- und Desinfektionsmittel.

»Richtig, wenn wir ins Spiel kommen, sind die Leichen meist schon zur Bestattung freigegeben«, sagte Frau Sperling. »Darf ich?« Sie deutete auf den Vernehmungsstuhl zwischen unseren quer stehenden Schreibtischen. Sie schob den Stuhl aber anderthalb Meter zurück, sodass sie nicht in Kreuzverhörposition zwischen uns saß, sondern zu uns beiden im gleichen Dreiecks-Abstand auf Augenhöhe.

»Also gut, Frau Kollegin.« Ich lehnte mich in meinen Bürostuhl zurück. »Sie glauben also, Sie können uns helfen, weil wir mit unserer Arbeit überfordert sind?«

»Keineswegs. Meine Aufgabe ist es, ein Profil nicht nur vom Täter und seinem möglichen Motiv zu erstellen, sondern vom ganzen Fall: Tatort, Tatzeit, Ablauf, Verhalten des Täters. Dieses Profil ist lediglich ein Fahndungshilfsmittel, um den großen Kreis der Tatverdächtigen auf eine überschaubare Anzahl zu verringern.«

»Und am Ende ist doch der Gärtner der Mörder«, bemerkte ich lakonisch.

»Sie werden lachen, Herr Kommissar Müller. Bei meiner ersten Ermittlung als Fallanalytikerin war das tatsächlich das Ergebnis. 2017 haben wir nach dem Fund einer seit 1989 vermissten Frau einen der schlimmsten Serienmörder Deutschlands überführt: einen Friedhofsgärtner, der im selben Haus gelebt hat. Zweihundert Gegenstände vom Grundstück wurden analysiert, ein Bewegungsbild erstellt. Dabei fanden wir Verbindungen zu vierundzwanzig weiteren Mordfällen.«

»Schön. Gratuliere. Aber hier haben wir nur ein Opfer …«

»… und ein sehr ungewöhnliches Vorgehen des Täters. Finden Sie nicht?«

Ich nickte. »Schon, ja.«

»Bei der OFA geht es darum, den möglichen Ankerpunkt des Täters herauszufiltern. Wissen Sie: Bei fast neunzig Prozent der Täter liegt der Kontaktort zum Opfer nicht weiter als zwanzig Kilometer vom Ankerpunkt des Täters entfernt. Wir müssen herausfinden, ob der Täter – und wenn ich Täter sage, meine ich immer Täter oder Täterin …«

»M, w, d, ist schon klar«, sagte ich.

»… ob der Täter normale Bindungsstrukturen hat. In diesem konkreten Fall können wir schon mal sagen, dass er der direkten Konfrontation mit dem Opfer ausgewichen ist. Er wäre vermutlich nicht in der Lage, direkt auf das Opfer zu schießen oder sich in eine körperliche Auseinandersetzung zu begeben. Das sagt schon mal viel über die Persönlichkeitsstruktur aus. Den Rest möchte ich gerne aufgrund aller Berichte und Untersuchungen analysieren, die Sie vorliegen haben. Frau Stadel hat mich ermächtigt, auf alle Dokumente zuzugreifen. Würden Sie mir helfen und mir einen Raum zur Verfügung stellen?«

Ich wechselte einen kurzen Blick mit Paulina, die der Profilerin gegenüber offenbar weniger skeptisch war.

»Schaden kann es vermutlich nichts«, grummelte ich. »Und wenn Sie Kaffee möchten …« Ich deutete auf unsere beiden Maschinen. »Wir haben Filterkaffee und so ein aufgeschäumtes Zeug, ganz wie Sie wollen.«

»Vielen Dank. Ich bleibe beim Wasser«, sagte Sophie Sperling und zeigte auf die Osmose-Anlage. »Ich sehe, hier sind Sie besser ausgestattet als wir in München.«

Ich überlegte kurz, dann schlug ich vor, den ungebetenen Besuch im Büro einer Kollegin vom Rauschgift zu platzieren, die vor vier Wochen ihren Mutterschutz angetreten hatte.

»Das Zimmer von Kriminalhauptmeisterin Dörrschmidt im K4 ist frei. Und … vielen Dank für Ihre Unterstützung.« Ich bemühte mich, dies so glaubwürdig wie möglich klingen zu lassen.

Paulina brachte die Profilerin, die beim Herausgehen einen verwunderten Blick auf meinen tropfenden Spurensicherungsanzug warf, zu ihrem Arbeitsplatz.

»Wie kommen Sie eigentlich auf Selbstmord, Horst?«, fragte Paulina, als sie ins Büro zurückgekehrt war.

Ich öffnete meine braune Lederaktentasche und holte das Manuskript hervor, in dem ich am Abend gelesen hatte.

»Das ist von Hartmut Knauer, die Rohfassung seines nächsten Romans. Er war vor einigen Wochen hier und hat mir Fragen gestellt. Sie wissen ja: Diese Krimiautoren wollen ihre Phantasiegeschichten immer dadurch glaubwürdiger wirken lassen, dass sie mit ein paar recherchierten Fakten über die echte Polizeiarbeit Authentizität vorgaukeln.«

»War das dieser Typ mit der Halbglatze, der in der Mittagspause hier war? Ich erinnere mich.«

»Genau der. Er hat mich gebeten, sein Manuskript zu prüfen. Ich bin lange nicht dazu gekommen und habe immer wieder mal ein paar Kapitel gelesen. Gestern Abend bin ich auf eine Stelle gestoßen, an der eine Schauspielerin bei der Probe für ein Theaterstück mit einer Requisitenwaffe auf der Bühne erschossen wird.«

»Ach?«

»Ja. Und es stellt sich später heraus, dass es sich um Selbstmord handelt. Die Schauspielerin hat die Waffe präpariert, um sich selbst töten zu lassen.«

»Wahnsinn. Was für Fragen hat Knauer denn gestellt, als er bei Ihnen war?«

»Alles Mögliche.« Ich überlegte. »Es ging ihm um die Strukturen unserer Behörde. Er war etwas enttäuscht, dass es in Bamberg keine ständige Mordkommission gibt.« Jetzt fiel es mir wieder ein. »Ja, und er hat nach der neuen Polizeiwaffe gefragt. Dazu wollte er viele Details wissen, auch die Munition betreffend. Ich glaube, er hat sogar gefragt, was eine Polizeipistole kostet und wo bei uns die Waffen aufbewahrt werden. Dabei spielt sein Buch in den achtziger Jahren, und es kommt bis jetzt gar kein richtiger Polizist vor.«

»Und Sie haben ihm alles beantwortet?«

»Ja, das sind ja auch keine Geheimnisse.« Ich kratzte mich etwas verlegen am Kinn. »Ich konnte ja auch nicht ahnen, dass –«

»Wir sollten Knauer besuchen«, unterbrach mich Paulina.

»Er wohnt auf der Erba-Insel in einem dieser neuen Wasserhäuser am Werkkanal.«

»Dann scheint es ihm ja finanziell nicht ganz schlecht zu gehen«, sagte ich. Ich kannte die Höhe der Mieten auf dem Gelände der früheren Industriebrache, wo 2012 die Landesgartenschau stattgefunden hatte und seitdem die würfelförmigen Wohnblocks wie Pilze aus dem Boden geschossen waren. Meine Tochter Andrea wohnte dort in einem Appartement, seitdem sie Kommunikationswissenschaft studierte und so zu den Vorlesungsräumen auf dem Erba-Campus nur wenige Schritte gehen musste.

***

Der Regen hatte nachgelassen, als wir den Dienstwagen in einer Parkbucht vor dem Erba-Turm parkten, der als letztes Relikt an die traditionsreiche Zeit der Baumwollspinnerei Erlangen-Bamberg erinnerte.

»Hier waren wir schon mal, stimmt's?«, sagte ich und erinnerte mich an die Vernehmung eines Musikers, des Mitbegründers einer Hornistengruppe namens »Bamberger Hörnla«.

»Ja, stimmt. Franjo Behrens hieß er«, sagte Paulina. »Der Symphoniker mit dem merkwürdigen Bart. Der wohnte ein Haus weiter, Nummer 5. Das ist das mit den gläsernen Balkonen und noch eine Spur stylisher als das graue Haus mit den schrägen Wänden und der Nummer 3.«

Ich schaute auf die Namen der Klingelschilder. Wenn es keine Namensgleichheiten waren, dann wohnte hier im Haus auch eine bekannte Bloggerin, die lange im »Stadtecho« unter der Rubrik »Bassd scho« das Stadtgeschehen kommentiert hatte und die mit dem Pressesprecher des Dombergs verheiratet war. Außerdem fand ich den Namen des Inhabers eines für seine Bamberger Köstlichkeiten bekannten Feinschmeckerrestaurants in der Unteren Königstraße.

»Eine wirklich feine Wohngemeinschaft«, bemerkte ich und

drückte auf das Schild mit der Aufschrift »H. Knauer«. Kurz darauf ertönte der Türsummer. Wir traten in ein lichtdurchflutetes Treppenhaus, das so großzügig gestaltet war, dass offenbar auf einige hundert Quadratmeter Wohnraum verzichtet worden war, um das verglaste Sonnendach besser wirken zu lassen. Knauer wohnte im Erdgeschoss und stand schon in der Tür.

»Grüß Gott, Herr Knauer. Sie wollten doch eine Rückmeldung zu Ihrem Manuskript haben. Entschuldigen Sie, dass es etwas länger gedauert hat. Sie wissen ja, wir haben viel zu tun. Für den Fall, dass Sie noch weitere Fragen zur Polizeiarbeit haben, habe ich meine Kollegin, Kriminalmeisterin Kowalska, mitgebracht.«

Knauer schaute etwas verwirrt und war sich wohl nicht sicher, ob er verschaukelt wurde.

»Sehr angenehm, möchten Sie hereinkommen? Ich dachte schon, Sie wären der DHL-Bote. Der gibt nämlich am liebsten bei mir alle Pakete für die Penthouse-Bewohner im Dachgeschoss ab. Wahrscheinlich hält er das hier für die Hausmeisterwohnung. Ich bin allerdings gerade nicht auf Besuch eingerichtet.«

Wir traten in einen dunklen Flur. In der Erdgeschosswohnung war von den Lichtfluten des Treppenhauses nichts mehr zu spüren. Das machte vermutlich die Einkommensunterschiede zwischen Krimiautor und Symphoniker deutlich. Knauer führte uns in ein Zimmer, das gleichermaßen Wohn-, Ess- und Arbeitsraum war. Außerdem stand ein E-Piano in einer Ecke. Irgendwo lief leise klassische Musik, Mozart oder Bach. Auf einem hölzernen Esstisch stand ein Laptop, daneben lagen ein Stapel Papier und eine Packung Doppelkekse.

»Ich mache letzte Korrekturarbeiten. Nächste Woche ist Manuskriptabgabe. Wenn Sie noch Hinweise haben, kann ich sie noch einarbeiten. Nehmen Sie Platz!« Er deutete freundlich auf zwei Essstühle und schob mehrere Zeitschriften und den aktuellen FT sowie das letzte »Wobla« zur Seite.

»Wo haben Sie Ihre roten Hosenträger gelassen?«, fragte ich.

»Die trage ich nur auf der Bühne oder bei Fototerminen«, antwortete er. »Man braucht ja irgendein Wiedererkennungszeichen, wenn man keine markante Brille oder eine auffällige Frisur hat. Das mit den Hosenträgern war eine Idee meiner Frau. Hat Ihnen mein neuer Roman gefallen?«

»Ja, sehr amüsant«, sagte ich. »Wann hat man schon mal die Gelegenheit, einen Autor zu befragen? Warum haben Ihre Bücher eigentlich immer Titel, die so ähnlich wie Agatha-Christie-Romane klingen? ›Mord im Franken-Thüringen-Express‹, ›Tod auf der Regnitz‹, ›16 Uhr 50 ab Strullendorf‹ …«

»Ganz einfach, das ist eine Hommage an die Queen of Crime. Ich selbst bin durch Agatha Christie zum Krimileser geworden. Ich habe alle ihre Bücher schon als Jugendlicher verschlungen. Mein Lieblingsbuch ist ›Zehn kleine Negerlein‹, das heute unter diesem Titel nicht mehr erscheinen darf.«

»Ach nein? Wie heißt es heute?«

»Es geht in dem Buch, das 1939 unter dem englischen Titel ›Ten Little Niggers‹ erschien, um den bekannten Kinder-Abzählreim. Zehn Personen mit dunkler Vergangenheit werden von einem Unbekannten namens U. N. Owen auf eine einsame Insel eingeladen. Einer nach dem anderen kommt ums Leben, und mit jedem Menschen verschwindet eine von zehn Porzellanfiguren mit schwarzer Hautfarbe. Ein wirklich gruseliger Krimi-Klassiker. Übrigens mit über hundert Millionen verkauften Exemplaren der erfolgreichste Kriminalroman der Welt. Und eines der erfolgreichsten Bücher überhaupt.«

»Wie heißt das Buch denn heute politisch korrekt?«, fragte Paulina.

»Die englischsprachige Ausgabe wurde ›And Then There Were None‹ genannt. Als 2002 die Anti-Diskriminierungsstelle der Stadt Hannover beim Verlag der deutschen Ausgabe protestierte, wurde der Titel in ›Und dann gab's keines mehr‹ geändert. Früher war die deutsche Ausgabe mal unter dem Titel ›Letztes Weekend‹ im Umlauf. Ich finde es absurd. Wissen Sie, dass im Kinderbuchklassiker ›Die kleine Hexe‹ von Otfried

Preußler vor einigen Jahren das Wort ›Negerlein‹ durch ›Messerwerfer‹ ersetzt wurde? Aus Türken wurden Cowboys.«

»An diese Debatte erinnere ich mich. Damals ist der Buchkritiker Denis Scheck aus Protest mit einem schwarz geschminkten Gesicht in seiner Sendung aufgetreten.« Auf die Bemerkung, dass er sich damit zum Affen gemacht hatte, verzichtete ich aus politischer Korrektheit.

»In der Neuauflage wurde auch ›Weib‹ durch ›Frau‹ ersetzt und ›wichsen‹ durch ›verhauen‹«, erläuterte Knauer. »Aber wir sprachen über Agatha Christie. Mein nächstes Buch ›Die Bärenfalle‹ erinnert natürlich an die großartige ›Mausefalle‹, die seit Jahrzehnten täglich in London gespielt wird.«

»Warum Ihr Buch ›Bärenfalle‹ heißt, ist mir noch nicht ganz klar, Herr Knauer.«

»Es ist mein Arbeitstitel. Der Verlag hätte gerne etwas mit einer Ortsbezeichnung im Namen, wahrscheinlich wird das Buch als ›Tod am Fichtelberg‹ erscheinen.«

»Diese Situation mit den im Schnee eingeschlossenen Personen erinnert wirklich an die klassischen Whodunnits. Besonders beeindruckend fand ich übrigens die Sache mit der manipulierten Waffe«, sagte ich und beobachtete genau seine Reaktion.

Nach einer Sekunde der Verunsicherung fragte er: »Warum? Mein Agent meinte, dies sei schon eine sehr abgefahrene Mordmethode. Und wohl nicht sehr realistisch.«

»Ganz unrealistisch ist sie nicht«, sagte Paulina. »Es ist eine ähnliche Methode, mit der Barbara Schauer ermordet wurde.«

»Wie bitte?« Knauer blickte uns erschrocken an. »Davon stand nichts in der Zeitung.«

»Richtig«, sagte ich. »Das ist Täterwissen. Und Ihr Romanmanuskript hat dem Täter die Vorlage geliefert.«

»Aber mein Roman ist noch gar nicht veröffentlicht.«

Ich nickte wortlos. Dann verstand Knauer, was das bedeutete.

»Aber Sie wollen damit doch nicht sagen …? Glauben Sie, ich hätte meinen eigenen Plot nachgespielt? Oder in der Realität ausprobiert? Wie absurd ist das denn!«

»Man sagt doch immer, dass jeder Mensch eine kriminelle Ader hat. Und dass Schriftsteller diese Energien durch das Schreiben kanalisieren.«

»Und Sie meinen, dass ich die Kontrolle über meine kriminellen Energien verloren und meine Kollegin durch die Manipulation einer Requisitenwaffe getötet habe? Machen Sie sich nicht lächerlich. Wenn ich das in ein Exposé schreibe, haut mir das jeder Agent, Lektor oder Verleger um die Ohren. Und wissen Sie, mit was? Mit Recht!«

»Sie erinnern sich bestimmt, dass es mal einen Rechtsstreit zwischen Ihnen und Frau Schauer gab«, sagte ich.

»Das war kein Rechtsstreit zwischen Schauer und Knauer, sondern zwischen Almondo und Sören, unseren Verlagen. Dass dieser Streit durch die Fusion der beiden Unternehmen obsolet wurde, wissen Sie sicher.«

»Sie wären nicht der erste Krimiautor, der selbst zu einem Mörder wurde. Man liest immer wieder von solchen Fällen. Meist warten die Täter darauf, dass sie von der Polizei überführt werden.«

»Da können Sie bei mir lange warten, Herr Kommissar. Ich habe unzählige Leichen auf dem Gewissen, ja. Aber alle nur fiktional. Auf dem Papier. In meinem Kopf!« Er haute mit der flachen Hand auf den zugeklappten Computer. »Hier auf der Festplatte.«

»Haben Sie das Manuskript vielen Personen zum Testlesen gegeben?«, fragte ich.

»Nein. Nur Ihnen und meiner Frau.«

»Und wer hat den Text beim Verlag gelesen?«

»Weiß ich nicht. Das müssen Sie im Verlag fragen. Wenn Sie keine weiteren Fragen mehr haben, würde ich gerne wieder an meinem Manuskript arbeiten.«

»Eine Frage habe ich noch, Herr Knauer. Warum kommt in Ihrem Buch gar kein Profiler vor?«

Er seufzte. »Ganz einfach. Die neuen kriminologischen Entwicklungen und Technologien machen das Leben für einen

Krimiautor ziemlich schwer. Wie soll man Spannung erzeugen und falsche Fährten legen, wenn mit Hilfe von DNA-Abgleich, Rasterfahndung, Fallanalytik und dergleichen viele Verbrechen quasi per Mausklick aufgeklärt werden können? Das ist übrigens auch der Grund, warum ich die Handlung der ›Bärenfalle‹ in der Vergangenheit spielen lasse. Schauen Sie sich mal die Romane von Agatha Christie an. Wenn Miss Marple und Hercule Poirot über die technischen Möglichkeiten von heute verfügt hätten … wie langweilig. Nur bei Arthur Conan Doyle war es umgekehrt: Er hat seinen Sherlock Holmes schon Ende des 19. Jahrhunderts Verbrecher mit Fingerabdrücken überführen lassen, obwohl erst 1914 in Dresden mit Hilfe von Fingerabdrücken ein als unlösbar geltender Mordfall gelöst wurde. Siebenundzwanzig Jahre nach dem Erscheinen des ersten Sherlock-Holmes-Romans. Ob damit die überhebliche Verachtung des Meisterdetektivs gegenüber den Kriminalpolizeibeamten berechtigt war, sei mal dahingestellt. Historisch verbürgt ist allerdings, dass Conan Doyle Scotland Yard bei realen Mordermittlungen unterstützt hat.«

»Wir haben keine weiteren Fragen, Herr Knauer. Vorerst«, sagte ich. »Wir werden Ihre Aussagen überprüfen. Sie hören von uns.« Dann deutete ich auf sein Manuskript. »Wenn mir noch Fehler auffallen, melde ich mich bei Ihnen.«

***

Die Adresse des Almondo-Verlags war in der Nähe des Münchner Hauptbahnhofs, sodass wir den von Bamberg durchfahrenden ICE als Beförderungsmittel wählten, der uns in nur gut hundert Minuten in die Landeshauptstadt brachte. Der Zug war nicht sehr voll besetzt, sodass wir ein Nichtraucherabteil für uns allein hatten. Wobei ich gar nicht sicher war, ob es bei der Bahn überhaupt noch Raucherabteile gab. Während ich mich der weiteren Lektüre des Knauer-Manuskripts widmete, tippte Paulina auf einem tragbaren Mini-Notebook herum, mit dem sie sowohl Zugang zum Internet als auch gesicherten Zugriff auf unsere internen Netzlaufwerke hatte.

»Stimmt das wirklich, dass so viele Krimiautoren zu Mördern wurden?«, fragte sie. »Ich google das mal.«

»Mir sind mehrere Fälle bekannt. Ich erinnere mich an einen erfolgreichen chinesischen Schriftsteller, der ein Buch mit dem Titel ›Die schöne Autorin, die tötete‹ ankündigte, in dem es um ein perfektes Verbrechen ging. Er hatte vier Morde begangen, über die er das Buch schreiben wollte. Schließlich wurde er zum Tode verurteilt. Da lief neulich eine Dokumentation im Fernsehen.«

»Ja, das stimmt«, sagte Paulina. »Er hieß Liu Yongbiao. Er wurde erst 2017 überführt, als die Polizei ihn austrickste, nachdem an einer Zigarettenkippe am Tatort eine DNA-Spur gefunden wurde.« Paulina las weiter und fasste zusammen: »Beamte suchten Liu auf und tarnten sich als Ahnenforscher, die seinen Familienstammbaum untersuchen wollten. Er gab dafür bereitwillig eine DNA-Probe ab und lieferte damit selbst den Beweis. Aber es gibt noch mehr Fälle.«

»Von einem in Holland habe ich gelesen.«

»Genau. Der Niederländer Richard Klinkhamer reichte 1992 bei seinem Verlag ein Manuskript mit dem Titel ›Am Mittwoch gibt's Gehacktes‹ ein, kurz nachdem seine Ehefrau verschwunden war. Darin wurden sieben grausame Methoden beschrieben, wie er seine Gattin möglicherweise umgebracht haben könnte, zum Beispiel indem er die Leiche durch den Fleischwolf drehte und an Tauben verfütterte.«

»Wie bitte?« Ich verdrehte die Augen. »Guten Appetit.«

»Er kokettierte monatelang in den Medien damit, dass er tatsächlich der Mörder sein könnte. Erst als die Leiche acht Jahre später gefunden wurde, legte er ein Geständnis ab und kam ins Gefängnis. Er starb 2016 als freier Mann. Nachdem er wegen guter Führung entlassen worden war, hat er noch drei weitere Romane geschrieben.«

»Hinzugestiegene die Fahrscheine bitte«, rief ein schlaksiger Zwei-Meter-Mann in blauer Uniform mit roter Mütze, nachdem er die Abteiltür geöffnet hatte.

»Haben Sie Ihren Seniorenpass dabei, Horst?«, flüsterte Paulina.

Ich strafte sie wortlos mit einem bösen Blick und holte meine Bahncard 25 aus der Brieftasche.

»Das Buch dieses Holländers ist vermutlich nie erschienen, oder?«, fragte ich, als wir die Fahrscheinkontrolle unbeschadet überstanden hatten.

»Doch. Zuerst hatte der Verleger es ›scheußlich‹ gefunden. Nach dem Geständnis kam es aber auf dem Markt. Es ist unter dem niederländischen Titel ›Woensdag Gehaktdag‹ noch immer bei Amazon zu bestellen.«

»Nicht zu glauben.« Ich schüttelte den Kopf.

»Es gibt noch mehr Fälle«, sagte Paulina. »Nancy Crampton-Brophy aus Portland verfasste Romane über schlechte Ehen und hat mal auf einem Blog einen Essay mit dem Titel ›Wie man seinen Ehemann tötet‹ veröffentlicht. Sie schrieb, jeder Mensch habe das Mörderische in sich, wenn er nur weit genug getrieben werde. Nach siebenundzwanzig Jahren Ehe erschoss sie ihren Mann. 2018 stand sie vor Gericht. Das Motiv der Achtundsechzigjährigen ist bis heute unbekannt.«

»Nicht zu fassen«, sagte ich. »Noch mehr?«

»Ja. Ein Fall, der sich vor wenigen Jahren in Polen ereignete. Krystian Bala veröffentlichte 2003 seinen ersten Roman mit dem Titel ›Amok‹. Zwei Jahre später wurde er verhaftet, nachdem der Polizei Parallelen zwischen einem unaufgeklärten Mord und einem in seinem Buch geschilderten Verbrechen aufgefallen waren. Die Art, wie das Opfer mit einem Seil gefesselt und in eine extrem qualvolle Position gebracht wurde, war exakt gleich beschrieben. Im Buch wurde die Tat allerdings so raffiniert vertuscht, dass der Täter nie gefunden wurde. In der Realität wurde Bala für seine Eifersuchtstat 2007 zu fünfundzwanzig Jahren Haft verurteilt.«

Der Zug raste durch Fürth, als ich feststellte: »Das sind alles keine wirklich prominenten Schriftsteller. Oder haben Sie auf Ihrer Liste auch einen Namen, den ich kenne?«

»Anne Perry«, sagte Paulina, und tatsächlich hatte ich von ihren historischen Krimis schon gehört.

»Das ist aber eine heute noch erfolgreiche Bestsellerautorin. Wie kann sie eine Mörderin sein?«

»Sie mordete, bevor sie Schriftstellerin wurde«, antwortete Paulina. »Im zarten Alter von fünfzehn Jahren, damals hieß sie noch Juliet Hulme, erschlug sie 1954 zusammen mit ihrer besten Freundin deren Mutter mit einem in einen Strumpf eingewickelten Ziegelstein. Die beiden Teenager entkamen nur wegen ihres Alters der Todesstrafe. Nach der Haft ging Perry unter neuem Namen nach Schottland und veröffentlichte seitdem über fünfundsiebzig Romane mit über zwanzig Millionen Auflage.«

»Das klingt ja wirklich filmreif«, stellte ich fest.

»Tatsächlich. Der Fall wurde 1994 mit Kate Winslet in der Rolle der Juliet Hulme verfilmt.«

»Ich möchte keine weiteren Beispiele mehr hören«, sagte ich. »Dass ein Schriftsteller zu einem Mörder wird, scheint jedenfalls eine sehr reale Vorstellung zu sein.«

»In Deutschland habe ich bislang keinen Fall gefunden. Vielleicht haben wir es mit dem ersten zu tun.«

»Kaffee, Tee, Cola, Fanta, Sprite?«, ertönte die fremdländische Stimme eines Bahn-Servicemitarbeiters.

»Einen Filterkaffee, bitte«, bestellte ich. Vor die Wahl gestellt zwischen S, M und L entschied ich mich für M wie Müller, zahlte den Apothekenpreis von drei Euro fünfzig. »Für Sie, Paulina? Ich lade ein.«

»Nein danke, Horst. Das ist sehr freundlich, aber bevor ich einen Bundesbahnkaffee konsumiere, fange ich eher an, Zitronentee aus Granulat zu trinken.«

»Senk ju vor träweling wis Deutsche Bahn«, sagte ich.

***

Die Almondo Medien und Buch GmbH, auf dem orange-schwarzen Firmenschild natürlich ohne Bindestriche, residierte in der Max-Joseph-Straße in einem modernen Gebäude mit viel Glas, das architektonisch an einen Schulneubau der achtziger Jahre erinnerte. Am Empfang saß eine junge Frau mit grün und blau gefärbten langen Haaren, was wohl ein Signal dafür sein sollte, wie unkonventionell man sich hier zeigen wollte. Das Namensschild an ihrem Kapuzenpullover wies lediglich ihren Vornamen Ronja aus.

»Grüß Gott, Frau … Ronja«, sagte ich.

Ronja deutete auf das Knauer-Manuskript, das ich unter meinem Arm trug. »Wir nehmen Manuskripteinreichungen nur online entgegen. Steht alles auf unserer Homepage. Hast du schon mit unserem Lektorat Kontakt aufgenommen?«

Ich schaute mich um, ob noch jemand anders in der Empfangshalle stand, den sie gemeint haben könnte. Aber außer Paulina und mir war niemand da.

»Sprechen Sie mit mir, junge Frau?«, fragte ich. »Kennen wir uns?«

»Entschuldigung, das ›Du für alle‹ haben wir hier eingeführt. Steht auch auf der Homepage. Seitdem unser Unternehmen den Sören-Verlag übernommen hat, haben wir ein bisschen die schwedische Unternehmenskultur eingeführt.«

»IKEA ist überall, you can say you to me«, murmelte ich. »Das ist der Grund, warum ich nie in einem schwedischen Möbelhaus einkaufen würde. Mein Name ist Kriminalhauptkommissar Müller, meine Kollegin und ich sind von der Kripo Bamberg und bei Herrn Dr. Pilkengrün angemeldet.«

Ronja musterte mich einige Sekunden lang, dann lachte sie: »So sehen also echte Polizisten aus? Die Cops in unseren Krimis sind irgendwie … anders. Sie erinnern mich ein bisschen an … Kennen Sie ›Blacklist‹?«

Ich schüttelte den Kopf.

»Das ist eine Netflix-Serie«, bemerkte Paulina.

»Ja.« Ronja zeigte auf Paulina. »Sie sehen aus wie Liz Keen, die hübsche FBI-Agentin. Und Sie«, sie deutete auf mich, »sind Raymond Reddington, der etwas bieder aussehende Hutträger im grauen Anzug, der meistgesuchte Schwerverbrecher der Welt. Haben Sie auch eine Knarre? Ich meine, eine Dienstwaffe?«

»Ich denke, Sie werden uns auch ohne Androhung von Waffengewalt zu Ihrem Verlagsleiter vorlassen, oder?« Ich lüftete meine Jacke, unter der die HK SFP9 im Schulterholster steckte. Dass ich mit einem gefährlichen Gangster verglichen wurde, war mir bisher noch nie passiert.

Sie pfiff anerkennend. »Echte Bullen mit echten Pistolen. So was hab ich hier noch nie gesehen. Liz Keen hat übrigens eine Glock 19.« Sie griff zum Telefon und kündigte uns beim Vorzimmer des Verlagschefs an. Dann geleitete sie uns am Empfangstresen vorbei zu einem Fahrstuhl. »Vierter Stock, links. Sie werden erwartet.«

Wenn wir nicht den Vorstellungen von Polizeibeamten entsprachen, dann entsprach Ansgar Pilkengrün auch nicht der Vorstellung eines Verlegers. Sein Alter war schwer zu schätzen und konnte zwischen dreißig und fünfzig liegen. Er hatte die glatte Haut eines jungen Mannes und trug die schneeweißen Haare zu einem Pferdeschwanz gebunden. Die Ärmel seines weißen Hemdes mit Haifischkragen zierten silberne Manschettenknöpfe. Als er hinter seinem Schreibtisch aufstand, um uns zu begrüßen, war zu sehen, dass er eine schwarze Lederhose wie ein Motorradfahrer trug. An seinen Händen und seinem Hals konnte man erkennen, dass er nicht so jung war, wie sein sportlich trainierter Körper den Eindruck erweckte.

»Herzlich willkommen bei Almondo. Ich bin Ansgar. Wir sagen hier alle Du, ist das in Ordnung?«

»Wenn's keine Umstände macht, würde ich gerne beim Sie bleiben«, betonte ich. »Solange wir nicht zusammen Weißbier trinken gehen. Bei allem Respekt für Ihre innovativen Kommunikationsstrategien.«

»Für mich ist's in Ordnung. Ich bin Paulina. Ich kaufe auch bei IKEA ein.«

»Jetzt wird's kompliziert.« Pilkengrün lachte. »Aber der Kunde ist bei uns König. Und die Polizei erst recht. Also, was kann ich tun für dich und für Sie? Ich nehme an, es geht um den bedauerlichen Tod von Frau Schauer. Schreckliche Sache. Gibt es schon neue Erkenntnisse?«

»Wir verfolgen einige Spuren. Eine davon ist die Tatsache, dass Ihre Autoren Barbara Schauer und Hartmut Knauer die beiden erfolgreichsten Verfasser von Franken-Krimis sind. Der Streit, wer von beiden erfolgreicher ist, wurde sogar schon vor Gericht ausgetragen.«

»Das ist Schnee von gestern«, wehrte der Verleger ab und machte eine Handbewegung, als wolle er das Thema aus dem Fenster werfen, durch das man bei Föhnlage gewiss bis zu den Alpen blicken konnte. »Die beiden Autoren hatten mit dieser Auseinandersetzung sehr wenig zu tun. Der Bedarf an Franken-Krimis ist größer als das Angebot, das wir liefern können. Da gibt es keinen Verdrängungswettbewerb in dem Sinne, dass ein Autor dem anderen Leser wegschnappen würde. Im Gegenteil: Wer einen guten Franken-Krimi gelesen hat, verlangt beim Buchhändler nach dem nächsten, egal von wem geschrieben. Der Streit war eher eine Sache zwischen den Verlagsspitzen. Almondo und Sören waren harte Konkurrenten auf dem wachsenden Markt der Regiokrimis. Der Sören-Verlag, dessen deutscher Sitz in Hannover war, hat den Markt abgeräumt bei den Insel- und Ostfriesen-Krimis. Sie wissen schon: ›Ostfriesen-Killer‹, ›Ostfriesen-Mord‹, ›Ostfriesen-Tod‹, ›Ostfriesen-Strandkorb‹, ›Ostfriesen-Fischbude‹ … und was weiß ich, wie diese Megaseller alle hießen. Köln, Düsseldorf und die Eifel haben sie auch mit abgedeckt. Wir hingegen mit Sitz in München sind mit den Allgäu-Krimis durchgestartet und haben nach und nach das bayerische Oberland, das Fünf-Seen-Land und schließlich auch Franken erobert. Nördlich von Bayern verlief die Grenze.«

»Das klingt nach Aldi Süd und Aldi Nord«, stellte Paulina fest. »Und was ist mit München?«

Pilkengrün winkte ab. »Großstadt läuft nicht. Ich weiß zwar nicht, warum Sören mit Köln-Krimis erfolgreich war, aber wir haben die Erfahrung gemacht: Die Leute wollen Krimis über Sehnsuchtsorte lesen. Morden, wo andere Urlaub machen. Je schöner die Landschaft, desto größer der Kontrast zum brutalen Verbrechen. Hinzu kommt der Identifikationsfaktor. In der Provinz kaufen die Leute Lokalkrimis, weil sie ihre Straßen, ihren Marktplatz und ihren Briefkasten wiedererkennen. Das funktioniert in München nicht. Da müsste man schon Giesing- oder Glockenbachviertelkrimis anbieten.«

»Vielleicht wäre das der nächste Schritt, wenn es zu jedem Ortsschild der Republik bereits eine eigene Regiokrimireihe gibt?«, schlug ich vor.

»Unsere Innovationsabteilung verfolgt solche Pläne bereits für den E-Book-Sektor. Da haben wir kaum Herstellungskosten und können viel experimentieren. Trotzdem gibt es natürlich eine Mindestabsatzzahl, damit sich Autorenhonorar und Lektoratskosten wieder einspielen.«

»Glauben Sie, dass es in zwanzig Jahren noch gedruckte Bücher geben wird? Oder lesen wir dann nur noch elektronisch?«

Pilkengrün atmete tief durch. »Wie viel Zeit haben Sie mitgebracht? Darüber könnte man lange philosophieren. Kurz gesagt: Es wird immer Menschen geben, die das haptische Gefühl nicht missen wollen, ein Buch aufzuschlagen. Oder es nach dem Lesen der letzten Zeile zufrieden oder verärgert zuzuschlagen. Das kann kein Gerät ersetzen. Und es ist doch höchst erstaunlich, dass alle Blogger und Influencer, die im Internet erfolgreich sind, bei den Verlagen Schlange stehen, weil sie auf Papier gedruckte Bücher veröffentlichen wollen, auch wenn sie selbst keine gedruckten Bücher mehr lesen. Es ist auch für die Autoren immer noch das größte Gefühl, ihr frisch gedrucktes Buch auszupacken oder im Regal beim Buchhändler zu sehen. Bücher müssen sichtbar sein in den zahlreichen Buchhandlungen. Dieses Gefühl geht bei E-Books verloren. Wir haben in der anspruchsvollen Literatur und beim Sachbuch ein Publikum, das bereit ist, mehr als zwanzig, fünfundzwanzig Euro für ein Buch auszugeben. Aber vielleicht wird sich in Zukunft das gesamte Taschenbuchsegment aufs E-Book verlagern. Wir verdienen heute schon gutes Geld damit. Die Autoren auch. Die moderne Technik erleichtert uns wirklich viel. Inzwischen werden ja mit KI schon Bücher geschrieben.«

»KI?«, fragte ich.

»Künstliche Intelligenz. Das erste maschinengenerierte Buch wurde vor Kurzem publiziert. Es entstand mit Hilfe eines Algorithmus, der an der Frankfurter Goethe-Universität entwickelt wurde.«

»Goethe würde sich im Grab umdrehen!«

»Es handelt sich nicht um einen Roman, sondern um ein wissenschaftliches Buch, das einen Überblick über die Forschungspublikation zum Thema Lithium-Ionen-Batterien gibt. Wir sprechen zwar nicht öffentlich darüber, aber bei uns im Haus haben wir testweise ein Computerprogramm im Einsatz, das Manuskripte auf mögliches Bestsellerpotenzial untersucht.«

»Wie bitte?«

»Ja, wir bekommen im Monat bis zu tausend unverlangt eingesandte Manuskripte. Es ist der Alptraum jedes Lektors, in diesem Berg einen möglichen Mega-Bestseller zu übersehen. Ein Computerprogramm kann hier gute Dienste leisten, wir machen sehr interessante Erfahrungen damit. Der Text wird automatisch analysiert und in digital auslesbare Fragmente zerlegt: Top-Themen, Figurenkonstellationen, Wörter, Wortarten, Satzlänge, direkte und indirekte Rede, Spannungskurven. Die Ergebnisse werden mit den Analysen aus zigtausend anderen Büchern abgeglichen. Und weil der Markt nach gewissen Mustern funktioniert, kann man so schon feststellen, ob sich das Buch verkaufen könnte. Allerdings …«, Pilkengrün verzog den Mund, »wir haben als Experiment die Maschine mal mit ›Shades of Grey‹ und ›Harry Potter‹ gefüttert. Ergebnis in beiden Fällen: sprachlich, stilistisch und dramaturgisch nicht marktfähig. Aber ernsthaft: Es ist schon sehr hilfreich, wenn ein Lektor sein

Bauchgefühl beim Lesen statistisch untermauern kann, dass der Autor zu viele Adjektive verwendet. Die meisten Schriftsteller sind ja völlig blind und kritikresistent, wenn es um das eigene Werk geht. Sie werden übrigens keinen Publikumsverlag finden, der zugeben wird, Lisa im Einsatz zu haben.«

»Lisa?«, fragte ich.

»Literatur-Screening und Analytik. Dabei funktioniert das Ganze wie die Errechnung der Kreditwürdigkeit bei einer Bank. Aufgrund zahlloser Daten wird ein Rating erstellt. Entscheiden muss am Ende des Tages dann trotzdem ein Mensch. Ich bin übrigens der festen Überzeugung, dass ein guter Algorithmus auch Krimis erzeugen könnte, die nicht schlechter sind als vieles, was heute von sogenannten Self-Publishern angeboten wird.«

»Was sind Self-Publisher?«, fragte ich.

»Heute kann jeder mit einem Internetanschluss ein selbst geschriebenes Manuskript innerhalb von Minuten bei Amazon hochladen und zum Kauf anbieten. Wissen Sie, die meisten Menschen denken: Schreiben kann jeder. Haben Sie auch schon mal überlegt, Ihre spannendsten Fälle zu veröffentlichen, Herr Kommissar?«

»Noch nicht, nein. Würden Sie sie denn veröffentlichen?«

»Kommt drauf an. Reality-Crime funktioniert normalerweise schon. Schicken Sie uns doch mal eine Textprobe.«

»Mal sehen.« Ich legte das Knauer-Manuskript auf Pilkengrüns Schreibtisch. »Dieses Buch mit dem Arbeitstitel ›Die Bärenfalle‹. Wann soll es erscheinen?«

»Es ist für das Frühjahrsprogramm nächsten Jahres eingeplant und soll in Kürze ins Lektorat gehen. Warum fragen Sie?«

»Es gibt eine Stelle im Manuskript, von der wir gerne wissen möchten, wer sie alles gelesen hat.«

»Gewiss niemand. Abgabetermin ist nächste Woche, bei uns im Verlag hat meines Wissens noch keiner den vollständigen Text vorliegen. Wir haben nur vor über einem Jahr ein Exposé und zwei Probekapitel bekommen. Mehr nicht.«

»Und auf der Grundlage haben Sie einen Vertrag abgeschlossen?«

»Ja. Bei Autoren, die schon bei uns veröffentlicht haben, ist das ein übliches Vorgehen. Bei Neulingen wollen wir den gesamten Text vorliegen haben, bevor wir am Ende des Tages einen Vertrag machen.«

»Dürfen wir mal den Vertrag von Herrn Knauer sehen? Und auch den von Frau Schauer?«

Der Verlagschef zögerte kurz. »Also, ich weiß nicht ... Das sind natürlich vertrauliche Unterlagen.«

»Wir ermitteln in einem Mordfall. Wir können auch mit einem Durchsuchungsbeschluss für das Verlagsgebäude wiederkommen. Diesen Satz kennen Sie doch aus Ihren Krimis. Und hier hört die Vertraulichkeit auf.«

»Verstehe. Also gut. Es sind eh Standardverträge, wie sie Herr Westermann aufgesetzt hat. Sie wissen sicher, dass beide von ihm vertreten werden. Einen Augenblick, bitte.«

Ich erwartete, dass Pilkengrün aufstehen und zu dem Regal an der Seite des Büroraumes gehen würde, um einen Aktenordner herauszuholen. Doch stattdessen klickte er mit der Maus herum, dann kamen mehrere bedruckte Seiten aus einem Laserdrucker auf seinem Schreibtisch.

»Elektronische Dokumentenverwaltung«, sagte er nur und reichte uns die Blätter.

Nachdem wir uns verabschiedet hatten, rief der Verleger mir noch hinterher: »Meine Kontaktdaten haben Sie, Herr Müller? Wenn Sie doch noch mal Ihre Fälle aufschreiben wollen: Ich wäre interessiert.«

***

Bald darauf saßen wir wieder im ICE nach Bamberg. Während Paulina sich die Autorenverträge von Knauer und Schauer genauer ansah, blätterte ich in einer im Abteil liegen gelassenen Ausgabe der SZ. Auf der Panorama-Seite gab es zwischen den üblichen Klatschnachrichten einen Zweispalter über den »Tod beim ›Franken-Bullen‹«, geschrieben von Frank Litzka. Das Leben von Barbara Schauer und ihre größten Erfolge wurden in wenigen Zeilen zusammengefasst. Der Artikel endete mit den Worten, dass die Polizei ein Fremdverschulden nicht ausschließen könne, die Ermittlungen dauerten an.

Die Autorenverträge waren auf sechs Seiten eng beschrieben und am Ende mit drei Unterschriften versehen: Autor, Verleger und Agent. In vielen Punkten wurden Rechte und Pflichten beider Seiten geregelt, nach Absatzzahlen gestaffelte Honorarsätze, vorauszuzahlende Garantiehonorare, Abgabetermine, Freiexemplare, Verramschung, Makulierung.

»Scheint wirklich alles Standard zu sein«, sagte Paulina. »Es gibt einen eigenen Absatz, der den Tod der Autorin regelt.«

»Ach ja, was steht da?«

Paulina las vor: »›Nach dem Tod der Autorin bestehen die Verpflichtungen des Verlags gegenüber den Erben, die bei einer Mehrzahl von Erben einen gemeinsamen Bevollmächtigten zu benennen haben. Bis zur Vorlage des Erbscheins oder vergleichbarer rechtskräftiger Dokumente und ggf. bis zur Benennung des gemeinsamen Bevollmächtigten ist der Verlag nicht verpflichtet, Honorare auszuzahlen.‹«

»Und was steht da über die Nebenrechte? Verfilmung und so?«

»Moment. Das ist interessant. Hier ist eine Passage im Agenturvertrag, in der die Zusammenarbeit zwischen Autorin und Agent festgelegt wird. Darin ist geregelt, dass im Falle einer Verfilmung die Erlöse zu gleichen Teilen an Autorin und Agent ausgezahlt werden.«

»Hälftig? Das ist ja ungewöhnlich viel. Und da ist Westermann genannt?«, fragte ich.

»Nein. Da steht, dass das Geld an die Literaturagentur fließt, mit der die Autorin zum Zeitpunkt der Vereinbarung über die Verfilmung in einem gültigen Vertragsverhältnis steht. Andernfalls erhält die Autorin hundert Prozent der Erlöse.«

»Das würde ja bedeuten, dass Westermann die Hälfte der Einnahmen aus der Netflix-Verfilmung bekommt. Es sei denn, sein Agenturvertrag mit ihr wird gekündigt, bevor der Deal unter Dach und Fach ist.«

»Wenn ich nicht irre, dann habe ich auf dem Netzlaufwerk die Inhalte von Frau Schauers Laptop-Festplatte gespeichert«, sagte Paulina. »Da war auch ein Ordner mit der Bezeichnung ›Vertragsunterlagen‹ dabei.«

Wenige Augenblicke später rief sie: »Ich hab's.«

***

Paulinas Erkenntnis hatte uns zu einer Änderung der Reiseroute veranlasst. Am Nürnberger Hauptbahnhof verließen wir den ICE und stiegen in einen Regionalexpress nach Fürth um, der uns nach einem weiteren Umsteigen zum Ziel brachte.

»Wir hätten auch einfach in Nürnberg eine Streife bestellen können, die uns hierherbringt«, meinte Paulina.

»Sie denken wohl nur beim Essen an Ihren ökologischen Fußabdruck und nicht beim Personenverkehr«, spottete ich.

»Ich wusste gar nicht, dass Sie ein Öko sind, Horst. Ich dachte immer, Sie fahren mit dem Rad, um Ihre schicken Hosenklammern zu zeigen und nicht um die Umwelt zu schützen.«

»Ach, Paulina. Seitdem unser CSU-Landesvater zum selbst ernannten Vorreiter der Umweltbewegung geworden ist und den Grünen den Wind aus den Windrädern nimmt, ist Umweltschutz doch längst bei Spießern wie mir angekommen. Aber im Ernst: Ich möchte die Nürnberger Kollegen aus dem Fall gerne raushalten. Denen wird eh schon nicht gefallen, dass wir ohne Rücksprache in ihrem Revier wildern.«

Nach einem kurzen Fußmarsch erreichten wir die Nürnberger Straße in Zirndorf, wo sich unter der angegebenen Adresse gegenüber einem Textildiskonter eine Buchhandlung befand.

»Das kann's ja wohl nicht sein«, sagte Paulina und blickte

ratlos in das Schaufenster der Bücherstube, wo reihenweise ein neuer Ostfriesen-Krimi ausgestellt war und ein Plakat auf die bevorstehende Lesung mit dem Kultautor hinwies. Da die Hausnummer neben der Ladentür eindeutig war, betraten wir das freundlich und liebevoll eingerichtete Geschäft.

»Grüß Gott, kann ich Ihnen helfen?«, begrüßte uns eine Dame mittleren Alters mit grauen Locken und goldfarbener Metallbrille, die so wirkte, als könne sie aus dem Stegreif zu jedem der hier angebotenen Bücher eine Inhaltsangabe samt kompetenter Kurzbewertung abliefern.

»Wir suchen die Literaturagentur Westermann«, sagte ich. »Diese Adresse wurde uns mitgeteilt. Auch wenn das hier eher wie eine Buchhandlung aussieht.«

»Das ist schon richtig«, antwortete die Buchhändlerin. »Wir haben Herrn Westermann einen unserer Büroräume untervermietet. Wenn Sie draußen die Treppe hochgehen bis ganz oben.«

»Das ist ja praktisch. Buchhändler und Literaturagent unter einem Dach«, meinte Paulina. »Fehlen nur noch ein Verlag und ein Autor, dann wäre die Wertschöpfungskette komplett. Da können Sie jedenfalls gut fachsimpeln und sich über neue Trends austauschen. Ist er denn gerade da?«

»Ja, er arbeitet immer bis genau sechzehn Uhr. Dann besucht er seine Mutter im Helene-Schultheiß-Heim. Sind Sie Schriftsteller und werden von ihm vertreten? Wie heißen Sie denn? Vielleicht können Sie etwas signieren?«

»Er heißt Horst Müller«, sagte Paulina in gespielter Ehrfurcht. »Ein Name, den Sie sich merken sollten. Sein erster True-Crime-Roman ist schon in Vorbereitung. Wir haben bereits vielversprechende Vorgespräche mit dem großen Almondo-Verlag geführt.« Paulina grinste mich schelmisch an.

»Ah, wann erscheint denn das Buch?«

»Das dauert noch. Kommen Sie, Paulina«, drängte ich, und wir ließen die Verkäuferin im Ladenlokal zurück.

Über ein Treppenhaus erreichten wir das Dachgeschoss, wo

an einer Tür ein handbeschriftetes Pappschild »Literaturagentur Westermann, Geschäftszeiten 9 bis 16 Uhr« mit Klebestreifen befestigt war.

Ich betätigte die Türklingel, kurz darauf öffnete Westermann die Tür. Er erkannte mich sofort.

»Ach, Herr Kommissar Müller.« Er musterte Paulina von oben bis unten. »Und Sie sind?«

»Mein Name ist Kriminalmeisterin Paulina Kowalska. Dürfen wir reinkommen?«

»Natürlich. Worum geht's?«

Westermann ließ uns eintreten. Nach erstem Augenschein handelte es sich um eine als Zwei-Zimmer-Wohnung ausgebaute Dachetage mit Balkon, die in ein Büro umfunktioniert worden war.

»Sie wollen doch keine Probleme machen, dass ich hier den Wohnraum gewerblich nutze, oder? Wir haben das unbürokratisch geregelt, und es ist auch nur für den Übergang, bis ich –«

»Die Bamberger Kripo interessiert sich gewiss nicht für missbräuchliche Nutzung von Wohnraum in Zirndorf«, unterbrach ich ihn. »Es geht um Ihren Vertrag mit Frau Schauer. Dürfen wir den mal sehen?«

Westermanns Augen irrten kurz hin und her, seine Lippen zitterten. »Den Vertrag? Den habe ich nicht hier. Die Unterlagen sind noch in meinem Münchner Büro. Es sind noch nicht alle Unterlagen hier.«

»Ach, Herr Westermann. Wir wissen, dass Sie Ihr Büro in München bereits aufgelöst haben. Legen Sie Wert darauf, dass wir Ihr Büro durchsuchen und Sie zur Vernehmung mitnehmen?«

Westermann seufzte und setzte sich an einen schwarzen Metallschreibtisch mit einer Oberfläche aus Glas. Darauf stand ein etwas altertümlicher Desktop-Computer. Auf dem hellbraunen Laminatboden, der ein Eichenparkett vortäuschte, stapelten sich mehrere ungeöffnete Kartons einer Münchner Umzugsfirma.

»Ich muss mal nachschauen, ob die Unterlagen vielleicht doch schon hier sind«, sagte der Agent und blickte um sich, als befände er sich in unbekannter Umgebung.

Was für ein schlechter Schauspieler, dachte ich.

»Können wir behilflich sein?«, fragte Paulina und deutete an, sich einen der Kartons vornehmen zu wollen.

»Nein, nein, warten Sie!« Er drehte sich mit ausgestrecktem Zeigefinger einmal um die eigene Achse, als wollte er Zeit gewinnen. Er ging langsam zum Schreibtisch, der vor der geöffneten Balkontür stand, und legte die Hand an den Griff einer Schublade. Er zögerte kurz, dann ließ er den Griff wieder los und wandte sich einem Regal aus hellem Holz zu, in dem sich einige Aktenordner befanden.

»Hier könnte er sein.« Er öffnete einen Ordner und holte ein mehrseitiges Dokument heraus. »Das ist der Agenturvertrag zwischen mir und Frau Schauer. Geschlossen am 23. Juni 2012 auf unbestimmte Laufzeit.«

»Warum betonen Sie die unbestimmte Laufzeit?«, fragte ich.

»Was? Ich sag ja nur. Und das ist der Vertragszusatz für die Tantiemen aus der geplanten Verfilmung.«

»Der wäre aber nicht mehr lange gültig gewesen«, stellte Paulina trocken fest.

»Was wollen Sie damit sagen?« Westermann bekam rote Flecken im Gesicht und wurde kurzatmig.

»Wir haben auf dem Rechner von Frau Schauer eine Korrespondenz mit der Londoner Agentur Milnerton & Milnerton gefunden. Demnach wollte sie zum nächsten Monat den Vertrag mit Ihnen kündigen und zu den Briten wechseln. Die Agentur ist übrigens auf die weltweite Vermarktung von Filmrechten spezialisiert und auch in den Vereinigten Staaten gut im Geschäft.«

»Davon weiß ich nichts«, erwiderte Westermann. »Frau Schauer ist bei mir unter Vertrag. Sie hat nicht gekündigt. Das wüsste ich ja wohl.«

»Die Vertragsunterzeichnung war für nächste Woche vorgesehen«, sagte Paulina. »Frau Schauer hatte bereits einen Flug von Nürnberg nach London gebucht. Und die Kündigung des Vertrags mit Ihnen war auch schon formuliert. Und wenn Sie behaupten, Sie wussten davon nichts, dann lügen Sie, Herr Westermann. Sie hat Sie schriftlich vorab darüber informiert. Das geht alles zweifelsfrei aus den Dokumenten hervor, die auf ihrem Computer gespeichert sind. Und jetzt sind Sie an der Reihe, Herr Westermann.«

Westermann begann zu zittern und sprach: »Das muss ein Irrtum sein. Niemals habe ich …« Seine Stimme brach weg.

»Wollen Sie sich setzen?«, fragte ich. »Brauchen Sie ein Glas Wasser?«

Der Agent ließ sich auf den Stuhl hinter seinem Schreibtisch fallen und hielt sich an der gläsernen Arbeitsplatte fest. »Es geht schon wieder.« Er atmete tief durch. »Das muss alles ein Missverständnis sein. Ich habe das mit Frau Schauer längst ausgeräumt. Sie hat mir versichert, dass sie nicht bei den Londonern unterschreiben wird und dass wir die Konditionen in unserem Vertrag neu verhandeln.«

»Sie meinen wohl, Sie haben sichergestellt, dass Frau Schauer den Vertrag nicht kündigt, indem Sie sie vorher umgebracht haben«, stellte ich fest und fügte hinzu: »Und zwar auf eine sehr perfide Weise. Auf die Idee gekommen sind Sie durch das Manuskript von Hartmut Knauer. Sie müssen der Einzige gewesen sein, der seinen Text und damit die in seinem Roman gewählte Mordmethode kannte.«

»Sie haben mit dem Mord verhindert, dass sich Ihre Honorare aus den Filmrechten auf einen Schlag minimieren. Ihre finanzielle Lage ist ja offensichtlich. Ihre Scheidung, das Pflegeheim für Ihre Mutter, das alles würde Sie in den totalen Ruin treiben. Das Geld aus dem Vertrag hingegen hätte Sie saniert, und Sie wären Ihre Sorgen los. Ist es so?«, fragte Paulina. Und um den Druck zu erhöhen, machte sie einen Schritt auf Westermanns Schreibtisch zu. Auch ich verringerte den Abstand.

»Dass Sie mit der Kinderbuchautorin Natascha Scharrer eine unseriöse Vereinbarung über eine erfolgsunabhängige Provision abgeschlossen haben, war wohl nur die erste Ihrer Verzweiflungstaten«, stellte ich fest.

»Woher wissen Sie …?«

»Wie ist es Ihnen gelungen, die Waffe am Set auszutauschen?«, wollte ich wissen. »Und woher haben Sie eine baugleiche scharfe Waffe organisieren können? Wenn Sie jetzt auspacken, wird ein Richter das strafmildernd anerkennen. Also reden Sie!«

Ich spürte, dass die nächsten Sekunden darüber entscheiden sollten, ob es nun zu einem Zusammenbruch des Verdächtigen mit Geständnis und somit einem sehr unspektakulären Ende der Ermittlung kommen würde oder ob noch eine krimitaugliche Wende bevorstand. Kurz sah es nach Variante eins aus, als Westermann in sich zusammensackte und stumm auf den Schreibtisch blickte. Doch dann riss er mit einer blitzartigen Handbewegung die Schublade auf und hatte Sekundenbruchteile später eine Waffe in der Hand, die er auf mich richtete.

In derselben Sekunde hatte auch Paulina ihre Dienstwaffe gezogen und entsichert. Ich hingegen hob beschwichtigend beide Hände und sagte: »Herr Westermann, bleiben Sie ganz ruhig.« Ich machte einen vorsichtigen Schritt auf ihn zu. Er stand auf und bewegte sich um die gleiche Entfernung von mir weg.

»Legen Sie die Waffe weg!«, rief Paulina, während sie ihre Pistole mit beiden Händen lehrbuchmäßig festhielt.

Doch Westermann schritt weiter ganz langsam rückwärts. Mit der rechten Hand zielte er abwechselnd auf Paulina und auf mich, mit der linken Hand öffnete er vorsichtig die Balkontür, dann trat er nach draußen.

»Was soll das, Westermann?«, sagte ich. »Das hat doch keinen Sinn.«

»Bleiben Sie stehen, oder ich schieße!«, rief Paulina.

Westermann hatte nun den Balkon erreicht und kletterte auf die Brüstung.

»Lassen Sie den Quatsch«, sagte ich. »Wollen Sie etwa runterspringen? Das hier ist kein Wolkenkratzer. Sie brechen sich höchstens Arme und Beine, und wenn Sie Pech haben, verbringen Sie die Zeit im Knast querschnittsgelähmt im Rollstuhl. Wollen Sie das? Und denken Sie an Ihre Mutter.«

»Dann schießen Sie doch!«, sagte er zu Paulina. »Wenn Sie nicht schießen, dann töte ich Ihren Chef.«

»Ich bin nicht ihr Chef«, sagte ich. »Ich bin ihr Kollege.«

»Horst, das ist jetzt nicht der richtige Moment, um –«

»Wenn Sie nicht sofort auf mich schießen, ist Ihr Kollege ein toter Mann!«

In diesem Moment läutete mein Mobiltelefon.

»Entschuldigen Sie bitte, vielleicht ist es wichtig«, sagte ich und nahm mein Handy. »Müller!«

»Horst, Sie können doch jetzt nicht telefonieren!«, rief Paulina.

Am anderen Ende der Leitung war Sophie Sperling, die Profilerin.

»Herr Hauptkommissar Müller, störe ich Sie gerade?«, fragte sie.

Ich schaute zu Paulina und dem sichtlich irritierten Westermann, sagte dann ins Telefon: »Es ist nicht der ganz ideale Zeitpunkt. Worum handelt es sich denn? Machen Sie es bitte kurz, wenn's geht.«

»Ich habe aufgrund der mir vorliegenden Daten ein erstes Täterprofil erstellt. Ich denke, wir suchen einen Mann mittleren Alters, Mitte vierzig, der sich vermutlich gerade in einer Lebenskrise befindet, eventuell finanzielle Probleme, starke Bindung zur eigenen Mutter …«

»Danke, das klingt gut«, sagte ich. »Da sind wir wohl auf der richtigen Spur. Hat er auch einen Vollbart und etwas Übergewicht?«

»Sie wollen mich veräppeln, Herr Müller, oder? Darüber weiß ich nichts.«

»Okay, Sie haben uns sehr geholfen, ich muss jetzt auflegen.«

Ich drückte das Gespräch weg und sagte genervt zu Westermann: »Jetzt reicht's mir.« Ich machte zwei Schritte vor, und Westermann richtete seine Waffe auf meinen Kopf. Er stand auf dem Geländer und schwankte leicht.

»Horst!«, schrie Paulina. »Tun Sie das nicht!«

»Bleiben Sie ganz ruhig, Paulina«, sagte ich und betrat seelenruhig und völlig angstfrei den Balkon. Ich stand nur noch eine Armlänge von Westermann entfernt. »Passen Sie auf, Westermann, Sie fallen sonst runter. Und dann haben die Leute von der Buchhandlung den Kladderadatsch vor der Ladentür. Das wollen Sie auch nicht, oder?«

»Schießen Sie endlich!«, rief Westermann zu Paulina.

»Lassen Sie mal, Paulina.« Ich stand jetzt unmittelbar vor Westermann.

»Ich erschieße ihn jetzt«, sagte er.

»Ja, ja«, erwiderte ich. »Wenn Sie mich wirklich erschießen wollten, hätten Sie das längst getan und nicht nur darüber schwadroniert. Also geben Sie her!« Ich griff nach seiner Hand und entriss ihm mit einem raschen und energischen Handgriff die Pistole.

»Horst!«, rief Paulina entsetzt mit schriller Stimme.

»Und jetzt kommen Sie da runter und hören Sie auf mit dem Schmarrn.«

»Horst! Er hätte Sie erschießen können!« Paulina schaute mich immer noch fassungslos an, während ich Westermann mit sanfter Gewalt vom Geländer herunterholte, auf seinen Schreibtischstuhl drückte und mit Handschellen an ein Bein des Schreibtisches fesselte.

»Hätte er nicht«, sagte ich. »Und wissen Sie, warum? Weil diese Waffe, die er in der Schublade hatte, nämlich die ausgetauschte Attrappe sein muss.« Ich richtete die Pistole auf Paulina und lächelte. »Ein schießuntaugliches Requisit, sehen Sie?«

»Horst!«, schrie sie panisch.

Ich zuckte mit den Schultern, drehte mich um und betrat den Balkon. Dort richtete ich Westermanns Pistole in die Luft und drückte ab in der Erwartung, nur das Klicken einer Spielzeugpistole zu hören.

Ich erschrak genau wie Paulina, als der Schuss durch die Luft peitschte und ich in der Hand den unerwarteten Rückstoß spürte.

»Oh«, sagte ich und grinste etwas verlegen. Es dauerte einige Sekunden, bis ich realisierte, in welcher Gefahr ich mich befunden hatte. Vorsichtig legte ich die Waffe auf den Tisch außer Reichweite des gefesselten Agenten. Paulina war kreidebleich geworden. Dann stürzte sie auf mich zu und umarmte mich, was mich in zusätzliche Verlegenheit brachte.

»Horst, ich hatte solche Angst. Machen Sie so etwas nie wieder, versprochen?«

In diesem Moment hörten wir von der Straße unten die Stimme der Buchhändlerin: »Hallo, ist da oben alles in Ordnung? Was war das für ein Lärm?«

»Passt schon«, rief ich nach unten. »Ich glaube nur, dass Sie die Räumlichkeiten hier wieder neu vermieten müssen.«

»Jetzt brauchen wir wohl doch die Nürnberger Kollegen«, meinte Paulina und zückte ihr Handy. »Oder wollen Sie den Täter mit dem Regionalexpress ins Gefängnis bringen?«

Ich schüttelte den Kopf. »Verständigen Sie auch die Stadel! Sie soll die Staatsanwaltschaft informieren und Haftbefehl beantragen.« Dann wandte ich mich zu Westermann und sagte: »So!«

»So« sagte ich oft, wenn ich einen Gedankengang oder eine Handlung abgeschlossen hatte. Das war jetzt wirklich der Fall. »Während wir auf die Nürnberger Kollegen warten, verraten Sie uns noch, wie Sie das angestellt haben, die Waffe auszutauschen, und woher Sie die scharfe Waffe bekommen haben? Und warum Sie hier noch eine scharfe Waffe in der Schublade hatten?«

»Hätten Sie mich einfach abgeknallt, dann hätte ich es jetzt hinter mir«, seufzte er.

»So leicht ziehen Sie sich nicht aus der Verantwortung«, sagte ich. »Woher haben Sie die Waffe?«

Westermann sackte in sich zusammen, offenbar hatte er die Aussichtslosigkeit seiner Lage erkannt.

»Das war nicht weiter schwer. Am Nürnberger Hauptbahnhof trifft man schnell auf Leute, die einem helfen können. Und mit genug Bargeld in kleinen Scheinen … Das Problem war nur: Der Typ, den ich in einer Spelunke an der Frauentormauer getroffen habe, wollte mit mir nur ins Geschäft kommen, wenn ich ihm zwei baugleiche Knarren abkaufe. Mir war schnell klar, dass diese Waffen wohl etwas mit einem anderen Verbrechen zu tun hatten. Aber das war mir gar nicht unrecht, das würde die Polizei auf eine falsche Spur bringen, dachte ich. Der Typ hatte schon gemerkt, dass ich nicht so erfahren bei so etwas war und nicht so schnell einen anderen Händler finden würde.«

»Wann und wie haben Sie die Requisitenpistole von Eric Zenker ausgetauscht?«

»Eine leichte Übung. Sein Wohnwagen war ja tagsüber nicht abgeschlossen. Ich war in Bamberg und hatte Termine mit meinen Autoren. Barbara hat mir am Set alles gezeigt, nachdem ich bei den Dreharbeiten zuschauen konnte. Als am Drehort Mittagspause war und das ganze Team geschlossen ins ›Schlenkerla‹ gegangen ist, konnte ich unbehelligt in den Caravan hineinspazieren. Zenkers TV-Pistole habe ich an der Oberen Brücke in die Regnitz geworfen.«

»Warum haben Sie diese Methode gewählt, um Frau Schauer zu töten? Es bestand ein Risiko, dass es nicht so abläuft wie geplant«, sagte ich.

»Ich wusste, dass Zenker schon vor Jahren ein Schießtraining bei der Polizei absolviert hatte, er ist ein Realitätsfanatiker. Deshalb war klar, dass er genau zielen würde.« Westermann schloss die Augen und sprach leise weiter. »Wissen Sie, in der Kriminalliteratur ist so viel vom vermeintlich perfekten Verbrechen die Rede. Für mich war diese Idee aus Knauers Manuskript die Anregung für das perfekte Verbrechen. Niemand hätte mich mit der Waffe in Verbindung gebracht, und zur Tatzeit saß ich sechzig Kilometer entfernt in meinem Büro.«

»Das perfekte Verbrechen gibt's nicht. Jeder macht irgendwann einen Fehler«, sagte ich, wissend, dass es sehr wohl Fälle gab, wo der Fehler des Täters sehr lange, vielleicht sogar für immer unentdeckt blieb. »Das vollständige Geständnis nehmen wir in der Inspektion auf. Und denken Sie dran, Herr Westermann: Agenten kennen keine Tränen.«

Ich vermutete jedoch, dass ihm dieser Filmtitel aus den Siebzigern nichts sagte.

***

»Damit sollte dieser Agententhriller hoffentlich bald abgeschlossen sein«, sagte ich zu Paulina, als wir wieder in unserem Büro saßen. Sie fertigte Aktennotizen von den jüngsten Ereignissen an, ich kopierte unsere ICE-Fahrkarte und füllte einen nachträglichen Dienstreiseantrag aus.

»Werden Sie ihn aufschreiben, den Thriller?«, fragte Paulina.

»Finden Sie, dass der Fall sich eignet? Man müsste ein bisschen was dazuerfinden. Abgesehen davon, dass ich gar nicht weiß, ob ich das Talent zum Schreiben habe.«

»Apropos Schreiben. Da liegt ein Fax für Sie im Posteingangsfach. Aus Osnabrück. Es ist ein Auszug aus einem Strafregister. Haben Sie da eine Anfrage gestellt?«

»Ähm, ja.« Ich hüstelte. »Hat aber nichts mit unserem Fall zu tun.«

»Hm, sondern?«

Ich stand auf und holte das Schreiben meines früheren Kollegen Werner, der mir die erbetene Auskunft geschickt hatte. Ich überflog rasch die Angaben und nickte zufrieden. Dann stand Paulina neben mir und riss mir mit sanfter Gewalt das Blatt aus der Hand.

»Hey, Horst, Sie haben doch keine Geheimnisse vor mir, oder?« Sie lachte, dann stellte sie fest: »Henning Elberfeld? Das ist doch der Charmeur. Will er jetzt doch Ihre Tochter heiraten?«

»Keineswegs, aber mein Verdacht hat sich bestätigt. Als ich den Typen auf der Mattscheibe sah, dachte ich gleich, dass der was auf dem Kerbholz haben muss. Und da ich einen Kollegen aus Osnabrück kenne …«

»Bewährungsstrafe, Paragraf 263 StGB«, las Paulina vor. »Betrug? Was hat er getan?«

»Werner hat's mir schon am Telefon erzählt. Dieser Elberfeld ist ein Heiratsschwindler, wie er im Strafgesetzbuche steht. Er hat über Dating-Portale gezielt ältere Frauen kontaktiert, sie mit süßen Mails umgarnt und das Vertrauen gewonnen. Als sie sich in den Prinz Charming verliebt hatten, täuschte er eine dringende Reise ins Ausland vor, um einen schwer kranken Verwandten zu besuchen. Dafür ließ er sich über Western Union eine finanzielle Unterstützung überweisen. Und danach aus die Maus. Die Masche hat er mehrfach durchgezogen. Der Schaden geht in die Zehntausende.«

»Wie krass ist das denn! Der Charmeur ist ein Romance-Scammer?« Paulina schaute mich aus großen Augen an. »Ich werd nicht mehr.«

»Ich werde das Andrea mitteilen, dann wird sie die Niederlage in dieser Fernsehsendung als Sieg verbuchen. Und sich gut überlegen, ob sie bei so was noch mal mitmachen will.«

»Und was ist jetzt mit Ihrem Buch, Horst?«

»Nun hören Sie mal damit auf, Paulina. Sie wissen doch, dass ich erst mal Protokolle schreiben muss. Aber glauben Sie, dass der Almondo-Verlag wirklich ernsthaft interessiert ist?«

»Das hat dieser Pilkengrün doch glaubhaft versichert, oder? Also wenn ich Sie wäre, würde ich mir die Aufzeichnungen zu den Ermittlungen nach dem Mord bei den Symphonikern und den geköpften Gartenzwergen mal genauer vornehmen. Der Fall hat alles, was einen guten Regiokrimi ausmacht: Lokalkolorit, Spannung, Humor …«

»Und vor allem: ein sympathisches Ermittlerduo.«

»Genau. Ich sehe es schon vor mir, wie es im FT steht: ›Der knorrige Horst Müller und seine charmante Kollegin Paulina

Kowalska sind ein köstliches Gespann, das mit skurrilen Einfällen an die Ermittlungen geht.‹«

»Vielleicht haben Sie recht, Paulina. Ich bräuchte natürlich jemanden, der meine Erinnerungen in gutes und druckbares Deutsch bringt.«

»Da könnte Ihre neue Freundin helfen, von der Sie erzählten, dass sie nicht nur Tupperdosen verkauft, sondern auch Kinderbücher schreibt. Aber wir haben ja noch einige andere kennengelernt, die da gerne unterstützen würden. Nur der Literaturagent ist uns abhandengekommen, sozusagen.«

Langsam gefiel mir die Idee. »Und ich hätte auch schon eine Idee für einen Titel. Da es ja um einen Hornisten ging und auch die Backwaren eine Rolle spielten, könnte man das Buch ›Bamberger Hörnla‹ nennen.«

»Großartig, Horst. Das wird der Knaller. Könnte man sogar in Bäckereien verkaufen.«

»Meinen Sie? Es könnte mir Spaß machen. Vielleicht versuch ich's wirklich mal.«

»Ich find's gut. Aber ich will natürlich alles lesen, bevor es erscheint. Und wehe, Sie lästern über meine angebliche Unordnung und verschweigen Ihre eigenen Spießer-Marotten! Haben Sie keine Angst vor dem ersten Satz?«

»Nein«, sagte ich. »Der erste Satz steht natürlich schon fest. Da fange ich an wie in einem echten Null-Null-Sieben-Agententhriller: ›Mein Name ist Müller. Horst Müller.‹«

Lesen Sie weiter:

Harry Luck
## BAMBERGER HÖRNLA

Leseprobe

»Mein Name ist Müller.« Ich hatte mich von meinem Platz erhoben und schaute in mehrere Dutzend Augenpaare, die sich im »Gärtnerhüttla« auf mich richteten. Erklärend fügte ich hinzu: »Horst Müller.« Ich betonte den Vornamen, wie es der Kollege im Dienste seiner Majestät nicht besser hätte machen können.

»Horst wer?«, rief ein offenbar schwerhöriger älterer Herr, der in der hinteren Ecke vor einem halb vollen Kellerbier saß. Dieser Ausruf war zum geflügelten Wort geworden, seit ein bis dato völlig unbekannter Sparkassendirektor mit dem gleichen Vornamen zum Bundespräsidenten ernannt worden war. Doch während von Horst Köhler heute kaum noch jemand sprach, war ich immer noch erfolgreich im Dienste von Vater Staat tätig.

»Mein Name ist Horst Müller, neunundvierzig Jahre alt. Beruf Beamter. Ich möchte Mitglied werden im Kleingartenverein ›An der Schwarzen Brücke‹, und ich habe mich um die freie Parzelle Nummer dreiunddreißig gleich am Eingang zur Anlage beworben.«

Meine schriftliche Bewerbung um die Aufnahme in den Schrebergartenverein hatte der Erste Vorsitzende Günther Bollmann längst vorliegen, und auch eine Besichtigung der freien Parzelle hatte bereits stattgefunden. Doch die Vereinssatzung aus dem Jahr 1999 sah es vor, dass über jede Neuaufnahme die Vereinsvorstandschaft zu entscheiden hatte, nachdem die Bewerber sich der Generalversammlung vorgestellt hatten.

»Müller? Aha. Ein Name, den man sich merken sollte«, grantelte der Kellerbiertrinker und lachte wie einer der Opis aus der »Muppet Show«. Er schien hier die Rollen von Waldorf und Statler in Personalunion zu übernehmen. Die Luft war stickig im Raum, an dessen Fenster braune Vorhänge befestigt waren.

Horst Müller war kein Name, den ich mir ausgesucht hatte. Ich konnte auch nicht mit einem zweiten Vornamen dienen, um mich als Horst Maria Müller oder mit einem schicken Buchstaben zwischen Vor- und Nachnamen von den zweihundertfünfundvierzig anderen Müllers im Bamberger Telefonbuch abzuheben. Es gab sogar noch einen zweiten Horst Müller in Bamberg, der vermutlich ähnliche Probleme hatte wie ich. Wer mich anrufen wollte, erkannte mich an dem Zusatz »Beamter«. Ich hatte mir schon oft vorgenommen, herauszufinden, welchen Beruf mein Namensvetter hatte. Irgendwann würde ich das mal machen.

Hoffentlich fragt mich jetzt keiner, was für ein Beamter ich bin, dachte ich. Denn ich wollte meinen künftigen Gartenkameraden nicht gleich auf die Nase binden, dass ich Hauptkommissar in der Bamberger Kriminalpolizeiinspektion war, zuständig für Verbrechen gegen die höchsten persönlichen Güter, wie es in der Behördensprache heißt.

»Wie Sie alle wissen«, sprach Bollmann in einem belehrenden Tonfall, »hat die Stadt Bamberg uns verpflichtet, bevorzugt junge Familien mit Kindern in den Verein aufzunehmen. In diesem Jahr haben wir nach langer Zeit erstmals die Situation, dass keine Familien auf der Warteliste stehen. Aus diesem Grund stellt sich Herr Müller uns heute als Bewerber vor. Erzählen Sie ein bisschen über sich, Herr Müller!«

Ich stand auf und trat an das Rednerpult. Rund achtzig der über hundert Mitglieder waren gekommen und saßen an langen Tischreihen. Ich holte Luft.

»Ich bin geschieden, habe zwei Kinder. Ich wohne seit etwa zehn Jahren am Markusplatz in einer Mietwohnung mit viel zu kleinem Balkon. Bei meinem Bürojob zieht es mich nach Feierabend oft in die Natur –«

»Immer pünktlich um halb fünf«, warf Waldorf/Statler lachend ein. »Dann lässt der Beamte den Griffel fallen. Haha.«

»Hannes, lass den Herrn Müller doch bitte in Ruhe erzählen«, rief ihn Bollmann zur Ordnung.

Ich nahm einen großen Schluck aus dem Glas Apfelschorle, das vor mir stand. Dazu hatte ich ein Griebenfettbrot mit einer Portion Dosenfleisch bestellt. Es fiel mir nicht leicht, vor so vielen Leuten zu sprechen, von denen mich einige mehr als kritisch beäugten.

»Sie wissen, Herr Müller«, fuhr Bollmann fort, »dass Sie als Pächter einer Parzelle nicht nur das Recht haben, dort Nutz- und Zierpflanzen anzubauen, sondern auch die Pflicht, sich aktiv am Vereinsleben zu beteiligen und sich zu integrieren. Zehn Arbeitsstunden haben Sie im Jahr zu leisten. Wir müssen die Blumenbeete pflegen, die Hecken schneiden, den Rasen und den Spielplatz in Ordnung halten. Wir haben einen Thekendienst im Vereinsheim, und wir haben die Aufgabe des Kompostwartes neu zu besetzen. Was Sie noch wissen sollten: Mindestens ein Drittel der Gartenfläche muss für den Anbau von Obst und Gemüse genutzt werden. So sieht es das Bundeskleingartengesetz vor, und das wurde erst kürzlich gerichtlich bestätigt.«

Ich nickte und wunderte mich nicht, dass die deutsche Bürokratie das Schrebergartenwesen in einem Gesetz geregelt hatte.

»Ohne das freiwillige Engagement unserer Mitglieder wäre der Betrieb unseres gemütlichen ›Hüttlas‹ nicht denkbar. Und auch nicht unser jährliches Frühlingsfest.«

Wieder nickte ich und dachte nicht weiter darüber nach, dass die Bandbreite dessen, was man alles als »gemütlich« bezeichnen konnte, groß war.

In wenigen Sätzen bekräftigte ich meine Absicht, mich aktiv am Vereinsleben zu beteiligen, und behauptete, über die Möglichkeit nachzudenken, den Posten des Kompostwartes zu übernehmen. Auch wenn ich mir tatsächlich noch nicht viel unter dieser Aufgabe vorstellen konnte.

»Vielen Dank, Herr Müller, für die kurze Vorstellung«, sagte Bollmann und übernahm wieder den Platz am Rednerpult. Dem kahlköpfigen Mittsechziger mit Rauschebart und roten Backen fehlte eigentlich nur eine Zipfelmütze, dann hätte er bei der Besetzung für Ottos »Schneewittchen«-Filme gute Chancen auf eine der männlichen Hauptrollen gehabt. Und damit meine ich nicht die des Prinzen. »Es gibt noch einen weiteren Bewerber, der sich heute vorstellen möchte, oder besser: eine Bewerberin: Frau …«, er schaute wieder auf den Zettel vor sich, »Nora Bloch.«

Die junge Frau Ende zwanzig mit schulterlangen dunkelblonden Haaren und einem verdammt engen ärmellosen Oberteil erhob sich vom Platz und trat ans Rednerpult.

»Holla, die Waldfee«, rief Hannes, dessen Bierglas jetzt leer war.

»Grüß Gott, ich bin keine Waldfee, sondern die Nora, neunundzwanzig Jahre alt, ledig, keine Kinder. Beruflich bin ich im künstlerischen Bereich tätig, ich wohne in der Hornthalstraße.«

Sie war wirklich hübsch. Ich versuchte, den von der Midlife-Crisis geprägten Gedanken zu unterdrücken, der mich jedes Mal überfiel, wenn ich in das Gesicht einer jungen, schönen Frau blickte: Sie könnte meine Tochter sein. Vermutlich war Nora Bloch noch jünger als Judith, als ich sie damals kennengelernt hatte, bevor sie meine Frau und später meine Ex-Frau wurde. Beim Gedanken an Judith musste ich kurz schmunzeln. Sie würde es für einen schlechten Scherz halten, wenn sie wüsste, dass ich mich um die Mitgliedschaft in einem Schrebergartenverein bewarb. Während unserer fünfzehnjährigen Ehe hatte sie mir strikt verboten, mich ihren Geranien, Hortensien und was sie sonst noch im Vorgarten unseres Forchheimer Reihenhäuschens aufzog, auch nur zu nähern. Sie fürchtete, dass Pflanzen nur durch meine bloße Anwesenheit ihre Lebensgeister aushauchen oder eine rätselhafte Photosynthese-Insuffizienz erleiden könnten. Mein Ruf, keinen grünen Daumen zu besitzen, brachte aber auch Vorteile mit sich. Ums Blumengießen durfte und musste ich mich nie kümmern.

Frau Bloch plauderte ein wenig über ihre Hobbys und bedankte sich ausdrücklich für die Möglichkeit, auch als Alleinstehende die Chance auf einen Schrebergarten zu bekommen. Hannes murmelte etwas von unerlaubtem Männerbesuch für unverheiratete Damen in der Gartenlaube, aber niemand ging darauf ein.

»Vielen Dank, Frau Bloch und Herr Müller«, sagte der Vorsitzende. »Die Vereinsmitglieder haben sich jetzt ein persönliches Bild von Ihnen machen können. Sie werden demnächst schriftlich von uns Bescheid bekommen, wem der Vorstand den Zuschlag für Parzelle dreiunddreißig erteilt. Ich darf die Gäste nun bitten, unsere Versammlung zu verlassen. Wir setzen unsere Sitzung mit der Beratung von Vereinsinterna fort.«

Ich warf Nora einen aufmunternden Blick zu und signalisierte ihr mit einem Handzeichen zur Tür, dass wir das Lokal gemeinsam verlassen sollten.

»Puh«, sagte sie und holte tief Luft, als wir vor dem aus Holzbrettern errichteten Häuschen vor einem kleinen Spielplatz standen. »Ich hätte nicht gedacht, dass wir uns hier einem Casting stellen müssen.«

Ich versuchte ein befreiendes Lachen. »Mein lieber Herr Gesangsverein. Bamberg sucht den Super-Gärtner.«

»Sie wohnen am Markusplatz und sind Beamter?«, fragte sie.

»Ja«, antwortete ich und lachte verlegen. »Seit wann sind Sie in Bamberg? Und was für eine Kunst betreiben Sie?«

»Seit zwei Jahren. Ich bin wegen des Jobs hergekommen. Ich bin Musikerin.«

»Ach«, sagte ich. Bevor ich überlegen konnte, was für eine Art von Musik sie beruflich betreiben konnte, klärte sie mich auf.

»Ganz klassisch. Ich spiele Geige. Geboren bin ich in Coburg. Meine Mutter ist Fränkin, mein Vater stammt aus der Nähe von Aurich, kam aber auch schon als kleiner Bub nach Franken. Ich bin also Fränkin mit ostfriesischem Migrationshintergrund, wenn Sie so wollen. Sind Sie mit dem Wagen da? Dann könnten Sie mich nach Hause fahren.«

Ich hüstelte. »Ich habe gar kein Auto.«

Sie musterte mich von oben bis unten, als wäre ich ein Außerirdischer. Warum musste ich mich immer wieder dafür rechtfertigen, mir den Luxus zu gönnen, kein Auto zu besitzen? Während meiner Ehe mit Judith hatten wir vor unserem Reihenhaus mit Vorgarten zwei Autos in Garage und Carport stehen. Eins war immer in Reparatur oder verursachte allein durch seine Existenz derartige Fixkosten, dass ich kurz davor war, mir einen Nebenjob als Kaufhausdetektiv zuzulegen. In Bamberg kamen zu Steuern, Versicherung, Reparatur und Spritkosten ja auch noch die Parkgebühren hinzu, die meine freundlichen Kolleginnen und Kollegen von der Parkraumüberwachung so konsequent und gnadenlos eintrieben. In den letzten fünfundzwanzig Jahren hatte der PÜD zwei Komma sechs Millionen Knöllchen verteilt, das waren zweihundertfünfundachtzig pro Tag oder zwölf pro Stunde. Ich liebe Statistiken. Auf jeden Einwohner kamen in Bamberg im Jahr eins Komma fünf Strafzettel. Und da waren auch Babys und Greise ohne Führerschein mitgezählt. Viele davon nahmen allerdings die Touristen als Souvenir mit nach Hause. Ich hatte den Eindruck, dass unsere Stadt die höchste Politessendichte pro gemeldetes Kfz in ganz Mitteleuropa hatte.

»Ich sehe es«, sagte Nora. »Darauf hätte ich auch selbst kommen können, dass Sie als Apfelschorle-Trinker ein Radler sind.« Sie deutete mit ihrem schwarz lackierten Fingernagel auf meine Hosenbeine. Ich hatte vergessen, die Fahrradklammern abzunehmen.

»Wir können noch ein Stück zusammen gehen«, sagte ich. »Hier direkt an der Gaustadter Hauptstraße ist eine Bushaltestelle.«

»Ich weiß«, sagte sie. »Die Linie fährt an der Konzerthalle vorbei. Vielleicht sehen wir uns mal dort? Würde mich freuen. Es gibt nächste Woche eine ungewöhnliche Premiere. Falls Sie sich für moderne Musik interessieren.«

»Ja, sehr gerne.« Ich wollte nicht unhöflich sein und zugeben, dass ich so musikalisch war wie ein Bamberger Hörnla.

## Epilog

Zufrieden klappt er sein Notebook zu und nimmt einen letzten Schluck aus der Cappuccino-Tasse. Wie viele Tassen mögen es gewesen sein, die er in den letzten neun Monaten getrunken hat, seitdem er das erste Wort »Prolog« über seinen Text getippt hat? Neun Monate dauert die Zeit, in der eine Mutter ihr Baby auf die Welt bringt. Dieses Baby hat jetzt auch einen Namen, der Verlag hat den Arbeitstitel übernommen, inzwischen gibt es erste Entwürfe fürs Cover, die Texte für die Programmvorschau sind verfasst. Sogar Lesungstermine stehen schon fest, bevor der letzte Buchstabe geschrieben ist.

Er sitzt nicht mehr auf der Terrasse, es ist Spätherbst geworden. Das Laub sammelt sich auf der Straße, es entstehen Wolken, wenn man atmet. Dazwischen liegt eine Zeit, in der viel geschehen ist. Er ist ein Jahr älter geworden, ein neuer Jahrhundertsommer ist vergangen, seine älteste Tochter hat das Abitur gemacht, während die Kleine die erste Klasse hinter sich gebracht hat. Bis zum vereinbarten Abgabetermin sind es noch ein paar Wochen. Genug Zeit, alles noch mal gründlich durchzulesen und auf Plausibilität prüfen zu lassen. Aber auch diesmal wird es bei allen Lektorats- und Korrektoratsdurchgängen nicht gelingen, jeden Fehler auszumerzen. So wie bei seinem letzten Buch, wo auf Seite zwölf das Wort »Schweinwelt« statt »Scheinwelt« stehen geblieben ist. Dieser Fehler ist ihm erst bei einer Lesung aufgefallen, nachdem er die Textstelle schon Dutzende Mal gelesen hatte. Die »Schweinwelt« ist seitdem für ihn zur Mutter der unentdeckten Druckfehler geworden. Aber wie heißt es so schön: Perfektion wäre der Stillstand.

Ein »Krimi im Krimi«, das war die ungewöhnliche Idee, die den Verleger gleich überzeugt hat. Beim Schreiben in den vergangenen Monaten ist die Idee dann immer verrückter geworden. Wie weit kann man das Spiel mit den Realitätsebenen wirklich treiben, sodass die Leserinnen und Leser gern mitgehen, ohne sich verschaukelt zu fühlen? Und der Lektor und der Verleger? Ach ja, und der Agent? Auf sein Feedback ist er besonders gespannt.

Er ist auch gespannt, ob der Prolog am Ende wirklich so im Buch stehen wird.

Was jetzt noch fehlt, ist ein kleines Nachwort mit den üblichen Dankesworten an alle, die zum Gelingen des Werkes beigetragen haben. Doch auch dazu hat er diesmal eine außergewöhnliche Idee.

# Anstelle eines Nachworts

Interview des Journalisten Frank Litzka mit dem Autor Harry Luck

**Litzka:** Grüß Gott, Herr Luck. Schön, dass Sie sich die Zeit nehmen. Wir kennen uns. Schon lange.

**Luck:** In der Tat. Ich habe Sie erfunden. Wollen wir nicht »Du« sagen?

**Litzka:** Gerne, du bist da nicht so eigen wie Kommissar Müller, was das Duzen angeht?

**Luck (lacht):** Nein. Es gibt zwar Leute, die behaupten, ich hätte ähnlich spießige Eigenheiten wie Horst Müller. Aber auch wenn ich im Sommer mal Kurzarmhemden trage und nichts gegen Eierlikör und Schlager habe, so ist Horst Müller doch nicht mein Alter Ego. Du bist es übrigens auch nicht, obwohl wir in der Biografie ein paar Parallelen haben.

**Litzka:** Du kennst mich erst, seitdem ich Lokalreporter bei der ATZ, einer fiktiven Münchner Boulevardzeitung, war. Du hingegen hast mal sowohl bei der tz als auch bei der AZ gearbeitet. Zufall?

**Luck:** Weißt du, wenn Journalisten anfangen, Krimis zu schreiben, dann sind oft ermittelnde Journalisten die Hauptfiguren. Das liegt irgendwie nahe. So war es auch bei dir. In meinem Debütroman »Der Isarbulle« (2003) warst du ja eigentlich nur eine Nebenfigur in Gestalt eines etwas schmierigen, skrupellosen Boulevardreporters. Erst in den nächsten Bänden »Schwarzgeld«, »Wiesn-Feuer«, »Absolution« und »Das Lächeln der Landrätin« bist du zur zweiten Hauptfigur neben Kommissar Jürgen Sonne geworden. Nach dem Ende der Reihe bist du erst mal von der Bildfläche verschwunden.

**Litzka:** Aber ich hatte ein kleines Comeback in deinem Schlager-Krimi »Bamberger Seidla«. Ich bin inzwischen Seite-drei-Reporter bei der »Süddeutschen« und Schlager-Experte. Und die alten München-Krimis mit mir und Jürgen Sonne erscheinen jetzt wieder mit zum Teil neuen Titeln. Sie heißen »Rachelust«, »Schwarzgeld«, »Angstspiel«, »Machtbeben« und »Rufmord«. Der »Isarbulle« war ja damals auch ein Krimi im Krimi. Wie ist eigentlich die Idee dazu entstanden?

**Luck:** Zusammen mit meinem Freund Thomas Grimmer hatte ich ein Drehbuchkonzept für einen »Tatort« entworfen. Es sollte darum gehen, dass bei den Dreharbeiten für einen »Tatort« ein Mord geschieht; der Fernsehkommissar, der als personifizierte Gerechtigkeit gilt, gerät selbst unter Verdacht. Es war ein Spiel mit Fiktion und Realität, wo auch die Realitätsebene des »Tatorts« spielerisch hinterfragt wurde. Das Konzept wurde damals von der »Tatort«-Redaktion als »zu experimentell« abgelehnt. Man könne so was den Zuschauern nicht zumuten.

**Litzka (lacht):** Da wart ihr eurer Zeit wohl voraus, wenn man sieht, was heute den »Tatort«-Zuschauern alles zugemutet wird. Und dann wurde es ein Roman?

**Luck:** Ja. Wir fanden die Idee zu schade, um sie in der Schublade verschwinden zu lassen. Und so wurde mein erstes Buch draus. Und plötzlich war ich Krimiautor.

**Litzka:** Der »Franken-Bulle« ist wieder ein Krimi im Krimi. Hast du bei dir selbst abgeschrieben?

**Luck:** Das wäre ja sogar erlaubt. Das neue Buch ist auch ein bisschen eine Hommage an den »Isarbullen«. Aber die Geschichte ist ganz anders. Und wie man an diesem Interview sieht, gehe ich beim Spiel mit den Realitätsebenen noch ein ganzes Stück weiter.

**Litzka:** Stimmt es eigentlich, dass der Spießerkommissar Horst Müller aus deinem Buch »Wie spießig ist das denn?« hervorgegangen ist?

**Luck:** Kann man so sagen. Dieses Sachbuch ist ein »Lexikon der uncoolen Dinge« (das ist auch der Titel der Neuauflage), das alle möglichen Sachen, Eigenschaften und Tätigkeiten auflistet, die eigentlich gut und nützlich sind, für die man sich aber oft schämt, weil sie als spießig gelten: Schlager, Schrankwände, Kurzarmhemden, Filterkaffee …

**Litzka:** Filterkaffee ist ja wieder voll in.

**Luck:** Ja, manchmal gibt es bei diesen Trends auch Rückwärtsbewegungen. Oder es wird in der Werbung bewusst damit gespielt. Wie bei der Bausparkasse, die fürs Bausparen mit dem Slogan wirbt: »Sei ein Spießer« oder »Wecke den Spießer in dir«. Zitronenteegranulat kommt übrigens auch im Spießerbuch vor.

**Litzka:** Jetzt hast du aber genug Eigenwerbung gemacht. Möchtest du noch jemandem danken?

**Luck:** Ja, sehr gerne. Zunächst mal meinem Lektor Carlos Westerkamp [Anm. des Lektors: Vielen Dank!], meinem Agenten Kai Gathemann und allen Testlesern: meiner zauberhaften Frau Nadine sowie Wolfgang Bremer und Nina Roeder. Dein SZ-Kollege Hans Leyendecker hat am 19. Mai 2010 den Artikel »Das blutige Geschäft der asiatischen Mafia« veröffentlicht, aus dem ich einige Informationen verwendet habe. Das erwähnte Buch »Drachen bedrohen die Welt« von Berndt Georg Thamm zum selben Thema gibt's auch wirklich. Und mein Sohn Adrian hat vor ein paar Jahren die Geschichte vom Amflieguin erfunden.

**Litzka:** Was ist mit diesem Buch über die Spielautomatenbranche, das vorkommt?

**Luck:** Auch dieses Buch mit dem Titel »Frankenhölle« gibt's wirklich. Der Autor heißt aber Thomas Pregl, mein ewiger Herausforderer beim Krimiduell in »Helmut's Hofschänke« auf Gut Leimershof.

**Litzka:** »Helmut's« mit Apostroph? Ernsthaft?

**Luck:** Ja, ich kann nix dafür.

**Litzka:** Komme ich mal wieder in einem Buch vor? Ich durfte im »Seidla« ja Paulina Kowalska näher kennenlernen. Sie würde ich sehr gerne mal wieder treffen.

**Luck:** Mal sehen, was sich da machen lässt. Ich schreibe eigentlich keine Liebesromane.

**Litzka:** Letzte Frage: Hast du keine Sorge, Ärger mit deinen Krimikollegen zu bekommen, weil du hier so viel ausplauderst, wie es hinter den Kulissen zugeht?

**Luck:** Nein, meine Kollegen sind alle sehr humorvoll und können über sich selbst lachen. Außerdem ist und bleibt es ein Roman, in dem alles erfunden ist. Jede Ähnlichkeit mit lebenden oder verstorbenen Personen … Du weißt schon.

**Litzka:** Dass die »Mondschein«-Bar in der Unteren Sandstraße sonntags geschlossen hat, weißt du aber schon, oder?

**Luck:** Ja, aber ein bisschen literarische Freiheit hab ich mir auch genehmigt.

**Litzka:** Darf ich auch noch einen Dank loswerden?

**Luck:** Klar, warum nicht?

**Litzka:** Danke, Harry, dass es mich gibt.

**Luck:** Ach, komm. Jetzt hör aber auf!

**Litzka:** Okay.

HARRY LUCK
Bamberger Hörnla
FRANKEN KRIMI
emons:

Harry Luck
**BAMBERGER ZAUBER**
Broschur, 224 Seiten
ISBN 978-3-7408-0064-2

*»Harry Luck versteht es, verschiedene Handlungsstränge so zu verknüpfen, dass man auf jeder Seite unbedingt wissen will, wie es nun weitergeht. Der Autor ist ein Geschichten-Zauberer, der uns in seine Krimiwelt einspinnt, sodass wir ihr nicht mehr entkommen können – und auch gar nicht wollen.«* Domradio

www.emons-verlag.de

HARRY LUCK
BAMBERGER SEIDLA
Franken Krimi
emons: